論創ミステリ叢書1

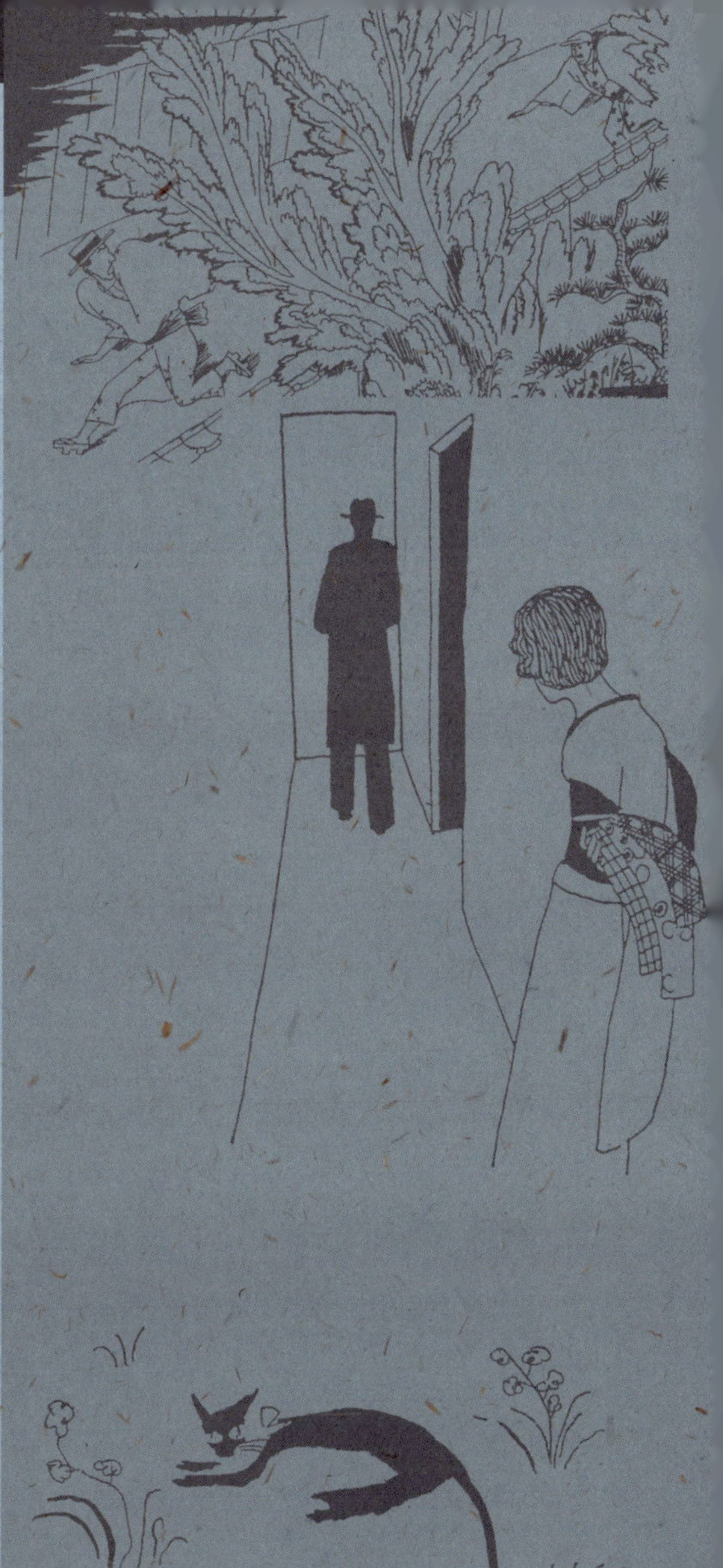

平林初之輔探偵小説選 I

論創社

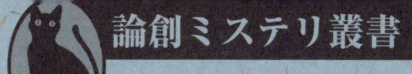

平林初之輔探偵小説選Ⅰ

目次

凡例

一、「仮名づかい」は、「現代仮名遣い」（昭和六一年七月一日内閣告示第一号）にあらためた。

一、漢字の表記については、原則として「常用漢字表」に従って底本の表記をあらため、表外漢字は、底本の表記を尊重した。

一、難読漢字については、現代仮名遣いでルビを付した。

一、あきらかな誤植は訂正した。

一、今日の人権意識に照らして不当・不適切と思われる語句や表現がみられる箇所もあるが、時代的背景と作品の価値に鑑み、修正・削除はおこなわなかった。

平林初之輔探偵小説選Ⅰ

予審調書

一

「あなたのご心配もよくお察ししますが、わたしの立場も少しは考えて頂かないと困ります。何しろ、規則は規則ですから、予審中に御子息に面会をお許しするわけにもゆきませんし、予審の内容を申し上げることも絶対にできないのですからねえ。こんなことは、私が申し上げるまでもなく十分おわかりになっているでしょうが……」

篠崎予審判事は、裁判官に特有の冷ややかな調子で、ここまで言って、ちょっと言葉をきって、外面《そっぽ》をむきながら敷島《しきしま》に火をつけた。判事の表情が、今日は常よりも余計に冷ややかに、よそよそしく、まるで敵意を帯びているようにさえ見えるので、客は何となく底《そこ》気味《ぎみ》が悪いらしい。

「それは、もう、よくわかっておるのですが、どうもせがれの奴がかわいそうでしてね。あれはほんとうに近頃頭をどうかしているのですから、ついつまらんことを口走って、取り返しのつかんようなことになっては大変だと、それが心配になるものですから、こうして毎日のようにうるさくお邪魔にあがるような次第で……嫌疑が晴れて出てきたら、まあ当分海岸へでも転地さして、ゆっくり頭の養生をさせようと思っとるのです。どうも時々妙な発作を……」

予審判事は、原田老教授の言葉を中途で遮《さえぎ》って、たしなめるように、それでいて、厳然たる命令的な語調で言った。

「そんなことは仰言《おっしゃ》らん方がよいと思いますね。御子息の身体《からだ》のことは、専門の医者に診察さして、ちゃんとわかっているのですから。あなたが余計なことを仰言ると、かえって御子息のために不利益になりますよ」

老教授の立場は、駄目と知りつつ藁《わら》すべにでも縋《すが》りつこうとする溺れる者の立場である。

「で医者は何と申しましたか？　やっぱりせがれを精神病と鑑定したでしょうな？」

おずおずと彼は相手の顔をのぞきこんだ。

「今も申し上げたように、そういう立ち入ったご質問は、わたしの立場としてまことに困るので、本来からいうと何もお答えするわけにはゆかないのですが、ちょうど今日は、さきほど予審調書を発表したところですから、それも今晩の夕刊にはのるでしょうし、たびたびご足労をかけたことでもありますから、今日はまあ内密で、何なりとご質問にお答えすることにしましょう。で、御子息の精神状態のことですが、なに少し興奮していなさるというだけで、別に異常はないという専門家の鑑定です」

判事はちらりと相手の顔を見た。老教授の顔は土のようになって、眼はもう一つところを見つめる力がなく、まるで瞳孔《ひとみ》から亡者のように浮かび出している。ただ我が子を思う一心だけが、彼の身体を椅子にささえ、やっと相手の話をきき、自分でも口を開くだけの余力をのこしているのだ。

「で、せがれは、あの途方もない自首を取り消したでしょうな。まるで根も葉もない……見も知らぬ他人を殺したなどという、とんでもない自首を……もっともあんな馬鹿げた陳述を信ずる人は一人もないではありましょうが……」

老教授は、無知な百姓が、神棚に向かって物を祈願する時のような口ぶりでこうたずねた。

「いや、決して取り消されんのみか、何度繰り返してたずねても御子息の答えは判でおしたように同じなのです。信じるも信ぜぬもない、御子息の陳述が事実であることは、疑いの余地がないのです」

篠崎予審判事の口元にただようている微笑は、慈愛に満ちた慰謝《いしゃ》の微笑ともとれれば、毒意に充ちた残忍な冷笑ともとれる。老教授は、冷たくなった紅茶をぐっと呑みほした。それが幾分でも興奮した心を落ちつけてくれるたしにでもなるかのように。

「では、あなた方は、狂人の言葉をそのままお取りたてになるのですね。事実の証拠よりもとりとめもない狂人の言葉の方を重んじなさるのですね。わたしは正義のために忠告します。裁判所がありもしない証拠を捏造《ねつぞう》するようなことは、まあおひかえになった方がよいでしょう」

「これはしたり、御子息は今も申し上げたように、全く精神に異状などは認められません。それに、裁判所は決して証拠の捏造などはしません。物的証拠と被告の陳述とを照らしあわせて、この二つが合致した時に犯人を決定するのです。しかしこの二つが合致しているのに、被告の精神状態を疑っていたりしていた日には、裁判はできませんからねえ。

でも、こんどの事件は、もともと過失ですから、御子息の罪は大したこともなかろうと私は考えるのです。が、検事の方ではこの事件を過失と認めておらんようでもあり、それに検事の言い分にも聞いてみれば一応道理があるのでしてね……」

「では、せがれが、故意に大それた殺人を犯したとでもいうのですね、過失でさえもないというのですね。それでせがれの陳述と物的証拠とやらがぴったり合致しているというのですか？　そういうはずはありますまい」

老教授の顳顬筋《しょうじゅきん》はぴりぴりと顫動《せんどう》し、蒼《あお》ざめた顔には、さっと血の色がのぼった。それも無理もない、息子の生死のわかれ目なのだ。

「まあ落ちついて下さい。今も申し上げたように、私は過失であるとかたく信じておるのです。けれども、あなたが、御子息の陳述と物的証拠とが合致しておるはずがないと仰言《おっしゃ》るのも妙ですね。あの日は、あなたは早くから大学の方へ出ておられて、死体が発見されたのはそのあとの出来事ですから、現状もご覧になっておらず、御子息の陳述をお聞きになったわけでもないあなたが、はずがないなどと仰言るのは少し御言葉が過ぎはしませんか？」

判事の論理整然たる反駁にあって、教授は全くとりつく島を失った。額には油汗が一面ににじんでいる。やっとのことで吃《ども》りどもり彼は言いつくろった。

「それは、その……せがれは気が変ですから、まさか、半狂人《はんきちがい》の言うことが事実にあっているとは思われませんので……」

「ところが御子息の陳述は事実とぴったりあっているのです。ただ、ほんの一箇所事実とあわんところがあるのでしてね。それさえわかっておれば、この事件はもう明瞭で、御子息の犯罪は『過失罪』ということにきまるのですが、たった一箇所曖昧なところがあるために、謀殺ではないかという疑いの余地が生じてくるのです。もっとも、繰り返して申し上げますが、わたしはそんなことは信じません。ただ検事は深くそう信じこんでいるようですし、ことによると、裁判長も検事の言葉を信ずるだろうと思われるのです。何しろ妙な具合になっているものですからねえ」

予審判事は、じろりと氷のような視線を老教授に送った。老教授の半白の顎鬚《あごひげ》が細かくふるえているのは、五尺もはなれている判事の眼にもはっきりわかった。

「その曖昧な点というのはどういう点ですか?」

「実に妙な話でしてね」と篠崎判事は二本目の敷島《しきしま》に火をつけてから語り出した。口元には、やはり、何とも意味のわかりかねる微笑が消えたり浮かんだりしている。彼は話の要所々々に力点をつけて、その度に、例の裁判官に特有の、相手の心胆を氷らせるような視線を、聴き手の顔へ投げるのであった。老教授は、船暈《ふなよ》いをした人が、下腹部《したはら》に力を入れて、一生懸命に抵抗しようとすればするほど、暈《よ》いが募ってくる時のように、心の平静を失うまいとして、とりわけ、気の弱い彼の持病である脳貧血にかかって倒れるような失態を演じまいとして、肩を張らし、固唾《かたず》を呑み、両手の指をにぎりしめてきいているのであったが、予審判事の剃刀《かみそり》のような視線に触れると、こういう姿勢は一たまりもなくくじけてしまうのであった。

「あなたもご承知の、現場《げんじょう》で拘引された第一の嫌疑者ですね。あれは林という男ですがね。この男の申し立てとが、御子息の申し立てとが、不思議に食いちがっているところがあるのです。林の申し立てによると、彼はあの朝、殺人の行われた空家《あきや》――あなたのお宅の隣にあるあなたの持ち家ですね――その空家に、貸家札《かしやふだ》がはってあるのを見て、一応中を見せていただきたいとお宅の裏口に洗濯をしていた女中さんに言ったのだそうです。すると、女中さんは、玄関の戸は錠がおりていないから随意にはいってご覧なさいと言ったのですね。何でもこの林という男は、その前の日の夕方にも、その家を見にきたのだそうですが、薄暗くてよくわからなかったので、翌《あ》くる日に改めて見にきたのだというのです。中へはいって、座敷の間取りや、日当たりの具合や、便所や風呂場のあり場所などをしらべてから、台所へはいってみると、板の間に、あの女の死体がうつぶしになっていて、全身に打撲傷を負い、特に後頭部をひどく打ったものと見えて、髪が血でかたまっており、背中には新しい鋭利な小刀《こがたな》がつきさしてあったというのです。この物凄い光景《ありさま》を見て、とりのぼせたのでしょうな、林は、このまま出たら、てっきり自分に嫌疑がかかると思いこんで、何とかして、少しでも、死体の発見をおくれさせる必要があると思い、その死体を台所の床下へ匿《かく》そうとしたというのです。その時に、ちょうと、お宅の女中さんの跫音《あしおと》が聞こえたので、周章《あわ》てて飛び出してきたのだそうです。死体を検査した医師の申し立てによると、死体は絶命後すでに十二時間以上を経過しているというのですから、林という男が、その場で凶行を演じたのではないということは明瞭になったわけです。それから、医者の言葉によると、致命傷は、後頭部の打撲傷で、小刀《ナイフ》は余程あとから死体にさしたものらしいということです」

彼はちょっと言葉をきった。夕日がカーテンのすきまから宝石のように洩《も》れこぼれている。

「もっとも、これで林の嫌疑がすっかり晴れたとは言えないのです。何故かというと、彼は前の日の夕方にも一度その家を見にきたというのですから。ことによると、その時に凶行を演じて、明くる日になってから、気が気でないので、凶行の現場《げんじょう》を偵察にきたのではないかとも疑えるのです。この種類の犯罪には、こういうことは有り得ることですからな。いや、有り得るというよりも、むしろ有り勝ちなことと言った方がよいかも知れません。ドストエフスキーの『罪と罰』の主人公にしても、ゴーリキーの『三人』の主人公にしても、殺人を犯したあとで、わざわざ現場へ見にきているじゃありませんか?」

二

窓からさしこむ夕日は、室内の光景に、一種の神厳《しんごん》な趣を添えている。原田老教授は、我が子の生殺与奪の権を握っている予審判事の口から出る一語々々に、はらはらしながら聴き入っていた。判事は相変わらず化石のような調子で話しつづける。その落ちついた調子が、きき手の心をますますいらだたせるのである。

「ところが、この事件が翌日の新聞で発表されると、ご承知の通り、御子息が、あの女を殺したのは自分だといって自首してこられたのです。そこで林の方の嫌疑は全く晴れたわけです。何しろ、林に対する唯一の嫌疑は、前の日の夕方、凶行の現場へ来たことがあるということだけなのですからねえ。嫌疑の理由がまことに薄弱なので、実はこちらでももてあましていたところへ、折も折、ちょうど御子息が自首されたというわけです。何でも、御子息は、あの家が空いてから、毎晩就蓐《しゅうじょく》前に、眠《ね》つきをよくするために空家《あきや》の中へはいって体操をしておられたということで、その晩も、九時頃、玄関の戸をあけてはいろうとすると、どうしたものか、錠もおりていないのになかなか戸が開かない。やっと金剛力を出して開けると、そのとたんに、戸の内側でひどい物音がしてびっくりしたということです。中へはいってみると、玄関の壁際にもたせかけてあった鉄の古寝台が、戸を開ける拍子に、倒れたための物音だったというのですね。薄暗い軒灯《けんとう》の光ですかして見ると、何だかその下に黒いものが圧しつぶされているようなので、寝台をもち上げてみると、その下に、あの女の死体が横たわっていたというのです。あの太い鉄の框《わく》で頭から胸部を滅茶々々に打たれて、きゃっともすんとも言わずに即死してしまったらしいのです。これは大変なことをしたと思ったが、それでもまさか即死したなどとは思わないものですから、急いで抱き起こそうとすると、身体《からだ》はもう氷のように冷たくかたくなって、まったく事切れていたということです。そこで御子息は、とりのぼせてしまって、前後のわきまえもなく、あわてて外へ飛び出したのだそうですが、過失とは言いながら、一人の人間を殺した以上は無事ではすむまい。それに、他人《ひと》がきいて果たして過失と信じてくれるかどうかもわからぬ。これは何も知らぬ顔をしているに限ると考えて、死体はそのままにしておいて、音のしないようにそっと戸をしめ、何食わぬ顔をして家へ帰って寝たというのです。人間というものは、こうした場合には、えて常識では考えられぬようなことをするものです。翌《あ》くる朝、林が空家《あきや》を見にきて、自分が誤って殺した女の死体が発見された時には、御子息も、あやしまれてはならぬと思って、現場《げんじょう》へ行ってみたということです。ところが、その日の夕方、夕刊でその事件が報道され、無辜《むこ》の林が有力な嫌疑者として拘引されたという記事を見ると、いてもたってもいられなくなって、自首したのだというのです。御子息の自首の内容は、ざっと今申し上げたとおりなのですが、どうですね、この辻褄《つじつま》のあった陳述に御子息の精神の異状が認められるでしょうか?」

話し手も聴き手もハンカチをとりだして額の汗をふいた。

「これで大体おわかりになったと思いますが」と判事は再び語り出した。「林の陳述によると、死体は台所にうつぶしになっていて、背部に小刀《ナイフ》がつきさしてあったことになっていますし、事実現場捜査の結果は林の陳述と一致しているのですが、御子息は、死体を玄関にすてたままあわてて外へ飛び出したと仰言《おつしや》るのです……。それだけならよいが、近頃になってから、それもあまりはっきりおぼえてはおらぬ。ことによると、あの時夢中で自分が死体を台所までひきずって行ったのかも知れないと言われるのです。しかも、現場をしらべてみると、明らかに玄関の三畳から六畳の居間をとおって台所へ死体をひきずっていった形跡があるのです。その上、まあどうでしょう。死体をひきずったあとが丁寧に雑巾《ぞうきん》か何かでふいてあったのです。ああいう際には、無意識でこういう用心深いことをやるのですねえ。よくある例です。しかし、それが事実だとすると、御子息の立場は、よほど不利になってきますねえ」

判事はちょっと言葉をきった。彼は、自分の口から出る一語一語が、きき手の心臓へ鑿《のみ》を打ちこむ程の苦痛を与えていることなどにはまるで気がついていないらしい。あるいは気がついていてわざと相手を苦しませて楽しんでいるようにもとれる。

「そういうわけで、何しろ、肝心のところで御子息の申し立てが曖昧になっておるので、どうにも困るのです。わたしは、何べんも申し上げたように過失であることを疑いませんが、申し立てに曖昧な部分があるようでは、世間が承知しません。検事は、ちょうど戸をあける時に、寝台が倒れて、その下にちょうど被害者がたっていて、しかも倒れた寝台の框《わく》が被害者の急所へぶつかるというようなことは、とてもこしらえごととしか考えられんというのです。実際、偶然というものは人間の考えも及ばないような場合をつくり出すこともたまにはありますが、ああいう誂《あつら》えむきな話を、裁判長に信じさせるということは、まず、よほど困難だと見なければなりませんからねえ」

もし篠崎判事の目的が、原田教授を苦しめて苦しめぬくことにありとすれば、彼の目的は完全に達せられたといってもよい。なぜかなら老教授は、ただ身体《からだ》の中心をとって倒れずにいるのがもうせいぜいのように見えるからである。けれども判事の目的は、相手を苦しめぬくよりも以上であるらしい。少なくも、老教授にはそうとよりとれなかった。

瀕死の病人は、死期が迫るにつれて、回復の見込みを医師に頻繁にたずねるものである。そういう場合に老練な医師は患者を絶望させるようなことは決していわないものである。ところが、篠崎判事は、病人が息をひきとるまで、病人に恐怖を与えつづける無慈悲な医者と同じようであった。

「せがれは無罪にはならんでしょうか?」

蚊のような細い教授の声に対して判事は答えた。

「無罪どころではありません。過失罪として情状を酌量《しゃくりょう》されるかどうかも、今となっては疑問で、ことによると謀殺と認定されるかも知れないのです」

「そんなことが、そんな無法な……では林という男の方は何《どう》なるのです?」教授の声は、声というよりも、むしろ悲鳴である。

「あの方はもう問題でないのです。最初から嫌疑の理由が薄弱だったのが、御子息の自首によって、すっかり消滅したのですから。もう既に予審免訴と決定して、今度の裁判には、被告としてではなく、証人として法廷へ出ることになっているのです」

「では、もうせがれを助けるてだてはないものでしょうか?」

「ないこともないかも知れません。が、何しろこの上ぐずぐずしていては大変なことになるかも知れません。御子息は、昨日今日は、審問するたびに、前の証言をとり消したり、ことによると自分が故意に殺したのかも知れないなどと、聞いているわたしさえもひやひやするようなことを口走られるのです。どうやら、あなたが仰言《おつしや》ったように、ほんとうに精神に異状をきたされたらしいのです。そうしますと、一時精神病院で療養さして、改めて審問をしなおさねばならぬかとも考えておるのです」

「そ、そんな、そんなひどいことが……精神病院なんて、あの恐ろしい狂人と一緒に、いいえ……せがれは狂人ではありません」

教授の身体《からだ》の中《うち》にまだこれだけ興奮する力がのこっているのが不思議である。

この時、玄関でベルの音がした。判事は女中の取り次ぐのも待たずに席を立って教授にちょっとことわって室を出てゆき、玄関で何やら低声《こごえ》で話していたが、すぐに引き返してきて語りつづけた。

「これはまた意外なことを承るものですな。御子息の精神に異状があるということは、最初あなたがおっしゃったではありませんか？」

あわれな老人は一言もなくうなだれている。牢獄か癲狂院《てんきょういん》か、どの道我が子は助からないのだ。彼の頭には陰惨な人生の両極がまざまざと描かれた。暗い考えが夜のように彼の心をとざしてくる。彼はおそるおそる口を開いて、まるで腫物《はれもの》にでもさわるように、最後の質問をした。

「ではもう一つだけおたずねしますが、せがれはどのくらいな罪になるでしょう？」

判事は鼠を生け捕った猫が、それを味わうまえに十分弄《もてあそ》ぶときのように、ゆっくりと、落ちつきはらって、まるで他人事《ひとごと》のように語った。

「そうですなあ、過失罪になれば大したこともありますまいが、謀殺となると――まあその方が可能性が大きいと見なければなりませんからねェ――謀殺となると、まず、九分通り死刑ですかね」

「判事！」と原田教授は突然、ばねのように立ち上がって叫んだ。

三

判事は多少の注意力をおもてに現わして膝をすすめた。

老教授の一時の興奮は、しかし「判事！」と叫んだ一語のために、すっかり消えてしまったものと見えて、またもや、菜葉のようにしおれてしまった。

「判事、もう何もかも白状してしまいます。わたしはまあ何という人間でしょう。この年をして、人に物を教える身でありながら、人もあろうに自分の最愛の子供に罪をきせて、今まで白ばっくれているなんて。わたしです。わたしがあの女を殺したのです。あの女を過《あやま》って殺したのはわたしです。すぐにせがれを放免して、代わりにわたしを縛って下さい。判事！」

どんなに法律ばかりつめこまれた頭だって、このような劇的な告白をきいて平気でおられるはずはないと思われるが、篠崎予審判事は少しも驚いた様子も、感動した様子もない。まるで、ちゃんと予期していたような顔つきである。

「では玄関で殺した死体がどうして台所にうつぶしになって、しかも背中に小刀《ナイフ》がさしてあったのですかね。林の陳述には間違いはありますまいが?」

原田教授は、もうすっかり落ちついて語り出した。口元にはずるそうな微笑さえ浮かんでいる。

「その男の陳述は正確です。わたしが、犯跡をくらますために、死体を台所へひきずっていったのです。そうしておけば、誰か家《うち》を見にくる人があるにきまっているから、その人に嫌疑がかかると浅墓《あさはか》な考えをおこしましてね。死体はかたくなっていたので、玄関から座敷へ上げるのによほど骨が折れました。それに石のように冷たくなっていたので、気味のわるいことったらありませんでした。お祭しのとおり、死体をひきずってゆく時、畳の上へ血のあとがついたものですから、家へひきかえして、雑巾をとってきて、すっかり血をふきとったつもりだったのですが、臨検の警官に発見されたのは天罰です。血のあとをふきとっても、まだ安心ができませんので、それから、わたしは、近所の金物屋から小刀《ナイフ》を一挺《ちょう》買ってきて、それを死体の背中へ突きさして他殺と見せかけようと思ったのです。その時ばかりは、さすがのわたしも、手がふるえて、あとから考えると、よく、うまい具合に小刀《ナイフ》が突きさせたものだと不思議に思っているくらいです。玄関で殺した死体が、台所へいっているわけはそのためです。せがれは、わたしが玄関で、過失であの女を殺すところまで見ていて、わたしの身代わりになってくれたものに相違ありません。ですから その後のことは何も知らないのです。私の申し上げたことをお疑いになるのなら、わたしの家の裏庭の無花果《いちじく》の根元を掘ってごらんなさい。血をふいた雑巾が埋《うず》めてあるはずです。それから、金物屋を呼んできて下さい。浅羽屋という家です。きっとあの小刀《ナイフ》をあの晩わたしに売ったことをまだおぼえているでしょう。もうこの他に申し上げることはありません。どうぞすぐにせがれを放免してわたしを縛って下さい！」

「もう金物屋を呼ぶ必要はありません。その金物屋は、たしかにあなたにあの晩あの小《ナイ》刀《フ》を売ったと言っておるのです。今にここへ来るはずです。さっき玄関でベルが鳴ったでしょう。あの時刑事が金物屋の報告を伝えてきたのです。その時、ことによると、あなたが自白されない場合には已《や》むを得《え》んから顔をつきあわせるつもりで、呼びにやったのです」

何もかも観念した人間には、苦しみもなければ悩みもない。原田教授は落ちついて言った。

「こうわかった以上は、早速せがれは放免して下さるでしょうな？」

「御子息はもうすでに予審免訴ということに決まっておるのです。林が免訴になったと言ったのは、実はうそで、免訴になったのは御子息のことなのです」

教授の顔には心からの安心の色が浮かんだ。判事はさらにおだやかに言葉をつづけた。

「ついでにすっかり白状して下さらんですかな？　何もかも」

教授はぎくりとした。

「白状ですって、この上に？　ではこれだけ申し上げても、まだせがれに対する疑いがはれんのですか？　はやくわたしを縛って下さい」

判事はしばらく腕をくんで考えていたが、やがてまた口を開いた。

「どうしてもこれ以上打ち開けて下さらんなら仕方がありません。では、今仰言《おつしや》ったことを、玄関の死体を台所へ運んでいって小刀《ナイフ》をつき刺されたままでのところを、ご面倒ですが、もう一度繰り返して仰言って下さい。ちょっと書きとらせますから」

教授は判事の質問のままに前の口述を繰り返した。秘書がそれを筆記した。筆記がすむとまた秘書は出ていった。

「いやどうもご面倒でした。これで、やっとこの事件の予審調書がすっかりできあがりました」

「せがれの嫌疑はすっかりはれたでしょうな？」

教授の気にかかるのはこの一点だけとなった。

「この事件では、最初から御子息の有罪を疑《うたぐ》っている人間が二人あったので、意外にしらべが長びいたわけです」と判事はくだけた調子で語り出した。

「その一人は、御子息自身で、もう一人は御子息の父親のあなたです。それ、今だにあなたは御子息を疑っていなさる証拠に、わたしの言うことをきいて驚いていなさる。あなたは、あの事件の犯人が御子息だと思いこんで、死体を他の場所へうつしたり、死体にナイフをつきさそうとしたりして、それで、御子息の陳述と現場《げんじよう》の証拠とをちぐはぐにさして、御子息が精神に異状を呈しているという論拠をつくり出そうとしなさったのです。ところが、御子息がどの道無罪になりそうもないと見てとって、今日は、とうとう自分が犯人だというような、大胆な自白をなさったのです。わたしにも子供があります。あなたの親としてのお心持ちはよくわかります。子供のためには、親はどんな馬鹿なことでもするものです……」

判事の眼にも教授の眼にも涙が浮かんだ。

「それにこの事件は最初からわかりきっていたのです。第一、わたしには物理学はわかりませんが、経験から考えてもあの寝台の倒れる力ぐらいで人間は死ぬものではありません。いわんや、起《た》っている人間が、うんともすんとも言わずに即死するわけは絶対にありません。それに、御子息の陳述をきくと死体はかたくなっており、氷のように冷たかったということですが、即死した人間の死体がすぐにつめたくかたくなっているというようなことは、とりのぼせた御子息をだますことはできても、裁判官をだますにはあまりに子供じみています。しかも、その上に、寝台と戸の格子とに妙な糸がくっついており、おまけに、寝台にはあなたと御子息以外に、もう一人の男の指紋がべたべたついているのです」

「それは誰の指紋です?」

「犯人の指紋です。もちろん犯人は林なのです。彼は前の晩にちょうど死体の発見された台所で凶行を演じて、嫌疑をそらすために、死体を玄関へもってゆき、玄関の戸をあけると、玄関の壁にもたせてある寝台が倒れるように、寝台と戸とを糸でむすびつけ、女が偶然その下になって死んだように見せかけようとしたのです。そのあとで御子息が玄関の戸をあけられたのでああいうことになり、それをまたあなたが知って死体を台所へつれてゆくというようなことになったのです」

「そうとは知らず小細工を弄《ろう》して何とも恐縮に堪えません」

教授は不思議な物語に驚きながらも心から恐縮して言った。

「ところが、あなたの小細工が犯人の自白を早めたのです。というのは、どういう偶然か、天罰か、ちょうど林があの女をステッキで殴り殺した場所へ、寸分たがわず、あなたが、死体を、その時とそっくりの姿勢でおかれたのです。そのために、明くる日、のそのそ凶行をやった現場《げんじょう》へ出かけてくるほど大胆な林も、この死体の移動を見ててんとうせんばかりに吃驚《びっくり》して、おそろしくなって、床下へかくそうとしたのだそうです。それから、あなたはナイフをさす時に手がふるえてうまくさせたのが今から思うと不思議だと仰言《おっしゃ》ったが、あれはさせてはいないで、ただ死体の横に落ちていたということです。林がそれを拾い上げてあまりの恐ろしさに背中へ突きさしたのだということです……」

あまりの意外な話に聴き手は無言でほっと吐息した。話し手もちょっと言葉をきったが、さらにまた語りつづけた。

「林はすっかり白状しました。殺された女の身元も知れています。けれども林のことはあなたには別段関係がないから申し上げますまい、ただ最後におわびしなければならんのは、今日あなたをさんざん苦しめたことです。御子息の有罪を信じきっていなさるあなたに、とても正面から自白させることはできないと考えましたので、あなたを苦しめて苦しめて、『自分が犯人だ』と偽りの白状をしていただき、それをきっかけに玄関の死体が台所へ舞いもどった次第を当事者自身のあなたの口から白状していただこうと思ったのです。その点だけがはっきりしないためにこの事件の予審調書が今までできあがらなかったようなわけです。もちろん、今日調書を発表したというのはうそで、あれは、わたしのいうことをあなたに信じていただくための手段だったのです」

宵闇の迫った室内にぱっと百燭《しょく》の電灯がついて、客と主人との顔が急に明るく浮かび上がった。そして二人の心は顔よりももっと明るかったのである。

頭と足

一

船が港に近づくにつれて、船の中で起こった先刻の悲劇よりも何よりも、新聞記者である里村の心を支配したのは、いかにしてこの事件をいち早く本社に報道するかという職業意識であった。

彼は、社へ発送すべき電文の原稿はもうしたためている。しかし、同じ船の中に、自分の社とふだんから競争の地位にたっているA新聞の記者田中がちゃんと乗りあわせて、やはり電文の原稿は書いてしまって現に自分のそばに、何げない様子をして自分と話をしている。その様子はいかにも自信に満ちた様子である。港には郵便局は一つしかない。したがって送信機も一つしかない勘定だ。どちらかさきに郵便局へ着いた方がそれを何分間でも何時間でも独占できるのだ。郵便局は波止場から十町もはなれているという。してみれば体力のすぐれている田中がさきにゆきつくことは必定だ。

里村は気が気でなかった。波止場はすでに向こうに見えている。彼はいても立ってもいられなかった。ことに、自分の体力に信頼しきって悠然とかまえている田中のそばにいるのがもう辛抱できなかった。彼はふらふらとデッキのベンチをたち上がって船室へ降りていった。

田中は安心しきっていた。彼は靴のひもを結びなおし、腰のバンドをしらべ、帽子を眉深にかぶり直し、万が一にも手ぬかりのないように、いざといったらすぐに駆けだすことのできるように用意していた。三四分もたつと里村が船室にもいたたまらぬと見えて、やはり浮かぬ顔付きをしてデッキへ上がってきた。競争が切迫するにつれて二人は緊張しきってもう一言もものを言わなかった。

二

船はいよいよ波止場へついた。人夫が船を岩壁へひきよせる間も、デッキから波止場へ厚い板でブリッジがかけられる間も二人は、気が気でなかった。

やがて船客は降船しはじめた。田中は第一に船を降りて、韋駄天《いだてん》のように駆け出した。里村はそれにつづいた。

田中が郵便局へ息を切らしてついた時には生憎《あいにく》、町の労働者風の男が、電報取扱口へ、十枚ばかりの頼信紙《らいしんし》を出しているところであった。その男は、何か不幸な事件でもあったと見えて、あとからあとからと頼信紙へ同文の電文をつけている様子だった。

田中は、まだかまだかと督促してもどかしがった。

「親戚に急な不幸がありましてな」

件《くだん》の労働者は気の毒そうに田中にわびた。

里村がそこへ息せききってかけつけた。二人はものの四十分もまちぼうけをくった。里村はもうあきらめているらしかったが、田中はしきりに時計を出して見て、「ちぇっ」夕刊の〆切に間にあわん、としきりに舌打ちした。

やっとのことで労働者は二人に恐縮そうにお叩頭《じぎ》して出ていった。

田中は入れかわって電報取扱口にたった。

里村は田中の原稿を見て、「たっぷり二十分はかかるね」ともうあきらめながら言った。

「ちょっとその間に用たしをしてくるよ、どうせ僕の方は夕刊にまにあいっこはないのだから」と言いながら彼は出ていった。

道の二町もいった頃彼はさっきの労働者にあった。

「どうも有り難う、お陰で僕の方は夕刊にまにあった、これは少しだが」

彼は十円札をつつんでわたした。

「どうも相すみません。まださっきのつりものこっておりますが、あなたの電報の分が至急報で五円三十銭と、それにわっちゃあ、親類じゅうへ合計十三本も用もない電報をうちましたぜ」

「そりゃどうも有り難う、おかげであの男の方は夕刊に間にあいっこなしだ、なにつりはとっときたまへ」

＊　＊　＊

「要するにあの場合、船から一番先に降りるものは誰かってことに気がついたのは我ながら感心だて、船員のうちには必ず船客より先へ降りる者があるってことに気がつくなんざ頭のいいもんだなあ。お陰で来月あたりは昇給かな。田中の奴、俺が息せききってかけつけたと思っているが、豈《あ》に計らんや、俺は、煙草《たばこ》をふかしながら見物のつもりでやってきたのだ。あんまり気の毒だから局の前でちょっと駆足のまねをしてみたがね。気の毒といえば、このことをすぐに奴に知らせるのもあんまり気の毒すぎるから、一つあいつの女房のとこへでも電報を打って俺の頭のよさを自慢してやろうかな」

里村は途々《みちみち》ひとり考えて悦に入った。

犠牲者

一　小さな幸福

中学の課程すらも満足に了《お》えていない今村謹太郎にとっては、浅野護謨《ゴム》会社事務員月給七十五円という現在の職業は、十分満足なものであった。自分のような、どこといって取《と》り柄《え》のない人間を、大金を出して雇ってくれている雇主《やといぬし》は世にも有り難い人であると、彼はいつも心から感謝していた。

彼は、それだけの給料で、ささやかながらも、見かけだけは堅牢《けんろう》な家庭生活を築き上げていた。彼の郷里である山陰道の農村から、ほとんど富士山も見ないようにして、まっすぐに彼の家庭へとびこんできた細君は、村の生活と、彼ら二人の家庭生活とのほかには、世間のことは文字通り何も知らず、彼らの生活とちがった人生が、この世の中にあり得るなどと考えたことすらもなかった。夫婦の生活というものは、月収七十五円の範囲内で営まるべきものと神代《かみよ》の昔からきまっているように想像していた。したがって、現在の生活に満足している程度は、今村と同様もしくはそれ以上であり、今村が雇主に感謝していると同じように、彼女は、百姓娘の自分を人の羨《うらや》む東京へつれてきて養ってくれている今村に、心からの感謝を捧げていたのである。

多くの下級事務員の生活がそうであるように、今村の生活には、一年じゅう何の変化もなかった。毎日時間をきめて、自宅と会社との間を往復すべく運命づけられた機械のような生活であった。しかし、彼は、それを当然であると考えていた。これは、自分の生まれない前からきめられていたことでいまさらどうにもしようがないのみならず、変化などがあってはそれこそかえって大変だと考えていた。このまま、月給七十五円の事務員として一生涯をおわっても、そんなことはいっこう彼には苦にならなかった。むしろそれをのぞんでいるくらいだった。それで結構一人前の生活をしてゆくことができるという驚くべき自信を彼はもっていた。物価が騰貴《とうき》すれば騰貴しただけ生活費を切り詰めればよい。現在六畳と二畳とで十五円の家賃は、六畳一室の室借《まがり》にすれば少なくも三円の室代を切りつめることができると彼はしじゅう、万一の場合の覚悟をきめていた。しかもこの自信を彼は現在の生活によって着々と実証していた。四年の間に積み立てられた貯金は、既に二百七十円なにがしという額に達していた。そして、この貯金は、毎月少なくとも十円位の割合で増加していたのである。

この小さな財産の上に、今村の一切の希望は築きあげられていた。郊外のどこかに、六畳一室に三畳くらいの小ざっぱりした家を建てよう、月に一度位は女房とやがてできるであろう子供とをつれて洋食の一皿も食べに出かけよう、年に一度位は芝居も見物したい——安月給取の頭の中を毎日のように往来するこうした小さな欲望が、今村には現実の欲望とはならずに、遠い未来の希望として、描かれたり消されたりしていたのである。ことに家を建てるという考えは、いくたび彼の頭の中で咀嚼《そしやく》され、反芻《はんすう》されたことであろう。彼の脳裡《のうり》には、もう空想の自宅が、完全に設計され、建造され、建具や家具や装飾をそなえつけられて、主人を迎え入れていたのである。この自宅は、自分の所有なのだ。家賃を払う必要がないのだ。彼には何だか勿体《もったい》ないような気がするのであった。おまけに、この幸福な思想の特徴は、何度繰り返して頭に浮かんできても決して、平凡な無刺激なものになってしまうようなことはなくて、いつも、いきいきとした新鮮な姿で現れ、それが浮かんでくる度に、彼の幸福の雰囲気を濃厚にする不思議な力をもっていたことである。

二　吹雪の夜の大都会

夜の十時過ぎ。平生《ふだん》ならば、銀座通りはまだ宵《よい》のうちだ。全日本の流行の粋をそぐった男女の群れが、まるで自分の邸内でも歩いているように、屈託のない足どりでプロムナードを楽しんでいる時刻だ。

けれども、その日は朝から雪で、午《ひる》過ぎからは風が加わって吹き降りにかわっていた。九時頃には二寸も粉雪《こゆき》がつもって電車もとまってしまった。車道も歩道も街路樹も家々の屋根もただ見る一面の雪におおわれている。時々、自動車が猪のように疾走して去る外にはほとんど生物《いきもの》の住んでいることを暗示させるものは何もない。まるで、大自然の威力の前に、脆弱《ぜいじゃく》な人間の文明がおどおどして、蝸牛《かたつむり》のように頭をかたく殻の中へかくして萎縮《いしゅく》しているようである。

この荒寥《こうりょう》たる大都会の夜景の中を、全人類を代表して自然の暴力に抵抗しようとしている人のように、吹雪を真正面に受けて、新橋から須田町の方角へ向かって歩いてゆく一点の人影があった。自然はまた自然で、小ざかしい人間の企図を思うまま弄殺《ろうさつ》してやろうと決心したかのように、時には、唸《うな》りをたてて疾風を送り、時にはけろりと静まって、まるで傍観しているような様子を示す。

人間は、寒さにいじけ、風に圧せられてよろけかかっているように見える。この世に希望を失った人生の落伍者が、あてどのない八つあたりの不平と自己嫌悪とに気を腐らして、人生の行路さながらの吹雪道《ふぶきみち》を無目的に歩いているように見える。

しかし、十時の夜勤をすまして駒込の自宅へ徒歩で帰ろうとしている、浅野護謨《ゴム》会社事務員今村謹太郎ははたで思う程あわれな存在ではなかった。第一雪道を歩くのは経験のない人が想像するほど寒いものではない。少しくらい靴の皮をとおして水気が足へしみこんだところで、摩擦《まさつ》の熱は、それを蒸発させるに十分である。歩行の速度を少しばかり速めさへすれば、運動が熱にかわって必要な程度に全身が温まってくる。むしろ雪道を歩くのは汗の出る仕事である。今村は、暗い空から無限に湧いては、軒灯《けんとう》の光の中を斜めに切って、ほてった顔にばらばらと降り注いでくる灰色の雪の冷たい感触をむしろ享楽していた。彼が、一見風に吹かれてよろけているように見えたのは、実は、一歩々々大地を踏みしめる足の下から、温泉のように湧き上がってくる幸福な思想のばねにはねかえされて躍っているのであった。

実際今村はお伽噺《とぎばなし》の王子のように幸福であった。吹雪は、自然が彼の幸福にささげてくれる伴奏のように彼には思われた。人気のない天地の中に、ただ独り歩いている彼にとっては、空想は外部から邪魔されるおそれはない。ことに雪の夜の都会は空想の翼をほしいままにひろげるにはこの上なく好都合な環境である。少年時代の思い出、未来に対するかずかずの希望、現在の生活の満足さ、果報さ——こうした思想の細片が、一つ一つ歓喜の詩となって、彼の頭の中で、最も非現実的な、お伽噺の中でのみ見られる幸福の賛歌を綴ってゆくのであった。

わけても、今村のほしいままな空想をややもすれば独占しようとするのは、近い将来に彼らの家庭の一員に加えらるべき子供のことであった。彼はそれを男の児として考えてみる。丸々と肥《ふと》った健康のシンボルのような嬰児《えいじ》はいつのまにか水兵服をつけた五つ六つの年頃にかわる。妻と二人で両方から手をひいて動物園へつれていく。何でもすきな玩具《おもちゃ》を買ってやる。やがて中学の制服を着た姿にかわる。学科も優等でなくちゃいかん。スポーツは野球がよいかな……次には女の児として想像してみる。洋服にしようか、和服が似合うかな。名前は何とつけよう？　いや名前などは今から考えちゃいかん。その時のインスピレーションにまかせておかなくちゃ。顔は母に似て丸ぽちゃに相違ない。女学校はどこへ入れようかな。成長《おおき》くなったら音楽家にしようか、それとも画家がよいか知らん。画《え》は日本画と西洋画とどちらがよいか知らんて。琴や生花《いけばな》を仕込んで純粋な日本娘風にしつけるのもわるくはないな……空想の泉は、空から沸いてくる雪と無限を競《あらそ》うて、それからそれへとはてしがない。

三　奇禍

読者諸君、私は、ここで、厳正な第三者として一言述べておきたいことがある。今村のような環境に生き、今村のような人生観をもっている人生の行路者は果たして幸福であろうか？　私は即座に否と答えるに躊躇《ちゅうちょ》しないのである。何となれば、彼の頭の中にえがかれている人生と現実の人生との間にはあまりにも残酷な溝渠《こうきょ》が穿《うが》たれている。少なくも今日の世の中では今村のような人間の存在そのものが甚だ不自然である。人間社会に行われている自然淘汰《とうた》は、彼のような病的な存在を長く許しておくはずがないのである。今の社会に生きてゆくためには、もう少し悪ずれのしていることが絶対に必要である。今村のような人間は、人間社会を支配している機械の歯車の中へ不用意に飛び込んだ蠅《はえ》のようなもので、それが圧《お》しつぶされてしまうのは自然でもあり、必然でもあるので、それをいまさら悲しんだり同情したりするのはもう遅過ぎるのである。これから私が語ろうとするエピソード、すなわち彼が社会の歯車でおしつぶされた次第は、多少不自然のきらいがないでもないが、決して珍しいことではなく、こういう人間に必ずふりかかってくる運命なのだ。もっと目立たない形で、人間の社会にざらに行われている平凡な現象の一つの要約《レジュメ》と言えば言えるくらいなものに過ぎないのだ。蛇足のようであるがこれだけのことをぜひ言っておかないと弁護士という職業に従っている私の妙な態度を誤解される恐れがあるから、ちょっと言っておくのである。

閑話休題《それはさておき》、今村が本郷の通りを真っ直ぐに、上富士前へ出て、横町を左に折れて木戸坂の方へさしかかった時は、もう時計は十一時をだいぶまわっていた。

あたりに立ち並んでいるしもた家には、軒灯《けんとう》のついているのは珍しいくらいなので、道筋は慨して薄暗かった。町はずれの夜中の十二時前、しかもひどい吹雪《ふぶき》ときては、よっぽど差し迫った用事のある人でなければ門外へ足を踏み出す気遣いはない。一つ場所に三十分もたっていても、恐らく一人の人間にも出遇うことはないであろう。

こういう寒い晩には、今村の細君は湯豆腐をこしらえておいてくれる習慣になっていた。今村は急に空腹を意識して、熱い湯豆腐を眼の前に想像しながら足をはやめた。その時、彼はだしぬけに、脳天のあたりにひどい衝撃を感じた。非常に堅い物体で力一ぱいかーんと食らわされたような感じだった。くらくらと脳髄《のうずい》が痺《しび》れたような感覚があったかと思うと、ばったりその場に昏倒《こんとう》してしまった。それは、ものの二秒ともたたぬ間の出来事であった。

それから何分間たったたか、それとも何時間たったかわからない。彼が意識を回復した時に外套《がいとう》の上に積もっていた雪の厚さから察すると、少なくも一時間以上もたっていたであろう。彼は無言のままふらふらと起き上がった。あたりは何事もなかったように静まり返っている。彼はずきずき痛む頭へ手をあててみた。別に血の出ている様子もない。彼は身体《からだ》をゆすぶって外套の雪を払い落した。帽子を拾いあげて羅紗《らしゃ》にくっついている雪を落としてかぶった。今までポケットへ手をつっこんでいたので気がつかなかったが、手袋が片っぽしかない。あたりの雪を足でかきまぜてさがしてみたがどうしても見あたらぬ。どっかで落としたものらしい。彼は、この馬鹿げた事件をひとりで苦笑《にがわらい》するより他はなかった。交番へ訴える必要はないと彼は判断した。第一これを人間が故意に彼に加えた行為であると断定する根拠は何もない。暴行者の顔を見たわけでもなければ声を聞いたわけでもない。まるで降って湧いたように頭をどやしつけられたというに過ぎないのだ。ことによると上から、瓦《かわら》かあるいは枯枝か何かが、偶然彼の頭上へ落ちてきたのかも知れない。いずれにしても、何も証拠はないのだから、訴えたところで加害者のわかる気遣いはなし、加害者がわかったところで彼には何の利益もない。ただ、彼と同じように交替の時間がきて家へ帰れるのを待っているお巡りさんに無駄な手数をかけ、自分もたといしばらくでも時間を空費するだけのことだ。しかも、もしこれが人間の所為ではなくて、偶然の天災であるとしたらどうだろう。大自然を交番に訴えて、人間に裁いてもらうなんて、考えただけでも滑稽ではないか？

とは言え、まるで先刻《さつき》の不意の一撃が、今村の頭から歓喜の感情をすっかり追い出し、彼の身体《からだ》から体温をすっかり奪ってしまったかのように、彼は身体じゅうにはげしい寒さを感じた。頭の中にはもう一片の空想も芽ぐむ余地がなかった。ことに局部の痛みと手さきの冷たさとは全身の調子をひどく不愉快にした。その上、何となく不吉な予感が、彼の心を執拗《しつよう》に蝕《むしば》むのである。まるで、これまで運命の神にめぐまれていると信じきっていた人間が、突然、最も露骨な、醜悪《しゅうあく》極まるやりかたで、不信任の刻印をおされた時のような不面目《ふめんもく》な気持ちがするのである。安心と満足との山頂から、不安と恐怖とのどん底へ突き落とされたような気持ちがするのである。

彼は世界が急にまっ暗になり、今まで光り輝いていた自分の未来がみるみるその闇の中へ吸いこまれてゆくように思った。

四　拘引

妙な出来事のために不愉快な心を抱いて、今村が自宅の門口にさしかかってきたときである。不意に、まるで雪の中から湧いて出たように、三四人の黒い人影が、ばらばらと彼の面前に現れて、粗暴とも無礼ともいいようのないやりかたで、両方から彼の腕を鷲掴《わしづか》みにした。

自信をもっていた人間が、いったん自信を裏切られると、それから先はひどく臆病になってしまって、何事にも自信がもてなくなる。一種の強迫観念にとらわれてしまって、することなすことが、ことごとくへまの連発になる。勝負事に一度敗け出すととめどなく敗けつづけるような具合である。

今村は、不意に闇の中からあらわれた暴漢の、無法極まる仕打ちに対して、抗議することも何も忘れてしまった。まるでそういう取り扱いを受けるのは当然のことで、自分はそれにさからう資格のない人間ででもあるような気がした。

「静かにしろ」と一人の壮漢が釘を打ちこむような声で言った。「貴様は今村謹太郎に相違ないか?」第二の男が幾らか慄《ふる》えを帯びた声で言った。三人目の男は衣嚢《ポケット》から警察章を出して見せて「我々は警視庁の刑事だ。すぐに同行するんだ」と言いながら、大事そうにまた警察章を衣嚢《ポケット》へしまった。

今村は全身が蒟蒻《こんにゃく》のようにふるえるのを制《おさ》えることも、かくすこともできなかった。第一の打撃でよい加減気を腐らしていた折柄、咄嗟《とっさ》に降って湧《わ》いた二度目のさらに一層グロテスクな出来事をどう判断してよいか、彼には考えるひまも力もなかった。ただ、理由なしに怖《おそ》ろしかった。そして、誰も他の人は見ていないにかかわらず、彼は、まるで白昼大通りで丸裸にされて侮辱を受けているような侮辱を感じた。細君が家《うち》の中から出てこないのを不審がるよりも前に、この不面目《ふめんもく》な場面を細君に見られたら大変だという警戒の念が先に起こった。

「家内はこのことを知っておるでしょうか?」

と彼はがたがた慄えながらきいた。

「だまってゆけ」

と一人の刑事が、無慈悲そのもののような調子で言った。今村の両手はいつのまにか捕縄でかたく縛られていた。

彼は命令された通り、だまってついてゆくよりほかはなかった。自分の意志を全く失ってしまって、他人の命令に絶対服従する気持には一種の快感が伴うものだ。今村が、恐れとか怒りとかいう感じをその時さらに感じなかったのは極めて自然であると私は思う。貪欲な所有者は、家宝の花瓶に少しくらい疵《きず》のついた時には、くやしくて、残念で、二晩や三晩は眠れないかも知れない。けれども、この花瓶が、超人の手によりて、百尺の高さから、花崗岩の庭石の上へ投げつけられ、物の美事に文字通り、粉微塵《こなみじん》に破壊されたらどうだろう。どんなに貪欲な人間でも、その時は、一時、残念とかくやしいとかいう生やさしい心境を超脱してしまうに相違ない。

彼は、さも愉快そうにげらげらと笑い出すかも知れない。無限の両端は一致するという真理には例外はないのだ。

この刹那《せつな》の今村の心理状態を学者が分析するなら、命よりも大切にしていた家宝の花瓶を、一思いに粉砕された刹那の所有者の心理状態との間に、少なからぬ共通点を見出だしたことであろう。

彼は、刑事がするがままに、外套《がいとう》と上着と短衣《チョツキ》と洋袴《ズボン》との衣嚢《ポケット》をのこらず裏返して紙屑一つあまさず所持品という所持品をことごとく没収された。飼い主に追われて小舎《こや》の中へ入る豚のような格好と心理とをもって、彼は自動車に乗せられた。

そのとたんに、彼は一瞬自意識にかえった。名状しがたい絶望感が、風のように彼の全身を通り過ぎた。彼の唇は彼の意志とは独立に歪み、頰《ほお》のあたりの筋肉は剛直した。

「もう駄目だ!」

卑怯な家畜のような声が思わず彼の歯間を洩《も》れて出た。三人の刑事は一斉にじろりと彼の方を見た。

五　恐怖

四人の人間の塊をのせた自動車は、石ころでも乗せたように無感覚な相貌《そうぼう》をして、雪の中を疾走していった。一行が警視庁へ着いた時は、もう時計は二時をよほど回っていた。

彼はもう一度厳重な身体検査を受け、外套《がいとう》と帽子と上衣とは参考品として没収され、一言も言わずに、まるでメリケン粉の袋か何かのように荒々しく留置所へ入れられた。

今村は何よりも空腹と寒さとを感じた。そして、こんな場合に、こんなところで空腹を感じる自分の動物的本能に嫌悪を感じた。しばらくすると係りの警官が毛布を二三枚もってきた。外には二名の警官が立ち番をしているらしかった。彼は本能的に毛布を足でもちあげ、歯でくわえて短衣《チヨツキ》の上にまきつけた。その毛布は、これまで幾度、ありとあらゆる忌まわしい犯人の身体《からだ》にまきつき、その体臭と汗とに浸《し》みこまれていることであろう。彼は何とも言いようのない屈辱を感じたが、それでも毛布をすてはしなかった。それどころか、その毛布が自分にふさわしい着物のようにさえ思われた。

彼にはどう考えても今夜の出来事は合点がゆかなかった。ことによると、あの最初の一撃を受けた瞬間に、頭の調子が狂ってしまって、今は夢を見ているのじゃなかろうか？それよりも、最初の打撃そのものが既に夢の中の出来事で、自分は現在、家《うち》で布団にくるまって、女房と枕を並べて安らかに眠っているのかも知れない。

廊下を往来する守衛の靴の音が、この上なく非音楽的なリズムをつくって、乾燥した音波を鼓膜《こまく》に送ってくる。その音には、日本帝国官憲の威力がこもっているようで、鼓膜を打つたびにひやりとさせる。それを聞いていると、あるいは自分が無意識の裡《うち》に何か悪いことをして、それを自分で気がつかずにいるのではあるまいかという考えが湧いてくる。そして、時とすると、それが動かしがたい、確定的な事実のように思われてくる。

彼は身体《からだ》をはげしくゆすぶって、この忌まわしい考えを振り払おうとした。

今頃女房はどうしているだろう。自分がこんな不名誉なところに、こんな見苦しいざまをしていることを知ったらどうだろう。自分は何も悪いことをしたおぼえはないように思う。が女房はそれを信じてくれるだろうか。それとも彼女は、自分を悪人だと信じきって、愛想をつかして逃げ出していはしないだろうか？　自分が刑事につかまった時に顔を見せなかったのはどうもおかしい。あの時もう既に逃げたあとだったかも知れぬ。

彼はまた恐ろしいものを振り払うように身体をゆすぶって妄想を追いやろうとしたが、数時間前に、幸福な考えが泉のように湧《わ》いて出たように、今は、あらゆるいまわしい想像が、工場の煙突から吐き出される煤煙《ばいえん》のように、むらむらととぐろを巻いて、彼の意識全体にひろがってゆくのであった。

それでも彼は誰をもうらまなかった。うらもうにもうらむ相手がなかったのである。警官は理由なしに臣民を拘引するわけはない。しからばいかなる理由で自分を拘引したのだろう。わからぬ。全くわからぬ。明らかに無法だ。無茶だ。だが誰が一体自分に無法を加えているのだろう？　彼は、できるだけ冷静に自分の周囲を反省してみた。

妻はもちろん論外だ。さりとて、護謨《ゴム》会社の一事務員である自分には、怪しむべき交友もない。社は忠実につとめている。社長は自分が忠実にはたらくことを知って並々ならぬ好意を示している。工場へは出入りしないから、職工とは別に交渉はない。事務員はほかに四人いるが、みんな自分をすいている。小使は社中で自分に一番したしんでいるし、自分も彼には親切にしてやっている。給仕に至っては、自分は他の事務員のようにこきつかわないで、友達同然につきあっている。そのほかには、自分に交渉のある人間は世界中に両親のほかにはないといってもよい。こんな平和な、安穏《あんのん》な環境に生きている自分に、一体警察沙汰《ざた》になるような事件の渦中に巻きこまれる可能性があるだろうか？

全身はぞくぞく寒い。頭はうずくずく。縄が両腕に食い入ってぴりぴり痛む。頭には旋風が吹いているようで何が何やらさっぱりわからぬ。彼は、この奇怪極まる立場にいることが次第に腹立たしくなってきた。いったい彼らは自分をどうしようというのだろう。どうにでもしてくれ。一刻もはやくどうにか始末をつけて貰いたい。その代わり、ここからはやく出して貰いたい。この光を奪われた底冷たい無気味な部屋にいることだけは一分間でも辛抱ができん。彼は死刑台へでもよいから、はやくこの部屋を出してつれていってほしいと思った。

六　板倉刑事課長の審問

約二十分経った。彼にはそれが数時間のように思われた。

家畜小屋の閂《かんぬき》のような、非美術的極まる留置室の扉《ドア》が、この上なく野蛮な音をたてて、ごりごりときしみながら開いた。生まれおちるときから、罪人以外の人間には接触したことのないような、型にはまった三人の警官が物々しい様子をして外に立っている。

「ここへ来い」

そのうちの一人が鉄力《ブリキ》を叩くような声で命令した。彼は奴隷のように柔順にだまって出て行った。

三人の頑固な警官が、彼を、まるで危険な猛獣か何かのように、物々しく三方から護衛しながら、燦然《さんぜん》と電灯の光のてらしている大きな西洋室《ま》へつれて行った。

今村は、日光をおそれる土龍《もぐら》のように、明るい部屋へ出るのが気まりがわるかった。彼は、数時間前から、彼の身にふりかかってきたあまりに急激な変化のために、以前の自分と現在の自分との連絡をはっきり自覚することができなかった。不面目《ふめんもく》きわまる現在の自分の姿が、見知らぬ悪漢か何ぞのように客観視された。彼は自分で自分を笑ってやりたいような気持ちになった。「ざま見ろ」というような痛快な感じが心のどこかから湧いてくるのであった。

室《へや》の中央には、数百年来そこにおいてあった彫刻か何かのような、その場にふさわしい格好をして、板倉刑事課長が悠然《ゆうぜん》と腰をおろしていた。彼は（こんなことは言う必要がないかも知れぬが）前の晩にまだ四つになったばかりの末娘をどの女学校へ入れるかというくだらん問題について夫人と衝突し、十一時頃床へ入るまで不機嫌であったところへ、ちょうど眠入りばなを本庁から電話で起こされたのであった。「何だ今頃？」と彼は叱るように電話口で答えたのであった。

当番の警部は、つい今しがた、京橋の浅野護謨《ゴム》会社の事務所で、小使が頭部を打たれて惨殺されているのが社長に発見されたこと、ただちに管下に非常線を張ったこと、現場へはただちに判検事および係りの警官や警察医が臨検に向かう手筈《てはず》になっていること、犯人は当夜夜勤をしていた今村という事務員に嫌疑がかかっていることなどを、かいつまんで話した。電話をきいているうちに、課長の顔には次第に職業的緊張があらわれ、「すぐ行きます」と打ってかわっておとなしい言葉で電話を切ったのであった。そして、彼は大急ぎで服を着がえて、自動車をとばしたのである。

「君が今村君かね？」

と課長は彼独得の、おとなしい、それでいて威厳のある語調《ことば》で口をきった。この語調《ごちょう》は彼が官庁の飯を食い出してから二十余年の間に習得されたものであった。ついでにちょっと言っておくが、彼は、柔よく剛を制すという戦術《タクティック》をほとんど盲目的に信じていて、嫌疑者や犯人が手剛い人間であればある程ますますおとなしい調子で話しかけるのが習慣であった。今の口の切り出しかたで見ると、彼が今村をよほど油断のならぬ敵手《あいて》と値踏みしているることは確実といってよいのである。

課長の戦術《タクティック》は、初心な今村に対してはほとんど催眠術のような効を奏した。第一印象において、彼はすっかり課長の柔和な人品に打たれたのである。何か自分に犯行があったら、すっかりこのお方に白状してしまいたいような気持ちになった。この人を喜ばすためになら何かちょっとした罪くらいなら犯してもよいと思ったくらいであった。ところが、あいにく自分が青天白日の身で何も白状すべきことがないので、彼は、課長に対して申しわけのないような気の毒なような気がするのであった。そこで、せめて課長の訊問《じんもん》に対して、できるだけ丁寧に答えるのが、自分の義務でもあり、愉快な人道的な行為でもあると考えた。

「そうです」

と彼は心から恐縮しきって答えた。

「いずれ詳しいことは判事から審問があるはずだが、君は、なぜ拘引されたかわかっているだろうね?」

彼はたちまち返事に窮した。実際彼にはさっぱり拘引された理由がわからなかったのである。しかし「わかりません」と鸚鵡《おうむ》返しに言ってのければ、余計に相手の疑いを増すことにもなり、それに第一無礼にあたるような気もした。少し妙ではあるが、ことによると帰り途《みち》で最初の一撃にあったことと関連して、何かの人違いで自分が拘引されたのかも知れぬとふっと気がついたが、さればと言って「わかっています」と言いきるのは相手を馬鹿にしたようでいかにも図々しすぎる。

「はっきりとはわかりませんが……」ともじもじしながら彼は答えた。

「はっきりわからなくともおぼえはあるんだね、よしよし」と課長は独り合点して大きくうなずいた。

「君は昨夜《ゆうべ》、浅野護謨《ゴム》会社の小使を殺したろう？」

獲物に向かって発射した弾丸《たま》の手ごたえを見定める時の、熟練した猟夫のような眼で、課長は穴のあくほど相手の顔を見た。今の不意討ち的訊問の手ごたえを見てとろうとしたのである。

ところが彼の期待とは打ってかわった妙な反応があらわれた。今村はぽかんとして、無感動な調子で「何ですか？」と訊《き》きかえした。実際よくききとれなかった様子である。課長は、化学反応の実験がうまくゆかなかった時の理科の教師のように小首をかしげた。しかし彼はすぐに気をとりなおした。

「浅野護謨会社の小使を殺したのは君だろうというのだ」

課長は、相手を容易ならぬ強敵と見てとって、できるだけ冷静に言った。いくら隠しだてしたって、こちらでは何もかもわかっているということを犯人に強く印象させる必要のある時に彼が用いる態度である。

今村は、はじめて、自分が容易ならぬ嫌疑を受けているらしいことを自覚して、総身《そうみ》に水を浴びたように胴慄《どうぶる》いした。そしてこれまでの自分の返事が、みんな自分の実際の気持ちを裏切って相手に不利に解釈されていることに気がついて底知れぬ不安に打たれた。課長に対する敬愛の心は、たちまち憎悪の念にかわった。唇は歪み、舌はひきつってとみに返事もできなかったので、彼はだまっていた。ところが彼がだまっていたのは、かえって彼の図太さの証拠であると課長は判断してこういう場合にいつも用いる、息をもつかせぬ「急追法」をとった。

七　証　拠

「昨夜《ゆうべ》君は何時に社を出た？」

「かっきり十時に出ました」

「それから真っ直《すぐ》に家《うち》へ帰ったか？」

「はあ真っ直に帰りました」

「そうか、君は算術はできるね？　社を出たのがかっきり十時、それで君が家の門口まで帰ったのは今朝の一時二十分過ぎだ。君は帰り途《みち》に二時間と二十分費やしているわけだよ。その頃は電車がとまっていたそうだが、京橋から君の家までは、いくら足のおそい人でも、徒歩で二時間あれば沢山だ。ことに昨夜のような雪の晩には、誰でもそうのろのろ歩いているものはない。もし君が真っ直に家《うち》に帰ったのなら、十時に社を出たというのは偽りだろう」

今村は帰途《かえりみち》で奇禍《きか》にあったことをよっぽど話そうかと思った。けれども、それは何も証拠のないことである。かえって不自然なつくり話だと思われる恐れがある。彼は返事に窮してまただまった。課長はそれを決定的な有罪の証明であると判断して、別段返事の督促《とくそく》もしないで次の訊問に移った。

「この手袋は君のだろう?」

彼はデスクの上にのせてある一つの駱駝《らくだ》の手袋をさし示して言った。

「そうです」

と先刻《さつき》から不思議そうにそれを見ていた今村は承認した。

「この手袋の片一方はどうしたかおぼえているか?」

「途中で落としたと見えてありませんでした」

「どこで落としたかおぼえがあるか?」

「ありません」

「君は小使を撲殺《ぼくさつ》した時に、不注意にも現場に落としてきたのだ。被害者のそばに落ちていたということだぞ。臨検の警官からの電話で、君の手袋の片一方が発見されたことが明瞭になっているのだ」

今村は、頭から尻へ、串でつきとおされたような気がした。彼を犯人だと信じきった課長は、勝ち誇った勝軍の将が、敵の降将に降伏条件を指定する時のような、確心に満ちた態度で言った。

「どうじゃ、おぼえがないとは言えないだろう?」

「おぼえはありません」

と今村は低声《こごえ》で呻《うな》るように言った。そして、こんな返事はかえって、おぼえのある証拠であるように思えて、自分で自分のへまさ加減がいやになった。

「おぼえがありません」というような答えは真犯人の常套語《じょうとうご》であるということを、従来の経験にてらして知りぬいている課長は、今村の返事などは歯牙《しが》にもかけずに訊問をすすめた。

「おぼえのない人間が、どうしてつかまった時に『家内はこのことを知っておりますか』なんて言う必要があるのか? 自動車に乗せられるときは『もう駄目だ』なんて独り言をいう必要があるのか? いずれ重大な事件だから、すぐに係りの検事から審問があるはずだが、なまじっか偽りを申し立てぬがいいぞ。隠してはためにならぬぞ」

課長は肥《ふと》った身体《からだ》を満足そうにゆすぶりながら、言いたいだけのことを言ってしまうと、先刻《さっき》から不動の姿勢をとっていた護衛の警官にあごの先で合図した。

今村は、咽喉《のど》に栓が詰まって、一言ものがいえなかった。しょんぼりとして、警官にひきたてられてゆく彼の姿を見ると誰の眼にも、すっかり恐れ入ってひきさがってゆく罪人とかわりはなかった。

実際今村自身にさえ、自分が罪人であるとしか思われなかったのである。絶体絶命の不可抗力に、「お前が犯人だ」と暗示され、その暗示は、人間わざではどうすることもできないような気がした。ニューヨークの摩天楼《まてんろう》のてっぺんから、真っ逆様《さかさま》に墜落するときに感ずるでもあろうような、何とも施しようのない、ただ落つるがままにまかせておくよりほかに仕方のないような宿命を感じた。

昨夜《ゆうべ》のことがきれぎれに彼の頭をかすめて通りすぎる。細君の顔と刑事課長の顔とが消えたり浮かんだりする。その度に彼は脳髄《のうずい》の中へ氷の棒をつきとおされるような思いがした。

それから間もなく臨検の一行が帰り、証人として浅野社長も召喚されて、予審廷が開かれたことは言うまでもないが、その内容は今のと大同小異だからここで発表する必要はなかろう。ただ翌日の新聞の夕刊（朝刊の記事には間にあわなかったので）には「浅野護謨《ゴム》会社小使惨殺さる」という記事の標題《みだし》として「加害者は同社の事務員」と記され、今村がすっかり罪状を自白してただちに未決檻《みけつかん》へ収檻《しゅうかん》された記事がのっていたことだけを言っておけばよい。

八　むしろ永久に未決檻に

今村は今も未決檻にいる。彼が無罪であることは、彼からきれぎれに聞いた話を総合して、今読者に語っている、彼の係りの弁護士なる私はかたく信じている。けれども彼が法律上無罪になるかという問題になると、私には必ずしもそれは保証できない。弁護士として甚だ不謹慎な放言をするようであるが、実際自分は自分の弁論の効果に余り自信がもてないのである。第一彼は、あの晩に家《うち》へ帰る途中で、奇禍《きか》にあったことを一度も裁判官に言っておらぬし今になってそんなことを言い出せば、かえって疑いを深くするような立場にある。しかるに、犯行は十一時頃と鑑定されているからこれを言わなければどうしても現場《げんじょう》不在証明が立たぬ。第二に彼は、その時に受けた頭部の打撲傷を判事に発見されたときに、それになるべく自然らしい説明を与えようとして、途中で転んで頭を打ったと申し立てている。ところが、これは極めて不自然な説明となっている。何故かなら、あの打撲傷はかっきり脳天に受けているのであるから、真っ逆様に転んだのでなければ、あんなところに傷のできる気遣いはない。しかるに歩いている人間が真っ逆様に転ぶことはあり得ない。第三に、事務所に彼が忘れてきた手袋がちょうど被害者のそばに落ちていたということは、あまりにもフェータルな暗合である。もちろん手袋だけなら単なる一つの薄弱な情況証拠としかならぬが、他の証拠と重なり合ってくると、これは、容易ならぬ、ほとんど決定的な価値を帯びてくるのである。その他にも彼は予審廷において、いろいろへまなことを申したてている。そして、いったん口外したことは嘘であろうが何であろうが、彼は断じて取り消そうとしない。前言を翻《ひるがえ》すのは男子の恥辱だと心得ている。男子の一言金鉄のごとしというヒロイズムだけを彼は頑固に信じている。そんなわけで、彼の答弁はかえって矛盾だらけになっているのである。これを要するに、彼はあまりに善良過ぎるために罪を背負って、その重荷を放すことができないという結論になってくる。

それというのも我が国の、いやひとり我が国のみならず、全世界の裁判制度なるものが、形式万能主義で、今村のような世にも珍しい被告の心理に彩られた複雑な事件をさばくようにはできていないからである。

最後にこの事件には他に一人も嫌疑者がない。犯罪があって犯人がないというようなことは警察として忍びがたいところだ。それに世間が、新聞が承知しない。そこで、警察は犯人がなければ犯人を製造してもかまわぬくらいの意気込みで仕事にあたっている。それも事情やむを得ないのであろう。いわんやこの事件では、被告に充分嫌疑をかける表面的理由があるのだから、他に有力な嫌疑者でも出ない限り、彼が証拠不充分で釈放されるのぞみはないと言ってよい。ただ裁判所が一番困っているのは凶器が見つからぬことだ。被告も凶器のことは知らぬ存ぜぬでおしとおしていることだ。

しからば万一、被告が法律上無罪になったとしたら彼は救われるかというと、いったんかくも無惨に破壊された人間の生活というものは容易に繕《つくろ》われるものではない。被告はこれまで、呪いとか、憎みとか、不平とかいうものを知らなんだ。そのためにこそ彼は七十五円の月収で未来の幸福を空想し、この空想が現在の生活を幸福にしていたのである。ところが、今度の事件によりて、彼の頭には、不正に対する呪いと憎悪とが深刻にきざまれたに相違ない。それに、浅野合資会社は、この事件のあったすぐあとで破産している。仮に彼が釈放されても生活の本拠が既になくなっているのだ。人間が多過ぎて困る不景気な今の世の中に、殺人犯の嫌疑を受けた人間を雇い入れるような好奇心をもっている資本家は一人だってありはしない。世間の人の眼には、いくら無罪にきまっても、いったん収檻《しゅうかん》された人間には、どうしても黒い影がつきまとって見えるものだ。アナトール・フランスのかいたクランクビユという青物屋と同じ待遇を彼らは世間から受けなければならんのだ。最後に、本人はまだ知らずにいるが、細君はあの事件に証人としてよばれるやら何やらで胆《きも》をつぶして月足らずで流産し、彼の空想の楽しい糧《かて》であった愛子は、闇から闇に葬られている。細君は国元へひきとられて、もう二度と東京の土をふまぬようにと親戚から さとされている。これを今村が知ったらどうだろう。彼の空想の幸福は、要するに、ちょっとした間違いのために、精神的にも、物質的にも、家庭的にも、すっかり廃墟となってしまって、それを再建《さいこん》するよすがはないのである。私は、むしろ、彼を永久に未決檻《みけっかん》において、せめても一縷《いちる》の空想を楽しみながら世を去らせてやりたいと思うくらいだ。

九　補　遺——真犯人は誰か?

私はこの物語を以上で終わるつもりでいた。ところが今村の公判もまじかに迫った最近ちょっとした事件が起こったので、それを補遺として書き添えておくのを適当だと思った。何故かなら、たとい正確にはわからなかったにしても、この事件の真犯人について私が何の意見ものべなかったのは一部の読者を失望させただろうからである。

数日前、私は少し調べ物をする必要があったので、訪客を避けて、沼津の千本浜の一旅宿へひっこんでいた。三日の間、私は新聞も読まずにこの事件とは関係のないある重大な事件の調査に没頭していた。

四日目の朝であった。昨日《ゆうべ》まで吹きすさんでいた西風がけろりと凪《や》んで、珍しく海が凪《な》いていた。静浦の沖には、無数の漁船が日光を享楽している水鳥の群のように点々と浮かんでいる。おだやかな波は、小石だらけの汀《なぎさ》へぽしゃりぽしゃりと静かな音をたてて打ち寄せている。いったい波の音というものは、宇宙間における最も美妙な音楽であると私は言いたい。それは何千億という細かい小音の集まりである。あたかも、大洋の水を構成している無限数の分子の一つ一つの衝撃が、それぞれ独得のひびきを発し、人間の耳では到底ききわけることのできない千差万別の音階をもって自然の一大交響楽を奏しているかのようである。

私は、硝子《ガラス》障子を一ぱいに開け部屋じゅうへ日光を直射させながら、二階の廊下へ足を投げ出して、はじめて波の音をきく人のように珍しそうに、この自然の音楽にきき入りながら、うっとりとして寝ころんでいた。

その時に宿の女中が一枚の名刺をもってきた。「瀬川秀太郎」という活字は、すぐに私の心を自然に対する親しみから、人間に対する親しみへ引き戻した。私は三日の間、食事の時に宿の女中と御座なりの言葉を交わすだけだったので、人間の肉声に渇していたのである。ことに、学校を出てから、この付近に小さい病院を開業している開業医でありながら、どこか神秘思想家の面影をそなえた瀬川は、この際私の渇を医《い》するには最も好ましい話相手であった。今度の事件が起こってからも彼とは一二度あっているのだ。私はチャブ台の前に端座《たんざ》して、来客を待っていた。

「浅野という男が死んだね」

瀬川は一わたり久濶《きゅうかつ》の挨拶《あいさつ》がすんでから、急に話頭を転換して言った。私には浅野という男が誰のことかとみには思い出せなかったので、

「はあ……」

とわかったような、わからぬような生返事をしていた。瀬川は衣嚢《ポケット》から一枚の東京新聞をとりだして、「静岡版」のところをひろげて一つの記事を指し示した。「浅野社長自殺す」というみだしで、浅野護謨《ゴム》会社々長が、ひきつづく事業の失敗のために会社を解散し、その後修善寺の新井旅館に隠棲していたが、昨夜、家人の寝しずまってから猫いらず自殺をとげたこと、原因は、物質的打撃のために精神に異常を来したものらしく、遺書のごときものは見当たらぬというようなことが書いてあった。

「これは君が弁論を引き受けている小使殺しのあった会社の社長じゃないか?」

瀬川は私が記事を読み了《おわ》ったころを見すまして言った。

私の記憶は、新聞を見た刹那からすでに、蘇《よみがえ》って読んでいるうちにも、私の脳細胞は活発に活動しつづけていたのである。しかもあの事件の公判はもう旬日のうちに迫っていた

ので、職業意識は極度に緊張して、私の推理と想像の機能を最大限にはたらかせた。記事を読んでしまった時には、私はすっかり謎が解けたような気がした。

「わかった?」

と私は読み了ると同時に叫んだ。

「こいつが犯人だ!」

「浅野がかい?」瀬川は別段驚きもしないできさかえした。「どうしてだい?」

私は、咄嗟《とっさ》のうちに頭の中に描かれたプロットを追いながら、話し出した。もっとも、いよいよ話し出してみると、すっかりわかったように思われたのが、所々曖昧《あいまい》な部分がのこっていることに気がついたが。

「君は、あの晩今村が帰り途《みち》で何者かに後ろから殴りつけられたことを僕が話したのをおぼえているだろう。あれは、今村の帰宅の時間をおくらせるために浅野が暴漢を雇って殴らせたのだよ。そうしとけば今村のアリバイがたたぬからね。それに証拠は何ものこらない。頭の傷のことを言い出せば、かえって小使と格闘した時に受けたのだろうと逆に攻めつけられて藪蛇《やぶへび》になるからね。うまくたくらんだものだ。こうしておいて浅野はその間に自分で小使を殴り殺して凶器をかくしてしまい、今村が事務所におき忘れていた手袋を死体のそばにのこしておいて、ちょうどその晩今村が夜勤の番にあたっていたのを幸い、彼に嫌疑を向けようとして、何くわぬ顔で警視庁へ電話をかけたのだ。殺害の原因はしらべてみねばわからぬが、多分、何か浅野が不正なことをしていたのを小使が知っていたために、生かしておいては危険だとでも思ったのだろう。まあそんなところに相違ない。こういうぼろ会社の社長は不正なことをせぬ方がかえって不思議なくらいだからね。こん度の自殺は、良心の呵責《かしやく》の結果にきまっている。すべてが関連しているじゃないか。すっかり辻褄《つじつま》があうじゃないか?」

私は我ながら、自分の推理が比較的整っていたので得意を満面に浮かべて相手を見た。すると、今まで神秘的な眼つきをして空間の一点を見つめていた瀬川は、おもむろに口を開いて語り出した。

「やっぱり君もそう思ったかね。僕も新聞を見たときには君と同じように考えてもみたが、どうもそれはこじつけだよ。君のような法律家には、人間界に起こるすべての現象が法律の範疇の中で動いているように見えるかも知れない。すべての出来事が関連し、関連した出来事はすべて人間の意志に操られて計画的に進行しているように見えるかも知れない。けれども、僕に言わせると、あの事件は、何もかもが無関係で偶然だよ。それを勝手に人間が結びつけて、犯人のないところに犯人を製造しているのだ。君たちは、人間が少しかかわった死にかたをすれば、必ず殺した人間がなければならぬと考える。死人のそばにあるものは、紙屑《かみくず》一つでも、その犯罪に関係のある証拠品のように考える。犯罪と同時刻に起こった出来事は、何でも、その犯罪と因果関係をもっているように思い込む。仮にいたずら者があって、死体のそばに百人ばかりの名刺と十種ばかりの凶器とをばらまいておいたら、君たちはいったいどれを『有力な証拠品』と見なすつもりだい。君は今になって今村が帰途で受けた傷を何か人間の行為ときまっているような口吻《くちぶり》を洩らすが、あれは人間の行為じゃないよ。あれは、三十尺位の高さから、直径二寸あまりの枯木の枝が、ちょうど今村がその下を通りかかる時に墜落したのだ。珍しい出来事だがあり得ないことではないよ。少なくも、そのくらいの枯木が今村が奇禍《きか》にあった場所に落ちていたことは、僕がこの眼で実際に見たんだから確実だ。それに、ちょうど脳天へ傷を受ける可能性はこれ以外に想像できないからね。それから、ちょうど折悪しくその時刻にもう一つの出来事が京橋の事務所で起こったのだ。それは、小使のおやじが、火の用心のために部屋を見回っている時に心臓麻痺で倒れた拍子に床でこっぴどく頭を打ったのだ。臨検の医師は、頭部を凶器で打たれて、そのために心臓麻痺を起こして倒れたのだと言っているようだが、これは時間にすればほとんど同時であるが、原因結果の順序は逆になっている。凶器がいくら探しても見つからぬのは凶器がないからなのだ。そこへ用事があって事務所へ来た社長が小使の死体を発見して警視庁へしらせ、臨検の警官が、今村が運悪くその場へ落としていった手袋を発見して、彼を有力な嫌疑者とにらんだのだ。それから、今度の浅野の自殺は、新聞にある通り、事業の失敗による精神過労の結果発狂したためだ。どの事件もみんな別々に、互いに無関係に起こっているのだ。ただ君たちのような法律家は、これを偶然の暗合としてすませないで、是非とも『真相を解決』しようとするんだ。とまあ僕は解釈するね」

＊　＊　＊

正直に白状するが、私には今だにこの事件の真相はわからない。私の解釈にも多少理由があるように思う。瀬川の解釈にも動かし難い真理があるように思う。しかし、私の解釈の証拠は浅野が死んだ以上堙滅《いんめつ》してしまっている。瀬川の解釈は自然を証人にたてるよりほかには法廷の問題にはならぬ。してみると周囲の事情は依然として哀れな今村に最も不利である。私には依然としてこの事件の弁論に対する自信はない。考えてみると弁論そのものがいやになってくる。人間には人間をさばく力がないのだ。わかりきった過誤をも私は現在の法律では証明することができないのだ。

こんなことを考えてくると私は弁護士という職業を廃業するより外に道がないような気もする。しかし、どんな職業だって同じだという気もする。それで、私は、相変わらず、このののぞみのない弁論をしてみる気でいるのだ。今村をたすけるためではなくただ自分の職業として。

私が瀬川と二人で、人間の過誤の犠牲となった今村のことなどは忘れて、よい気持ちになってその晩酒を飲んで別れた。瀬川もそんなことは少しも気にしていないような様子で陽気に唄をうたったりした。海は、何事にも無関心で、千古のままの波を岸に寄せているらしかった。

秘密

一

私がこれから書き記してゆくような出来事は、この世の中では、決して二度と起こりもしまいし、たとえ起こったところで、当事者が私のような破廉恥漢《はれんちかん》でなければ、それを公に発表しようなどという気は起こさぬだろうと思う。第一そんな気を起こす前に、大抵の人なら、小刀《ナイフ》を頸《けい》動脈へつきさして、時間的に、そういう考えの起こる余裕を無くしているだろう。とは言え、私自身でも、これを書きながら、さすがに、自分を世界一の醜悪な卑怯な人間だということははっきり意識しているのだから、私がそれを意識していないかと思って、読者から色々愚にもつかぬ批評を私の行為に加えて貰うことは真っ平ごめん蒙《こうむ》りたい。それに、私の生命は、近代の薬物学に間違いがないとすれば、今後数時間しかつづかないはずで、これを書きおえてからほんの一時間か二時間の余命しかのこさぬだろうから、たとい何を言っても私の耳にはいる気遣いはないのだ。私が自殺するに至った理由は、これを最後まで読んで貰えばわかるが、もう一つの理由は、人間のうるさい声、特に私の私事に関するわかりきった愚劣な批評をきく前に諸君と幽冥《ゆうめい》境を異にしていたいからでもあるのだ。

＊　＊　＊

今朝《けさ》からこの物語をはじめることにしよう。もっと前から説明せんと読者にわからないかも知れんが、それは、その場合々々に補ってゆくことにする。今の場合、限られた時間内に、秩序だてて四年も前のことから書き出してゆく落ちつきは私にはないからだ。

今朝、八時過ぎのことである。私は妻が出てゆくと、大急ぎで浴衣《ゆかた》を脱いで洋服に着かえた。すっかり外出の身じたくができると、今度は、厳重に家じゅうの戸じまりをした。家の中は真っ暗になった。しかし夜の暗さとはちがってどうも不自然な暗さだった。デュパンという探偵は昼でも部屋の中を真っ暗にしてランプのあかりで夜らしい雰囲気を人工的につくり出していたということだが、実際、真っ昼間に部屋の中を急に暗くすると、何だか自分が別人になったような妙な感じがするものだ。私は書斎へはいって、台ランプのスイッチをひねった。橙色《だいだい》の弱い光が、ぼんやりと周囲に放射された。私は、まるで誰か見ている人でもあるかのように——そんなことは金輪際《こんりんざい》ないことがわかっているにかかわらず——跫音《あしおと》をしのばせて書棚の方へ近づいて行って、右側の書棚の下から二段目の棚から、私は一冊のぶ厚い洋書をぬき出した。

The Psychology of Famous Criminals, A Scientific Study と金文字で背に記してある。私はその書物の頁《ページ》の間から、小さい紙片をそっと取り出して、書物をもとの棚へしまった。そしてその紙片を電気の下へもって行ってひろげてみた。

「たしかに今日だ。今日の正午にまちがいない」と考えながら、私は、デスクの上においてある銀製の灰皿の上で、燐寸《マッチ》をすって、件《くだん》の紙片の一端に点火した。蒼《あお》い炎が蛇のような曲線をえがいて、緩漫にひろがってゆき、やがて、すっかりそれをなめつくしてしまうと、滴《しずく》のような小さいかたまりになって浮動していたが、ついにぽつりと空間に消えてしまった。私はその残骸を注意ぶかく鉛筆でかきまわして灰にしてしまった。あとで妻に発見されては大変だと思ったからだ。これだけの動作を、沈黙のうちにおわると、私は、再びスイッチをひねった。そして二三分の後には、もう暗い家の中を抜け出して、アーク灯の光のように白い戸外の夏の日をあびていたのだ。

私は、尾行巡査のように鋭い眼を八方にくばりながら――がんらい私の眼は鋭いという評判だが、特にその時は甚しかったに相違ないと思う――湯島五丁目のだらだら坂を、電車道の方へ上がって行った。今でもよくおぼえているが、私はその時には、ちょっとした物音にでもびくりとした。まるで似もつかぬ自転車に乗った小僧にうしろから追いぬかれても、もしや妻ではないかと思って、私の心臓はばたばたと調子を狂わした。どんなことがあっても、私は、今朝外出することを、絶対に妻に知られたくなかったのだ。

もちろん、妻が、渋谷の伯母の家へ行くといって出かけてから、もうたっぷり二十分はたっているのだから、普通ならそう用心する必要はなかったのだ。しかし、世の中のことはそんなに普通にばかりきちんきちん運んでゆくものとは限らんのだから、私は、私のやりかたをあまり用心ぶか過ぎたなどと今でも思ってはいない。彼女が何か忘れ物でもして途中から引き返してくるおそれは十分にあるし、途中で買物でもして、二十分やそこら費やしていることは女には普通にあることであるから。それに、妻には見つからなくても、苟《いやしく》も私の顔を見知っている人間には誰にあってもいけなかったのだ。後になってから、いつか発覚するにきまっているから。

二

どうして、それほど今朝《けさ》の外出を秘密にしておく必要があったかを合点して貰うためには、是が非でも、少し以前からのいきさつを説明しなければならぬのだが、それは、今の私には、ほとんど我慢のできないほど面倒な仕事であるし、読者にも退屈だろうと思うが、ほんの二三枚だけ、どうしても話の筋道を立てるに必要已むを得ない骨子だけは省くわけにゆかない。

昨日《きのう》、私は、いつものように、かっきり四時半に役所から帰った。そして、机の上に二枚の葉書とともに一通の西洋封筒の親展書がのせてあるのを発見した。消印は横浜になっていたが宛名の筆跡にはちょっと心あたりがなかった。封を切ってみると、驚いたことには、四年前、突然アメリカへ行ったという噂を友人仲間にのこしたきりで行方不明になった浅田雪子からの便《たよ》りであった。彼女は、行方不明になる前まで、私の恋人だったのだ。当時女学校を出て、赤坂のあるアメリカ婦人の経営している寄宿舎にいて音楽を習っていた雪子と、学校を出て、外務省の役人になったばかりの私との間にかわされた燃えるような恋、したがって、彼女が行方《ゆくえ》不明になった時の私の絶望、彼女の裏切りに対する憤りは、とても筆でかき表すことはできんし、よしできるとしても、今はそんなことをしている時間がないが、一度青春時代をもった人、および現にそれをもちつつある人には、ほぼ想像はできると思うから、想像だけで我慢しておいてもらいたい。一言で言えば、私の生活は完全に目的を失ってしまったのである。

しかしながら、時はすべての悲しみを癒すと言ったパスカルの言葉は正しい。おまけに、その後私が経験した時というのは尋常一様の時ではなかったのだ。大正十二年九月の関東大震災を中にはさんでいたのだ。この、人間を蠅《はえ》のように殺し、人間のこしらえた文明を玩具のように破壊した大地震は、言わば私の心の中までもゆすぶって、すっかり平衡を攪乱《かくらん》してしまった。そうして、不思議なことであるが、雪子を失って以来砂漠のようになってしまったと自分でも思っていた私の心に、再び異性に対する恋を芽《め》ぐませたのである。二度目の恋の相手は、横浜の相当な貿易商の娘だということであるが、震災のために両親と財産とを失ってしまって、天の下にたよるべき人のない身の上であった。横浜のサンタ・マリア女学院の出身だということであるから、今でも、同窓生のうちには、深尾みな子といえば心当たりのある人がいるかも知れぬ。ともかく、その当時は、彼女は、銀座の某カフェの女給をしていたのである。

もちろん二人の恋は、雪子との恋のように熱烈なものではなかった。不幸な男女同士の間に自然にかもされる同情からはじまって、それがしらずしらずのうちに恋愛にかわっていたといった風の、ごく静かな、言わば陰性の恋だった。実際、ある客の少ない、雨のふる晩、彼女が私のテーブルの前にすわって、妙にあたりをはばかるように、おどおどしながら話した身の上話をきいて、私はすっかり同情してしまったのがはじまりなのである。どうかしてこの女を助けてやりたいとその時すでに私は決心したのであった。あとから考えてみると、こんな決心は、中産階級の青年に特有の、虫のいい、利己的な決心であったのだ。なぜかというと、少しも家族的係累《けいるい》のない私にとっては、当時役所から貰っていた月給は、女一人のつましい生活をささえるには十分だったし、その安価な代償を払えば、一人の女を救ったという満足と一人の女の感謝とを永久に味わうことができたのだもの、何しろこんなことは男子にとって名誉どころかじゅうぶん屈辱に値する一種の不正取引なのだ。

それはとにかく、二人はそれから一年もたたぬうちに正式に結婚した。ところが、ちょうど結婚の間ぎわになって、私は四年前雪子との間にかわしたかたい約束を思い出した。その時までは、たまに雪子のことを思い出しても、憎むべき裏切女として思い出すだけだったが、折も折、いざ、みな子と結婚しようとする時になって、これまで夢にも考えなかった考えが不意に、まるでだまし討《うち》のように浮かんできたのだ。それは、ことによると雪子は、あの時何か深い事情があって、已むを得ずアメリカへ行くかあるいはどこか他のところへ姿をかくしたのかも知れぬ、そして、まだ私との約束をまもっていて、やがて二人が一しょになれる日を楽しんで待っているかも知れんという実に厄介極まる考えだ。実際運命という奴は、故意に人間を不幸にしてやろうとして、隙《すき》をうかがっていて、一番困る場合に不意討を食わせせることがあるものだと私はその時も思ったし、今ではなおさらそう思っている。

しかし、どんな考えが起こったって、いまさらどうにもしようがない。結婚の瀬戸際まで進んだ男女の愛をきりはなす力は神にだってありはしない。もちろん私たちは予定どおり結婚した。

二人の夫婦生活は、必ずしも幸福だとは言えなかった。私は、カフェにいた当時のような魅力を、妻としてのみな子には決して見出ださなかった（それは当然だが）。彼女は、妙に内気で、平凡で、少し退屈すぎる女であることがわかった。ことに西洋人の女学校を出たに似ず、書物にはまるで興味がないらしく、新聞すらつづき物の新小説以外にはあまり読みたがらんくらいだった。そのかわり、彼女はうるさく何やかやを私に要求することは絶対になかったし、何事に対しても私の意見に異議を唱えることもなかったので、一見したところでは、第三者には極めて幸福な家庭といえただろうと思う。とにかく平和な家庭であることは事実だった。

ところが、昨日《きのう》、私の机の上におかれてあった雪子からの手紙は、この平和をかきみだす可能性をもったものであると私はすぐに判断した。彼女はアメリカから帰ってきたのだ。そして私に会見を求めてきたのだ。文面は至って簡単で、ただ、明日――つまり今日――の正午頃《ひる》に、横浜の××ホテルまで訪ねてきてほしいというだけであったが、私には、その用向きは即座にわかった。そしてそれがわかると同時に私の頭は、突然巨岩にぶっつかったような状態に陥った。

きっと四年前の約束の履行を求めにきたに相違ない。してみると彼女はやはり私との約束を守っていたのだ。私を裏切ったのではなかったのみか、私自身が、今となっては彼女を裏切ったことになったのだ。彼女は四年も約束を忘れずにいるのに私は、たった一年余りで彼女との約束を破ってしまったのだ。が今となって、それがどうできよう？ 実を言えば、私には今ではみな子と別れること自体はそれほど苦痛ではないかも知れぬし、ことによるとみな子自身もわけを話せば、快く別れてくれるかも知れぬ。それほど彼女は温順だった。しかしそんな卑劣なことは、さすがの私にもできかねる。ことに、私がそんなことを考えているすぐ隣の部屋で夕飯《ゆうめし》のしたくをしているみな子の物音を聞くと、絶対に、たといみな子が人殺しをしてもそんなことはできぬという気がしたのであった。

こういう場合に、世間の賢明な、思慮ある人々はどうするだろう？（思慮ある人々でも私のような軽率なことをしたとして）私はこれまでに読んだ小説や新聞種の中から、私の場合に似たような三角関係の例を思い出そうとしたが、頭ががんがんして何も思い出せなかった。

昨夜《ゆうべ》は一晩中そのことを考えたが、どうしてもよい知恵は浮かばなかった。今朝《けさ》になっても同じであった。しかし、とにかく当面の問題として、是非とも今日のうちに、妻に行き先を知らせずに横浜へ行って雪子にあってくることが必要であった。ところが私たち夫婦は、日曜には二人で市中かもしくは近郊へ出かけるという月給取階級に通有の習慣をもっていたので、今朝、この習慣を破るについては相当な口実が必要だったのだ。しかも私は嘘をつくことはこの上なく下手で、（もっとも絶対に嘘をつかんわけではなかったが）すぐに顔の表情によって相手に嘘であることを看破されてしまうことを自分でよく意識していた。それで私はひどく困った。ところが、うまい具合に、この難関だけはひとりでに解決して、みな子の方から、今日は伯母さんのところへ久しぶりで行ってきたいと言い出したのである。しかも、帰りは六時頃になるから夕飯のしたくが少しおくれるということを、さもさも言いにくそうにことわったのであった。

私は即座に卑劣極まる決心をした。よし、その間の時間を利用して、妻には一日中留守居をしていたように見せかけて、雪子にあってこよう。五時までに帰ることにすれば時間はたっぷりある！

三

私はタクシーで東京駅まで行き、乗車口で降りた。駅の構内を横切る間も、切符を買う間も、みな子にあいはせぬかと思って気が気でなかった。渋谷へ行ったみな子に東京駅であうはずがあるものかなどという理屈は、こういう異常時の人間の心理を知らぬものの屁《へ》理屈だ。私は改札口を走るようにして通りすぎる間も、薄暗いトンネルを抜ける間も、ずっとそれを心配しつづけた。そしてプラットホームへ上がると同時に、そこに立ったり腰をかけたりしている老若男女をほとんど一人々々しらべてみた。もっとも、それはほんの二三秒間か、せいぜい五秒位しかかからぬ間にであったけれど。

私は二等の切符の方が乗客が少なく、したがって知人にあうプロバビリティが少ないと判断して、二等の切符を買ってきたのであるが、いざという時になって、ふっと気が変わって三等に、しかも一番こみあっている箱を選んで、それに乗った。それは、乗客が混んでいればば、たとい知人と同乗しても、発見される恐れが少ないと気がついたからだ。

ところが、人間の浅はかな知恵などは、偶然の前には何の力もないものであることがすぐわかった。一体これがあり得ることだろうか？　もちろん誰一人信ずる者はないだろう。私だって他人からこんな話を聞いたらふふんと鼻で笑ってやるつもりだが、事実だから書かないわけにはゆかない。私の立っているところから、ちょうど六人目、あるいは七人目だったかも知れぬが、とにかく、つい鼻の先に、彼方側《むこう》を向いて、吊革につかまって立っている女の後姿に、私の眼は釘付けにされてしまった。顔は見えなかった。けれども大体の丈格好《せいかっこう》といい、髪の結びかたから、素首の辺の髪の生えぎわから、着物の柄にいたるまで、妻のみな子にそっくりなのだ。私は、その場で自分の身体《からだ》がそのまま結晶してしまいはしないかと思われるほど驚いた。おまけに、彼女はわざとのように、むこうを向いたままで、髪の毛一筋動かさないのだ。

電車が品川まで来たとき、万一あれがみな子なら、山の手線に乗りかえるだろうと思って、私は巧みに人影に姿をかくして、じっと彼女の行動を注視していた。ところが、彼女は下車しないのみか、肩の辺を少し動かして、懐から何かとり出した様子であった。それが懐中鏡であることは、彼女の肩ごしにちらりと見えた反射ですぐわかった。

私の頭には、何とも我慢のならぬ想念が、ふつふつと煮えるように湧き起こってきた。

——やっぱりあいつはみな子にちがいない。あいつは私が昨夜《ゆうべ》本の間へはさんでおいた手紙をそっと盗み見したのだ。ことによると、私が帰らぬさきに、そっと開封して何食わぬ顔をしていたのかも知れぬ。そして伯母の家へ行くなんて、いい加減な口実をつくって、私のあとをつけてきたのだ。そうにきまっている。いま懐中鏡を取り出したのは、私の行動を監視するためにちがいない。——この考えは、私の心中に何とも抑えきれない憎悪を煽《あお》った。私はもう少しで、人前をもかまわず、ずかずかっと彼女のそばへ走りよって、力一ぱい彼女の横《よこ》っ面《つら》を殴りつけてやるところだった。じっさい私にはある感情特に憎悪の感情が極度に昂《こう》じてくると、紳士的体面などは一銭銅貨のように投げすててしまい兼ねない傾向があるのだ。がそれと同時に、彼女に極度の憎悪を感じながら、自分が彼女を憎んでいるというだけの理由で、彼女がこの上なくあわれっぽくなってきた。ほとんど涙が出そうになったくらいだった。

そうしてこういう矛盾した考えがすぐおこってきた。

——あの女は決して私のあとをつけているのじゃない。それどころか私の存在などにてんで気がついていないのだ。たといまともに私の顔を見ても私さえだまっておれば、彼女は私だと信じないだろう。本郷の自宅で留守居をしているはずの私が桜木町行きの電車に乗っているというようなことは、あの女の、ことによると一般に女というものの知力や想像力では解すべからざることだ。懐中鏡だって、何も私の行動を監視するためにとり出したのじゃない。今日のような蒸し暑い、汗のだくだく流れる日に、懐中鏡で自分の顔をうつして、白粉《おしろい》がとけるのを心配するのは、すべての若い女に、ごく普通の身だしなみで、東京から横浜まで一度も懐中鏡を見ないような女があったら、それこそ不自然じゃないか。それに、これは最も根本的な点だが、あの女がみな子であることは有り得ない。断じて有り得ない——。

四

時間が刻々にたってゆくので、私は、こんな調子でだらだら電車の中のことなどを書いているわけにはゆかない。

それに、電車が桜木町でとまった時、私の疑いは確定的になってきたのでもうかく必要もないのだ。私は、彼女が降りる時、ちらりとその横顔を見たのだ。無論それは妻のみな子であった。顔色は土のように蒼《あお》ざめて、非常に心配事でもある様子で、わざとそういう様子をしているのかも知れぬが、誰か人を監視しているような風はちっとも見えなかった。自分の心配だけでせいいっぱいだという風だった。

いったい世の中に起こる千差万別のすべての事柄は、よく考えてみればわかる事柄、少なくもわかり得る事柄と、いくら考えてもわかりっこのない事柄との二つに大別することができる。そして、みな子の今の行動のごときは、後者の典型的なものだ。私はもうからから笑い出したくなった。そして、からからとではなかったが、ほんとうに少し笑った。無論、彼女がどこへ行ったか、まだ私のあとを尾行《つけ》ているかというようなことはいっさい気にかけなかった。そして、私はただ何でもない散歩に出かけた時のような気持ちで、駅の前のカフェへはいってアイスクリームをあつらえた。いかなる場合でも、生理的要求を満たすことには、相当の快感が伴うものだし、それはぜひ必要なことでもあるということは、最愛の子供に死に別れた母親でも、泣き泣き食事だけは忘れないという驚くべき事実に徴して明白だ。私は今でもその時のアイスクリームの冷たさは実はよくおぼえている。

しかし、私のおどろきは、それだけでしまいになったのではない。私が、根岸の山の上にある××ホテルへタクシーで着いた時、タクシーの窓越しに見ると、ちょうど一人の女が、受付口を離れて、あたふたと奥へはいってゆくところだった。私は今度という今度は、突然腰から下がなくなってしまった程びっくりした。その女がやっぱり、今しがた桜木町で降りたみな子ではないか。

私がカフェへはいっている間に、彼女が、先回りして、ここまで来ているということは、ただ一つのことしか意味する余地がない。彼女は私の手紙をみたのだ。そして、何かしら――実際私には何かわからなかったのだが――唾棄《だき》すべき下等な目的をもってここへ来たのに相違ない。私はその陰険《いんけん》と執拗《しつよう》とに感嘆に近い憎悪を燃やした。ことに、見ていても、いじらしいほど内気な、おとなしい、そして善良そうに見えるみな子が、大胆にも不適にも、自分の夫の行動を監視するために、こんなところへ先回りをしてきているという事実は、何とも辛抱のできぬ程いまいましかった。

私はいらいらしてどうにも心がおちつかなんだ。しかも四年ぶりで以前の恋人にあうというちょうどその時に、こんな不快極まる気持ちになっていることとそのことが、さらに私の心を不快にするのだ。

私は受付で聞いた十一番の部屋の前にたって、コンコンと二つノックした。やがて静かな跫音《あしおと》がきこえて扉《ドア》が内側へ開いた。私の頭はその時は無生物同然で何の考えも起こらなかったように思う。

そこには雪子がたっていた。何だか二人の会見は妙な具合であった。四年という年月はあまりに長過ぎたので、いきなり手を握るような真似もできず、そうかといって改まった口のききようをしてよいのかわるいのかわからなかったので、私はどうもばつがわるかった。私はことによると、その時ぽっと顔を赧《あか》くしたかも知れんと思う。何しろ、ひどくどぎまぎしたことはたしかにおぼえている。

彼女は水色の洋服を着ていた。その洋装がまた、つい二三日前に横浜へついたばかりだということがすぐにわかるほど、しっくりと似合っていた。はっきりとした顔の輪郭、邁《まん》遍《べん》なく発育しきった堂々とした体格、それに社交の場数《ばかず》を踏んだ女に特有の、男に対しては何の感じも動かさないで、反対に男の心をどうにでもあやつってみせるといった風な、自信にみちた、それでいて非常に自然な落ち着き、それらのものに、私は、正直に言うが、威圧されてしまった。なれなれしい口をきくどころのさわぎではなく、かちかちに萎縮《いしゅく》してしまって、汗ばんだ、ぎこちない自分の身体《からだ》を、どこか押し入れの中へでも大急ぎでかくしてしまいたかった。

「ああら、よくいらしって下さいましたわね。来て下さるかどうかと思って心配していたのですよ。是非お話したいことがあったもんですから」

何もかもぶちまけて言えば、私は、四年間別れていた恋人同士の間にとうぜん期待される場面を今日の会見に期待していたのだ。長い長い心ゆくばかりの抱擁《ほうよう》、燃えるような接吻《せっぷん》――そういうもので今日の会見ははじまるだろうと期待していたのだ。そうして、実はそんなことになったら困るがと、内々そういうことは適度に切り上げようと計画をたてさえいたのだ（ことわっておくが、私がまだ二三日も生きているのならこんな恥ざらしを告白するのではないということをぜひ読者は知っておいて貰いたい）。ところがどうだ、彼女のかわりようは。彼女の今日の態度は。彼女は私を恋人として迎えているのではなく、恐らくそんなことは事実上忘れてしまって、初対面のお客さんにでも物を言っているようではないか？

「どうもしばらくでした」と私も改まって挨拶をしたが、その文句があまりに、平凡すぎたのですぐにひどく後悔した。

「あなたは妾《わたし》をおこっていらっしゃらないようですね？　妾はまたきっとあなたが怒っていらっしゃると思ったのですよ」

「……」

「ちゃんとわかりますわ。貴方《あなた》の眼で。それからあなたはまだおひとりですか？　あまりだしぬけな問ですが、それとももう……」

「いいえ」と私はうっかりして大急ぎで答えた。

「やっぱり妾《わたし》との約束を守ってて下すって？」

彼女はのっけから私の度胆《どぎも》を抜きつづけであったが、とうとう、私の最も恐れていた絶体絶命の質問を平気であびせかけてしまった。

私は鉄が磁石にひきつけられるように、前後の考えもなく、ゆきあたりばったりに、

「ええ」

と肯定した。そしてすぐに、しまったと思いながら、本能的に、卑怯な奴隷のように彼女の顔を見た。思いがけないことには、彼女の双眼には大きな涙が浮かんでいた。それは水晶のように美しい涙であった。

私は、完全に理性を失って、自分がそういう資格のない人間で、しかもその上に許すべからざる嘘つきであることも忘れてしまって、思わず、手をのばして、彼女の手をぎゅっと握りしめようとした。

「いけません、いけません。さわっちゃいけません。妾の身体《からだ》はもはやけがれているの

です。何もきかないで、……どうぞ許して下さい……」

彼女は私の手をふり払うと同時に、もうすっかり自制力を失ってしまって、四年前の浅田雪子にかえり、涙がぱらぱらと落つるがままだった。

二人は沈黙してしまった。私は自分の醜態をはじてしょげ返った。雪子は椅子《いす》の腕に両手をのせて、その上へ顔をふせていた。

嗚呼《ああ》、私たち二人は何という相違だろう。それは天使と悪魔とが一つの室《へや》の中に向かいあっているようなものだ。彼女は已むを得ない事情のために私を裏切ったことを、千万言にもまさる雄弁な美しい涙によって私に告白して、許しを乞《こ》うているのだ。しかるに私はどうだ。勝手に彼女を裏切って、それを卑怯にも隠しているのだ。そして、おまけにたった今図々しくも彼女の手を握ろうとさえしたのだ！　私は、どんなことがあっても、ここで彼女の脚下《あしもと》にひざまずいて、すっかり懺悔《ざんげ》すべきだったのだ。そうして、実際私はそのとおりにしようとした。今になっていい加減なことを言うのでなく、これはほんとうなのだ。

ところが私がそうしようと思って椅子から起《た》ち上がろうとした時、ちょうど扉《ドア》を叩く者があったのである。すると雪子はばねに撥《はじ》かれたように起ちあがって、ずかずか私の耳のところまでやってきて低声《こごえ》で私にこう言った。

「これから、貴方《あなた》に一人お友達をご紹介しようと思うのです。このかたは、妾《わたし》がアメリカで発見したお友達で、妾のように腐った女ではなくて、貴方と同じように、それはそれは純潔な心をもった方です。今日貴方にわざわざ来ていただいたのはこの方にあっていただくのが目的だったのです。いいでしょう」

彼女は私の返事もまたずに扉を開けに行った。もちろん私がひどく当惑していることなどには気がつかずに。

五

その時はいってきた女は、私がこれから百年生きのびているとしても決して忘れられなかっただろう。何と言っていいか一口に言えば、私が、世界のどこかにいるはずだと思って長年探していたような女だった。雪子よりももっとインテレクチュアルで、雪子よりももっとノーブルで、それでいて、心の中に大きな、素敵に大きな淋《さび》しさを抱いているといった風だ。

私は一眼見て完全に綿のように征服された。はじめて富士山を見たときのような神々しさをさえ感じた。

雪子はというと、つい一分間前までの沈んだ態度とはがらりとかわって、はじめてあったときと同様の落ちつきをいつの間にか回復していた。そして私が、新来の客に対して抱いている感じをとうに見抜いて、それを満足しているようにすら思われた。

何しろ、私は、内閣総理大臣の前へ出たって、この瞬間ほど、自分を小さく感じはしなかっただろうと思う。

「この方は外務省の翻訳官をしていらっしゃる三浦さんです。……こちらは、妾《わたし》のお友達の深尾みな子さんです……」

「はじめてお目にかかります」

「はじめて……」

と半分言うのがむろん私にはやっとやっとだった。何という有り得べかざる暗合だろう。深尾みな子？　深尾みな子といえば私の妻とまさに同姓同名ではないか、いったい今日という日は何という日だろう。電車の中では、妻にそっくりな女にあう。そしてその女は明らかにこのホテルの入口をくぐったはずだ。そうかと思うと、ホテルの中には、妻と同姓同名の女が、現に私の前にすわっているではないか。

「妙なことを申しますが、私は、あなたと苗字も名前も同じ女を知っていますよ」と私は変挺《へんてこ》な初対面の婦人に対しては特に時期を失した、口のききかたをした。いったい私は崇高な感じに打たれると余計へまなことをいうフェータルなくせがある。

「まあ、どこのかたです？　若いお方？」

「ちょうど貴女《あなた》と同じくらいですね。この横浜生まれの女です」

「妾《わたし》もここの○○町の生まれなんですが、その方はまさか？……」

「その女もやっぱり○○町の十二番地の生まれなんですよ」

「……まあ随分ひどい方ね、お目にかかるすぐから、妾をからかいなさるなんて。雪子さんもずいぶんね。妾のことを番地までお話しなさるんですもの」

「いいえ、妾は何も申し上げやしませんよ。ね三浦さん。でも不思議ね、貴方はよく知っていらっしゃるのね。妾だって、みな子さんの番地などは忘れていたくらいですわ」

「いいえ、僕は、この方のことは何も知らないのです。ほんとうに深尾みな子という別の女を知っているのです。でも番地まで同じだとは思いませんでしたね。その女は地震で両親を失って、かわいそうな身の上なんですよ。この方とはまるで違うんです」

「だって深尾さんもやっぱり、地震でご両親を失ってかわいそうな身の上なんですよ」

と雪子は面白そうに笑いながら言った。

「それに、十二番地には妾《わたし》の家一件きりしかなかったのですよ。今ではあとに銀行か何かできて、すっかり様子がかわっているということですけれど」

「貴女《あなた》にはご姉妹はなかったのですか？」

「いいえ、妾はひとりっきりですわ」

「その女はサンタ・マリア女学院を出たということですが」

「もうご冗談はよして、何か別のお話を承りたいものですわね、みな子さん。おっしゃる通り妾はサンタ・マリアの出身ですわ」

「ほんとうのことを言って下さい。私は気が狂いそうですから。雪子さん、この方はあなたとぐるになって私をからかっているのでしょう。私は……」

私は、自分がすっかり、雪子のために愚弄《ぐろう》されているらしいことを知って、もう何もかも告白して、この苦しい立場から逃れようと決心した。そしてそのことを言い出そうとしたのであった。

その時、廊下をばたばた走ってくる慌ただしい跫音《あしおと》がきこえて、外側から扉《ドア》にどさりともたれかかるような音がした。雪子はあわててとんで行って扉《ドア》を開いた。入口には料理人の服をつけた五十あまりの男が息をきらして倒れていた。

「深――深尾の――お嬢さまはいらっしゃいますか。あ、有り難い、お嬢さまだ。ゆ――ゆるして下さい」

こう言いながら件《くだん》の男はよろけるように部屋の中へはいってきて、深尾みな子と称する女の脚下《あしもと》にばったりつくばった。

六

「貴方《あなた》はどなたですか?」と深尾みな子と呼ばれた女は、女王のような気品を維持しながらきっとなって、しかし少なからず驚いて言った。

「わたしは、このホテルのコックをしておるものです。ほんの十分間だけきいて下さい。何もかも申し上げます、すっかり貴女《あなた》は――やっぱりお嬢さんだ。やっぱり生きていらっしゃったか。お嬢さまには、私の顔には見おぼえがありますまい。私は、大正六年の夏、お嬢さまの店に使われていたものですが、ちょっとした口いさかいから、あやまって仲間の男を殺して、地震の時まで、あそこに見える根岸の刑務所にはいっていたのでございます。地震の時に、多分そのことは新聞でご承知でありましょうが、あの刑務所では、危急の場合の非常手段で、いったん囚徒《しゅうと》を解放したのでございます。私も解放された一人でございました。私は、何はおいても、たった一人の娘の安否が気懸かりだったので、二日ばかり根岸の山の上に避難していましたが、火がしずまるのをまってその時分、伊勢佐木町の料理屋に奉公していた娘のところへまっすぐにたずねて行きました。幸いに娘は無事で、店の人たちと一しょに神奈川の方へ避難していることを、やっとのことできききこみましたので、私はそこへたずねて行って娘をひきとってきたのでございます。……

まあもう少し我慢してきいて下さい。私は朋輩《ほうばい》を殺したとは申しましても、殺意があって殺したわけじゃありません。ほんのあやまちだったことは裁判所のお方も認めて下さったので——お嬢さまもその話ぐらいはおききになったことがおありでしょうと思いますが——懲役八年という刑の宣告を受けていたのでした。もう二年までば、立派に放免《ほうめん》される身の上だったのです。ところが、魔がさしたというのでしょう。私はもう娘がかわいそうで、いじらしくて、どうにも、二度と刑務所へ帰る気になりませんでした。そして、あのごたごた騒ぎにまぎれて、とうとう私は今までかくれとおしてしまったのでございます。

しかし、いつまでも脱獄囚でかくれおおせるわけはありませんし、娘も脱獄囚の娘ではどこでもつかってくれ手はありません。これには私もひどく当惑しました。ところが、ふと私は、あの地震の時に、横浜では、警察でも市役所でも戸籍の原簿が焼けてしまったので、その管下の人はすぐ戸籍をとどけ出るようにという布告が出ているということをききこんだのでございます。そこで、私は、何はさておき、娘の籍をこしらえておかねばならんと考えたのです。その時に、思いついたのが、お嬢さまのお宅のことなのです。私は、お宅の焼跡の近所で二三日もかかって色々きさただしてみたのですが、みんなが『深尾さんのご家族はみんな地震でなくなられた』というのです。許して下さい、悪いとは万々承知しながら、その時、私はお嬢さまの籍をそのまま、娘の籍にして届け出たのであります。

それから娘にはよく言いふくめてお嬢さまの名で東京のカフェへ奉公にやり、私は私で、別に籍をこしらえて名前をかえてこのホテルへすみこむことになったのでございます。そのうちに、娘には立派な婿《むこ》ができまして、二年ほど前から東京で何不自由のないくらしをしていたのでございます。ところが、一昨日のことでした。深尾のお嬢さまがアメリカからお帰りになって、このホテルにとまっていらっしゃるという噂を私はきいたのです。私は、てっきり、おなくなりになったとばかり思いつめていたお嬢さまが、不意にアメリカからお帰りになって、しかもこのホテルにいらっしゃるときいて、身体《からだ》中の血が干からびてしまうかと思われる程びっくりしてしまいました。とにかく娘とあって、相談をして善後策をたてねばならんと、こう思って、すぐ娘のところへ手紙を出したのです。……

娘は一時間ばかり前にここへ来てくれました。私がこのことを話すと、正直なあの娘は、すぐにこれからお嬢さまにお会いして、何もかも白状してこいとこう私に申すのです。そしてその足で警察へ自首して出るようにとすすめるのです。——私はそのとおりにいたすつもりでございます。ゆるして下さい。お嬢さま」

「貴方《あなた》の娘さんに是非すぐにあわしてください。娘さんには何の罪もありませんのに、かわいそうに……」

みな子は老料理人《コック》の物語がおわると、両眼に一ぱい涙をためながらこう言った。すると老料理人は、

「その娘は、私にそう言ってしまうと、いきなり剃刀《かみそり》を咽喉《のど》へつきさしてしまったのでございます」

といいながらとうとうたまりかねて、涙をぽろぽろこぼして泣き出した。

「それから、娘の夫は、今日は一日留守居をして娘の帰りをまっているはずだから、すぐ電報をうってくれと死にぎわにあの娘は私に頼みました。娘はお嬢さまと夫とへの申しわけに死んだのです。それよりほかに申しわけのしようがないと我が娘ながら健気《けなげ》に申しておりました。どうぞ、どうぞあれをゆるしてやって下さい」

老料理人は懐から紙片をとり出しながら言った。

「これが娘の婿の所番地でございます。どうぞ、お願いです。ここへ電報をうってこのことをよく伝えて下さい。私はこれからすぐに警察へ自首して出ます」

これらの話を、だまって聞いていた私は、悲痛と、懺愧《ざんき》と、自責と、悔恨《かいこん》とのために、いくたび昏倒《こんとう》しかかったか知れなかった。それにもかかわらず私は私に対する死刑の宣告のような恐ろしい告白をしまいまでだまってきいていた。ああの十分間位の長さは千年

位に私には思われた。

しかしながら、最後にこの料理人が、私自身の住所姓名を書き記した紙片を、ほんとうの深尾みな子に手渡そうとした時私は、本能的に躍りかかって、その紙片をひったくり、あっけにとられている三人をあとにのこしたまま「電報は僕がうってきてあげます」と叫んで部屋をとび出したのである。

私はそれからどこをどう歩いてきたか夢中だった。まるで夢遊病者のような風で、とにかく、三時間の後に、本郷の自宅まで帰ったのである。雪子と深尾みな子との面前であの紙片にしるされた自分の名前を読まれ、私の虚偽《きよぎ》をばらされる屈辱に堪えられなかったために、妻の死顔にもあわないで、とんで帰ったその時の私の卑劣と冷血とは……ああそれを思うと、どうしても生きていることが不可能だ。

私は持病の胃痙攣《けいれん》のために、塩酸モルヒネを常用していた。私はこれを書き出す前に注意して極量を少しく超過するだけの分量を服《の》んだのである。

昨日《きのう》まではともかく紳士として通っていた私の醜悪極まる正体はこれによって今日完全に暴露されるのだ。しかしこの暴露に先《さきだ》って私は私の破廉恥《はれんち》極まる存在を宇宙間に無くしておかねばならない。

これを書いてしまえば私には何も用はないのだ。どれ、ソファに横たわって、殉教者のように高貴な死をとげた妻の幻影でもえがきながら、しずかに死んでゆくことにしよう……。

山吹町の殺人

一

男の顔にはすっかり血の気が失せていた。ふらふら起《た》ち上がって台所へ歩いてゆく姿は、まるで幽霊のようだった。できるだけ物音をたてないように用心しながら、彼はそっと水道の栓をねじって、左手の掌にべっとりついている生々しい血糊《ちのり》を丹念に洗い落とした。それから、電灯の下へ引き返して、両手をひろげて、何べんも裏返してみたり、斜めにかざして光にすかしてみたりして、指の股や、爪の根元に至るまで、精細に検査した。

ほっとした様子で、彼はぼんやり床の上へ眼をおとした。そこには一人の若い女が、見るも無残な殺されかたをして横たわっていた。左の乳房の下部、ちょうど心臓の真上と思われるところを、手拭地《てぬぐいじ》の浴衣《ゆかた》の上から、ただ一突きに短刀で突き刺されて仰向《あおむ》けに倒れ、左手はあわてて傷口のあたりをおさえたような格好になって血の中に埋《うず》まっており、右手は右の鬢《びん》のあたりまで上げられたまま剛直していた。下半身もしどけなく取り乱してはいたが、別段ひどい格闘の行われたようなあともなく、急所をねらったただの一突きで即死したものらしかった。

凝乎《じっ》と見つめていると、軀幹《くかん》とほぼ直角につきさされたままになっている短刀の柄《つか》がかすかに動いているようにも見えたが、その実、傷口の周囲に夥しく流れている血液の表面にはもう大きな皺《しわ》ができていたくらいだから、被害者が凶行を受けてから、既に少なくも一二時間経過していることは確実であった。

男はくるりとうしろを向いて押し入れの襖《ふすま》をあけ、メリンスのかけ布団を一枚出して、ふわりと死体の上にかけた。短刀の柄のところが少し凸出《とつしゅつ》してはいたが、何も知らぬ人が見れば、まるで、疲れてぐっすり熟睡しているように見えた。

突然、男は死体のそばに膝をついた。そして、いかにも感慨にたえぬような様子で、被害者の蒼ざめた額をさわったり、ほつれ髪《け》をかき上げたりしていたが、やがて、死人の顔とすれすれのところまで自分の顔をもって行って、まるで生きた恋人同士がするように、死人の唇に、ものの五秒間も接吻《せつぷん》していた。男が顔をあげたとき、彼の両眼には大きな涙が浮かんでいた。涙は頰《ほお》を伝わって死人の冷たい顔の上へ二三滴落ちた。

不意に、何か容易ならぬことを思い出したものと見えて、男はすっくと起ちあがった。そして、まるで弾機《ばね》をかけられた人形のように、非常な敏捷《びんしょう》さをもって活動しはじめた。長火鉢の抽斗《ひきだし》、鏡台の抽斗、それから戸棚の抽斗を次々にあけて、隅から隅まで、しかし、非常にすばやく彼はしらべはじめた。それがすむと、室内をきょろきょろ見まわしながら、何べんも行ったり来たりして、何物かを探している様子だったが、そのうちに、ひとりでに弾機がゆるんだような具合にばったり活動をやめて、茫然と部屋の真ん中に棒立ちになったまま太い吐息を漏らした。目的物はとうとう見つからなかったらしい。

男はもう一度死体のそばに跪《ひざまず》いて、前と同じように被害者の顔のそばへ自分の顔を寄せて、そっと頰と頰とをすりあわせていたが、やがて、力一ぱい女の顔を自分の頰におしつけた。死人を相手にしてのこれらのすべての動作は、全くの沈黙のうちに行われたのであった。

やがて男は、受け持ちの役割を無事にすまして舞台裏へ退場する俳優のように、落ちつき払って玄関の間へ出て、帽子をかぶり、玄関に腰をかけて、靴を穿《は》こうとした。彼の視神経はたちまち緊張し、彼の視線は急速度で旋回する探照灯のように前後左右へ旋回した。靴がないのだ。たしかに靴脱台の上へ脱いでおいたはずの靴が影も形もなくなっているのだ。念のために彼は下駄箱をあけてみたが、無論そんなところへ靴がひとりでに移転しているはずはない。土間には、平常《ふだん》履きの女下駄が一足脱ぎすててあるばかりだった。やっと回復した彼の落ちつきはこの思いがけない出来事のために根底から履されてしまった。しかも、気がついてみると、たしかにしめておいたはずの玄関の戸が開けっぱなしになっているのである。

——きっと誰かこの戸をあけて、どっかの隙間《すきま》から自分の行為を見ていたに相違ない。そいつが、靴をかくして自分をまごつかせてやろうとたくらんだのだ。ことによると、もうおもてには警官が待ちかまえていて、自分が一歩門外へ足を踏み出すが早いか、自分の手には鉄の手錠がはめられるような手筈《てはず》になっているのかも知れぬ——こういう疑いが、稲妻《いなずま》のように彼の頭を横《よこぎ》って過ぎた。手頸《てくび》に冷たい金属が触れたような感覚をさえおぼえた。彼は急いで女下駄を爪先にひっかけて、夢中でおもてへ飛び出した。

意外にも、そとには何の変わったこともなかった。彼は張り合い抜けがしたような気のゆるみを感じたが、それでもやはりまんべんなく周囲に気をくばりながら、路地を抜けて通りへ出た。

暮れて間もない山吹町の通りは、いつものように大変な人出であった。夜店商人《あきんど》のまわりには用もない通行人がたちどまって、そこここに人垣をつくっており、夜店などには眼もくれない連中が、両側の人垣の間を、しっきりなしに次から次へと往き来していた。こういう人ごみの中へ出てしまうと、彼の真っ蒼な顔も人眼をひくほど目だたなくなり、背広をきて女下駄を穿いている妙な格好にも誰一人注意する者はないらしかった。すべてが、普通であり、何ら異常な点はなかった。つい数十歩離れた路地に酸鼻《さんび》を極めた悲劇が起こっていることを思わせるような何物もなかった。大都会という巨大な存在には、あれくらいな出来事は皮膚の上へ一片の埃《ほこり》が落ちたくらいの刺激しか与えないのだろう。ことによると、東京市内に、これくらいな事件は、現在二十もあるいはそれ以上も起こっていて、しかも誰一人それに気がついていないのかも知れぬ。

しかし、彼自身は大都会そのもののように無感覚ではあり得ない。彼は昼夜銀行の前まで来ると、筋向かいの靴屋のショーウインドーの前に立ちどまり、その中から自分が前に穿いていた靴によく似た一足を物色して、中へはいってそれを買って穿いた。靴屋の小僧は、彼の風体などには全く無関心で、まるで洋服を着て女下駄をはいているのはごく普通の服装ででもあるかのように、少しも平常《ふだん》と変わったところはなく、愛嬌よく、しかも非常に事務的に新聞紙で下駄を包んで彼に渡した。彼は、江戸川橋の上から、そっと下の川へこの包みを投げ捨てて急いでひき返して、電車にとびのった。

二

証拠をのこさないように非常に用心したにかかわらず、既に二つの重大な手落ちをしたことがひどく彼の気を腐らした。一つは、昨日《きのう》被害者に出した手紙をどうしても発見することができなかったことだ。昨日の夕方丸の内でポストへ入れたのだから、今日の午前中にあの手紙はついているはずだ。してみると九分九厘まではあの家《うち》の中にその手紙はのこっているに相違ないし、家の中にのこっている以上は、おそかれ早かれ臨検の警官に見つかるにきまっている。しかもその手紙には今日の夕刻役所からの帰りにあの家へ立ち寄るということが記されてあるのだ。

彼は電車に乗って間もなくしまったと思った。あの手紙は女が懐中かあるいは袂《たもと》の中へ入れていたのにちがいないということに気がついたのである。女の身のまわりを探さなかったことは何という取り返しのつかぬ不覚だったろう。彼には、被害者の襟元《えりもと》から、水色の封筒のはしがはみ出しているのが、まざまざ見えるような気がした。ほんとうにそれを見たようにさえ思われ出してきた。おまけに、何よりも困ったことには手紙の用箋《ようせん》に役所の用箋をつかったことだ。

いま一つの手落ちは、何者かが玄関の戸をあけて靴を盗んで行ったのに気のつかなかったことである。玄関と居間との間の襖《ふすま》はしまっていたから、中の様子が玄関から見えるわけはないけれども、彼は靴を盗まれても知らずにいたくらいだから、どんな隙間からのぞかれていたか知れたものでない。靴を盗んだ奴は、靴をかくしておけば逃げ出す心配はないと単純に考えて、その間に交番へかけつけて一部《いちぶ》一什《しじゅう》を巡査に訴えたのかも知れない。そうだとすると彼は電車道までの帰りがけに、急をきいて現場《げんじょう》へかけつける巡査とすれちがったのかも知れないことになる——考えただけでも彼は背筋が寒くなった。

——それにしてもあの女はかわいそうなことをしたものだ——彼の頭は急に別なことを考えはじめた。上野広小路で神明町行きに乗りかえてから、にわかに混雑してきた電車の中で、彼は過去二年間にまたがる、被害者との関係を次から次へと回想しはじめた。

関係！　といっても、まことに他愛のないものではある。思春期の男子に通有の、一種の女性崇拝とでもいった心的状態が、偶然に崇拝の対象として彼女をとらえたまでだったのだ。いったい男子がこういう心的状態にあるときは、崇拝の対象となる女性にはほとんど資格はいらないと言ってもよい。ただ人なみの容貌《ようぼう》とほんのちょっとしたインテリジェンスの閃きとをさえもっておればそれで沢山だ。大宅《おおや》——これから彼の本名で呼ぶことにしよう——大宅三四郎は、その頃法科の三年生だった。女は朝吹光子といって、その頃浅草雷門のカフェ大正軒の女給の一人だったのである。

大宅は十数人の女給の中で、どういうわけか光子を崇拝の対象としてえらんだ。彼女は別に他の女給に比してすぐれた点をもっていたわけではないが、笑うときに両頰に笑くぼができることと、滑らかな関西訛《なま》りとがことによると大宅の気にいったのかも知れぬ。が実は大宅自身にだってなぜ特に彼女が気に入ったかという理由はわからなかったのだし、そんなことはわからぬのが当然でもあったのだ。

　はじめのうちは、大宅は、毎週土曜日に必ず、大正軒の一つのテーブル――それもたいてい他の客が既に占領していない限り入口から三番目の右側のテーブルときまっていた――に陣どって、好きでもないウイスキーをちびりちびりなめながら、時々光子の姿を見ることで満足していた。二人がはじめて口をきいたのはそれから約三ヶ月もたってからだった。それはほんのちょっとした挨拶に過ぎなかったのだが大宅は、有頂天になって、その日の日記のしまいに、今思い出すと冷汗の出るような甘ったるい詩を書いたことを今でもおぼえていた。

　それから、しばらくたつと冗戯《じょうだん》口の一つもきけるようになり、とうとう公休日に一度二人で日帰りで江の島まで遊びに行ったこともあった。とはいえその時だって、彼は、汽車に同席したというだけで、手先や膝がふれあうのをさえ、不必要に用心して彼の方でさけていたくらいだった。

　外部にあらわれた二人の関係はこんなに淡いものであったが、心の中《うち》はそうではなかった。三四郎には光子のあらゆる部分、あらゆる動作が美しく、高貴に、なみなみならぬもののようにさえ見えた。あの時のごときは、大正軒の前まで来て、急に彼女にあうのがきまりがわるくなって引き返したことすらあった。

三四郎が大学を卒業して××省書記に採用されてからまもないある土曜日の晩であった。ちょうど四月のことで大正軒の広間には造花の桜が一ぱい咲き乱れており、シャンデリアは部屋いっぱいに豊満な光を投げていた。白いエプロンの襟に真鍮《しんちゅう》の番号札をつけた光子は、三四郎のそばに立ってちょっとあたりに気をくばりながら低声《こごえ》で言った。

「妾《わたし》近いうちにここをやめようと思うの」

芳醇《ほうじゅん》なカクテルにほんのり微酔《ほろよい》していた三四郎は、

「そりゃ困るね。君が居なくなっちゃ僕の生活はアメリカ無しのコロンブス同然だよ」

と彼はドストエフスキーの文句をひいて不良少年じみた冗戯《じょうだん》口調で言った。

「でもね」と光子は在外真面目で、やはり四辺《あたり》に気をくばりながら低声で続けた。「カフェの女給なんてまったく奴隷みたいなものよ。主人からもお客からもふみつけにされてね。それでいて朋輩同士だってみんなひがみあっているのよ。口先では体裁のいいことを言っているけれど、女なんて心の中《うち》じゃみんな仇《かたき》同士だわ」

日頃からフェミニストをもって任じていた三四郎は、女からこの現実的な訴えをきいて、虐《しい》げられた女を虐げられた状態のままに享楽しようとしていた自分の矛盾を恥じた。そして非常に感激して、急に真面目になって言った。

「そりゃいい決心だ。まったくこういう所に長くいてはよくない。があとで生活に困りゃしないかね?」

「……」

「月にいくらあったらやっていけるもんかなあ?」

「いくらもかからないと思うのよ、間借りでもしてゆけば」と光子はうつむきながら答えた。

「三十円位なら僕でも出せるがなあ、君さえかまわなければ」

「だってそんなことをしていただいちゃすまないわ」

「なあに、君の方さえよければ、僕は是非そうさして貰いたいくらいだ」

こうして光子はカフェをやめることになったのである。大宅は実際月三十円の負担と、一人の女性を奴隷状態から救ったという人道主義者的の誇りとの交換を後悔してはいなかった。その日から大宅の生活は一層ひきしまって彼はふわふわした女性崇拝主義者から、堅実な青年に一変したのであった。それまでだって、二人の間の関係はきれいなものではあったが(もちろん心の中まで彼がピューリタンであったわけではないが)その後はますますきちょうめんになって、光子が山吹町の路地に六畳に三畳の借家ずまいをするようになってから今まで、手紙の往復以外に、二人が直接会ったことは今夜ともで三度しかなかったくらいである。金で女に恩を売ったように思われることを極度に警戒して彼は避けていたのだ。

二人のこれまでの関係を知っているもの——あるいは誤解しているものと言った方が適当かもしれぬ——は世界中に一人しかない——少なくも大宅はそう信じていた。それは、大宅が役所へつとめてから間もなく田舎の女学校を出て上京してきた、許嫁《いいなずけ》の嘉子《よしこ》だった。大宅は嘉子と同棲する前に、そうするのが義務であると信じてすっかり光子との従来の関係を彼女に平気で自白してしまったのであった。その時嘉子の顔がさっと曇ったのを大宅は今でもよく記憶していた。

光子からはその後時々手紙がきた。二人は会った時はいつも淡白にわかれたが、手紙ではかなり濃厚な文字をつらねることもあった。まるで普通の男女間の交際の公式の反対なのだ。それで光子からの手紙がつく度に、嘉子の心が平らかでなかったことは、言うまでもなかった。嘉子は明らかに二人の関係を誤解していたのだし、誰だって誤解するにきまったような関係でもあったのだ。

ことに、昨日《きのう》の朝着いた光子からの手紙には、是非今日会って話したいことがあると書いてあったので、それがもとになって、彼が光子にまだ仕送りをつづけているのはあまりに嘉子をふみつけにしたしうちだと嘉子が涙ぐんで食ってかかったのをきっかけに、今朝《けさ》、役所へ出がけに二人は同棲後はじめてひどい喧嘩《けんか》をしたのであった。三四郎の方では、光子に対して何ら疚《やま》しい関係はないということ、男子が一たん約束をした以上は何とか相手の身のふりかたがきまるまでは約束をやぶるわけにはゆかないことを意地になって言い張ったので、とうとう喧嘩別れになったままで彼は出ていったのであった。嘉子は嘉子で「これから妾《わたし》が光子さんに会ってじかに話をきめてきます」と捨台辞《すてぜりふ》をのこして三四郎にわかれたのだった。

ところが三四郎が役所から帰りに光子の家《うち》へ来てみると、光子はもう死体となってしまっていたのだ。

三

光子の死体を見出だした瞬間から、大宅三四郎の頭には、どうしても抹殺することのできない疑いが執拗《しつよう》に巣くった。彼はこの疑いに触れることを恐れて、わざと避けていたのであるが、避けようとすればするほど、疑いはますますはっきりとした形を帯びてくるようにすら思われた。

彼は自分の家《うち》へ入るのを恐れた。――嘉子《よしこ》はもう帰っているだろうか？　どうしているだろう。犯した罪の恐ろしさに泣きくずれているのじゃなかろうか？　もう既に警官に発見されて引致《いんち》されたのじゃなかろうか？――

まるではじめての家を訪れる時のように彼はしばらく我が家の前に佇《たたず》んで思案をこらしていた。家の中は森閑《しんかん》としていて別に変わった様子もなかった。とうとう彼は思いきってくぐりを開けた。

玄関へ迎いに出た嘉子の態度にはひどく平常《ふだん》と変わった点はなかった。ただいつもとちがっている点は、ほとんど口かずをきかないことぐらいだった。しかし、それは今朝《けさ》役所へ出かける時に傷つけられた感情の余勢と見る方が自然なくらいであった。

「まあどうしたんでしょう」大宅の脱いだズボンをたたんでいた嘉子は、とつぜん吃驚《びっくり》して叫んだ。「おズボンに血がついててよ」

「えっ」と血相をかえて大宅は叫んだ。なるほどズボンの膝のところに、まだ生々しい血のりがついていた。あれだけ用心をしてきたのに、家《うち》へ帰るが早いかこんな大手抜かりを発見されたことは、彼の心をひどく萎縮《いしゅく》させた。彼はまごまごしてしまって、血のついたわけを説明する口実を見出だすこともできなかった。

「どうしてそんなもんがついたのかなあ、とにかく汚いからよく洗っといておくれよ……それからと、今日誰か訪ねてこなかったかい?」と彼はなるべく自然に話頭《わとう》を転換しようとした。

「ええ別にどなたも……そうそう、そういえば夕方ちょっとお巡りさんが来ましたわ」

「何、巡査が?」

「ええ、ずいぶん人の悪いお巡りさんよ。わたしのことをいろいろ根掘り葉掘りきくんですもの」

「どんなことをきいたんだ?」

「……」

「なんてきいたの?」

「ご主人とどういう関係ですかなんてね。妾《わたし》返事に困っちゃったわ。だってまだ籍ははいっていないし、姓がちがうから妹だなんて言うわけにもいかないし、仕方がないから親戚のものだって言ってといたわ」

「なんだ、戸籍しらべか？　それっきりだったかい？」

「帰りがけににやにや笑っていたわ。きっともう知ってるのよ」

「何を知ってるんだ？」

「……」

三四郎は思わずにじりよったが、ふと勘ちがいして真面目になりすぎたことに気がついて、あとは笑いにごまかしてしまった。

それっきり二人はだまって食膳に向かった。今朝《けさ》の喧嘩《けんか》のことも光子のことも二人とも一語も言わなかった。ただし三四郎は嘉子の様子をそれとなく注視していた。彼には何もかもが意外だらけだった。恐るべき罪を犯したはずの嘉子のあの驚くべき落ちつきはどうだろう。ことによると嘉子は何も知らぬのじゃないかしら。いやそんなことは絶対にあり得ない。今朝の彼女の言葉、いま光子のことをわざと一言も言い出さぬ点、つとめて落ちついた態度を装っているらしいこと、それらの事実は、すべて、彼女が犯人だという断定に帰着してゆくのであった。

――しかし、すんだことはしかたがない。なるべくこの事件は、このまま秘密に葬られてしまってくれればよいが。人を殺すというようなことは許すべからざる大罪だが、もとはみんな自分のためだ。自分を愛すればこそ、嘉子はあんな大胆なことをしたのだ。法網《ほうもう》をくぐるのはよいことではないが、あの女が法のさばきを受けるとなると、自分は手を下さずして二人の女を殺したも同然になる。何とかしてこのままにそっとすましてしまいたいものだ――

四

三四郎はその晩一睡もできなかった。宵《よい》に目撃した惨劇、それにつながる様々な回想と、憶測とが、次から次へと彼の頭の中を交替して占領するのであった。神経は針のように尖《とが》って、ごとりと音がしても、警官がふみこんできたのではないかと思ってひやりとした。

――嘉子《よしこ》が果たして犯人だろうか？――この疑いは特に彼を苦しめた。

――女というものは異常な場合には異常なことをしかねない性質をもっている。特に愛する男のためには、想像もできないような残忍性を発揮することがある――とりわけ――彼はバルザックの言葉を思い出した――女というものは、一度別の女のものであった男を愛する場合には全力を賭《と》して戦うものだそうである。しかも、彼女の場合がちょうどそれにあたるではないか？

――二人の女が――しかも多感な女が一人の男を奪いあう場合、彼女達は手段をえらばない。どんな残忍な、どんな陰険な手段でもとりかねない。色情のために犯された放火や殺人等の惨劇に枚挙は遑《いとま》ない程ある。――考えれば考えるほど、恐ろしい疑いはますます具体的な形をとってくるのであった。

――元来、女は嫉妬という凶器をもっている。恋することの強い女ほど嫉妬も強い。「嫉妬せざる女は恋せざる女なり」というオーガスチンの言葉を逆にすれば、「恋する女は嫉妬する女なり」ということになる。ところで嘉子は自分を熱愛しているということは、光子に対する強烈な嫉妬の存在を証するわけだ――

嘉子も長く眠《ね》つかなかった。三四郎は嘉子の小さい頭の中で、良心が彼女をせめさいなんでいるさまを想像していじらしくなってきたが、それと同時に、あくまでも自分の犯行をつつんで、表面平気を装うているらしい彼女の大胆さがにくらしくもなった。

いずれにしても、光子の家《うち》で、へまな証拠をのこしてきたことを彼はかえすがえすも後悔した。あれがもとで足がついて、嘉子の犯罪が発覚するようなことになったら大変だと彼は思った。もしもの場合には、証拠をのこしておいたのを幸いに、自分ですべての罪をきてやろうかとも考えた。しかし、そんなことをしたところで嘉子の身はやはり破滅だ。彼女は、自分に罪をきせてだまっているような女ではない。やっぱりこのまま何事もわからず、闇から闇に葬られてしまえばよいがなあ――

彼が妄想にふけっているうちに、いつのまにか眠っていたらしい嘉子の唇がその時突然動いた。

「許して下さい、光子さん。あーれ、光子さん――」

三四郎は飛び上がるほどびっくりして、

「どうしたんだ、おい」

と次の文句を聞くのがおそろしさに嘉子の肩の辺りをつかまえて揺すり起こした。嘉子はびっくりして眼をさました。

「ああ怖かった。夢でしたのね。ああよかった。妾《わたし》何か言って?」

「何かうなされていたよ」

「まあこわかったわ——でも不思議ね。ちょうど妾が考えていることを夢に見たのよ」

「どんな夢を見たんだ?」

「あなたが気を悪くするといけないから今は言えないわ。ああ恐ろしかった」

彼女はまだ恐ろしさにふるえていた。三四郎も恐ろしさにふるえた。恐怖にとらわれて二人は思わず顔を見あわせた。そして、相手の形相を見てさらにふるえた。恐ろしき夜は刻々にふけて行った。二人は無言のまま夜の明けるのを待っていたが、二人とも明けがたになって、うとうととまどろんだ。

五

翌朝《よくちょう》、先に床《とこ》をはなれた嘉子は、玄関に投げこんであった××新聞の社会面を見たとき、もう少しで卒倒するところだった。

「昨夜牛込山吹町の惨劇」、「被害者は妙齢《みょうれい》の美人、犯人の目星つく」という初号活字を交えた四段抜き三行の標題《みだし》で次のようなことが記されてあった。

「昨夜十一時、牛込区山吹町××番地朝吹光子(二二)は何者かのために胸部を短刀で突き刺されて惨殺されておるを発見された。所轄×××署よりは、直ちに数名の警官出張し、警視庁はただちに管下に非常線を張りて犯人厳探《げんたん》中である。臨検の警官は既に有力な証拠品をつかんだらしく、深夜にもかかわらず×××署を捜査本部としてある方面に活動を開始した模様であるから、本日中には犯人は逮捕される見込みである」

「被害者の死体を発見した隣家の老婆は語る——光子さんの家《うち》では十一時にもなるのに、玄関の戸も居間の襖《ふすま》も開けっぱなしになっているので、不要慎《ぶようじん》だと思ってのぞいてみますと、光子さんが布団を着てやすんでおられる様子でしたから、あんまり不要慎だと思ってのぞいてみましたが返事がないので上がってみるとあの始末なのです。妾《わたし》は腰を抜かしてしまってしばらくは言葉も出ませんでした」

「被害者の身許《みもと》は不明であるが、近隣の人々の話を総合したところでは、本年四月まで浅草雷門前のカフェ大正軒に女給をしていたということである」

「記者は逸早《いちはや》く大正軒を訪《と》い生前被害者を知っていたという女給百合子についてただすと、百合子は『まあ光子さんが人手にかかって?』とおどろきながら語った。『あの人は人にうらまれるようなかたじゃないのですけれど、こちらに勤めておられる時分から色々なお客様と関係があったようですわ。何でも学生の方が二人と、たしか木見《きみ》さんとかいう請負師《うけおいし》の方と、それから、大宅さんとかいってこの春からお役所へつとめておられる方とが、よく見えたように思います。そして噂によるとその請負師のかたと今の所に同棲しておられたということですわ』」

「被害者の懐中より一通の封書と一通の電報とが発見された。封書の差出人は単に〇生とあるのみであるが、被害前日の日付にて、『明日《みようにち》夕方帰りに寄ります』という文句が認《したた》められてあり、用箋には××省の用箋が使用してあった。大正軒女給の言った大宅某と同一人であろうと記者は察する。電報は、名古屋駅発信で、発信時刻は当日午前七時二分、受信八時二十分で電文は『キユヨウアリチユウオウセンニテマツモトヘユキアスアサイイダマチツクキミ』となっている。電文の末尾《おわり》にあるキミとは請負師の木見のことではなかろうか」

「死体にはメリンスの掛布団がかけて一見眠っているように見せかけてあった。凶行の発見を長びかすための犯人の小細工らしい。現場《げんじよう》は非常に取り乱され、箪笥《たんす》、鏡台等《きようだいなど》の抽斗《ひきだし》はのこらずひき出して中味はまぜっかえしてあったが、紛失物もない模様であるからこれまた強盗の仕わざと見せかけるための犯人の詭計《きけい》らしい」

「同夜、山吹町で履物《はきもの》専門の空巣ねらいが逮捕されたが、同人は、被害者宅にてキッドの赤靴を一足盗んだという奇怪な陳述をしているので取り調べ中である」

新聞の記事はだいたい以上のようなものであった。嘉子《よしこ》は靴のところを読んだときに思わず、昨夜大宅が玄関に脱ぎすてたままになっていた靴に目をやった。それはまだ買いたての新しい靴であることが一目でわかった。

──靴──ズボンの血──××省の用箋──大宅──嘉子は咽喉《のど》がつまってものが言え

なくなった。

「おい、新聞を貸してごらん」

いつのまにか、三四郎も起きて、嘉子のうしろにたっていた。嘉子は思わず新聞をかかえた。

「お見せというに、何か出てるんだろ」

嘉子の全身がわなわな慄《ふる》えているので大方の事情を察した三四郎は、つとめて冷静を装いながら追窮《ついきゅう》した。

「すみません、すみません……」

と言いながら、嘉子は新聞をそばにおいたままとうとうその場に泣き伏してしまった。

三四郎は非常に緊張して新聞の記事を読みおわった。彼は、自分に嫌疑がむいてくることはもう覚悟していたのであったが、それでも新聞の記事を読むと胴慄《どうぶる》いがとまらなかった。が新聞記者が嘉子に少しも嫌疑をかけていないのを発見してほっとした。やっぱり嘉子ではないのかなと思って彼は嘉子の方をちらりと見た。嘉子はまだ顔をふせたままますすりないていた。やはり嘉子だ。「すみません」とたった今彼女が言った言葉の意吹《いみ》が彼にははっきりとわかったような気がした。

二人は互いに相手の言葉をおそれた。慰めることも、責めることも、といただすこともあえてし得なかった。ただめいめい自分の胸の中で全てを了解してだまっていた。

六

その朝私立探偵上野陽太郎はマドロスパイプをくわえながら矢来《やらい》の通りの敷石道《しきいしみち》を大股に歩いていた。彼は必要のない時には何も考えないでできるだけ頭を休めておくということをモットーとしていたので、今もそれを忠実に実行しているらしかった。

朝の新聞で光子殺害の記事を見て、彼は大急ぎで山吹町の凶行の現場《げんじょう》へかけつけ、約二十分ほどの間、現場を精細に観察したり、見張りの警官に二三質問したりしてその場を引き上げ、これから今度の事件の捜査本部になっている×××警察署へ行くところなのだ。現場の視察からは彼は新聞紙に報道されている以外には何ら新しい証拠をつかめなかったらしく、ただ古新聞を一葉《よう》拾ってきただけだった。

「何かかわったことが見つかりましたかね?」

上野の名刺をもって出てきた×××署の佐々木警部に向かって彼はちょっとパイプを口からはずしてたずねた。

「そうですな」と佐々木警部は相手にも椅子《いす》をすすめながら、自分も椅子に腰を下ろして徐《おも》むろに言った。「例の手紙の差出人がやっとわかりましてね、これから検挙に向かうところです」

「すると差出人は新聞に出ていたのとはちがうんですな?」

「そういうわけでもないのですが、何しろ相手が官吏ですからな、××省へ行って、本人が果たして実在の人物が否かをしらべ本人の自宅の番地などもきさただささねばならず、筆跡などもよくくらべてみて、いよいよそれにちがいないことをたしかめるには、新聞記者があてずっぽうに書きなぐるのとはひまがかかる点は認めていただきたいですな」

「でその大宅という男に嫌疑がかかっているわけですな？」

「まあそうです」

「ほかに何か新しい材料は？」

「別に……そうそう、今朝《けさ》被害者宛に電報が来ましてね。発信人はやはりキミという男で、甲府の駅から打っているのです。今朝の四時二十分の発信で、配達されたのは六時半頃だったそうです。文面はたしか『一〇ジ二一フンイイダマチツクエキマデムカヒタノムキミ』となっているんです。かわいそうにその男は情婦が殺されたのも知らずに帰ってきてさぞ吃驚《びつくり》することでしょう。しかし、この男をといただしてみれば、被害者の身許《みもと》や、大宅との関係などももっと詳しくわかるかも知れませんから、証人として直ぐに引致《いんち》する手筈《てはず》になっています。それに今のところ死体の引取人もありませんから」

上野探偵はポケットから時計を取り出して見ながら言った。

「十時二十一分に飯田町へつくんですね。で木見という男の人相はわかっているんですかい？」

「そりゃ大正軒の女給の話でわかっていますが、念のためにその女給に駅まで行って貰うことになっています」

「そりゃよかった……ではもうすぐ十時ですから、私もちょっと駅まで行ってみますかな、ここから歩いて行ってもまだ間にあいますね。ああそうそう、忘れていたが、手紙と電報とはやはり被害者の懐中にあったのですな？」

「懐中と新聞にあるのは間違いで袂《たもと》の中にあったのです」と佐々木は新聞の報道の杜撰《ずさん》を証明するのはこの時だとばかり少しそり身になって言った。

「手紙の封筒に血で指紋がのこっていたというのはほんとうですか今見張りの警官にきいてきましたが？　しかも指紋は被害者の指紋ではなかったということですな？」

「そのとおりです」

「被害者の家《うち》の状差《じょうさ》しは空っぽでしたが、あの中には死体が発見された時から手紙類は一つもはいっていなかったのですか？」

「そうです」

上野はポケットから一葉の古新聞をとり出して警部に渡した。

「現場《げんじょう》でこれを拾ってきたのですがね、何かの参考になるかも知れませんからお渡ししときましょう」

佐々木警部は小さく折って折り目のだいぶすれている××新聞を大急ぎでひろげてずっと標題《みだし》に眼をとおしながら言った。

「昨日《きのう》の新聞ですね、これは。何か変わったことでもでているのですか？」

「六面をよくごらんなさい」

「ほほう、これは静岡版ですな。ここに何か出ているのですか?」

佐々木の視線はいそがしく活字の上を走った。

「何も出てはいないのですが、犯人が昨日《きのう》静岡県からか、もしくは静岡県下の駅を通過して東京へ来たものだということがこれでわかるじゃありませんか? 東京ではこの版は売っていませんからね。ところで、私は時間がありませんから、ちょっとこれから駅へ行ってみます」

こう言いながら上野探偵は麦藁《むぎわら》帽子を被《かぶ》って、急いでおもてへ出た。

七

上野は駅へつくとまず売店で旅行案内を一冊買った。

待合室には二人の知りあいの刑事が、一人の若い女と笑いながら何か話していたが、上野の姿を見ると、「あっ上野先生だ」と言いながら起ちあがってお叩頭《じぎ》をした。「はあ」と女は

「貴女《あなた》が百合子さんですね?」と探偵は女の方へむきなおって言った。

低声《こごえ》で答えた。

「今汽車がつきますから、貴女は相手に見られないように僕のうしろにかくれていて木見という人間を私に教えて下さい。それから、あの男は山吹町の被害者の家《うち》へまっすぐに

行くにきまっているから、君達も仰々しくここであの男を引致《いんち》するようなことはしないがいいぜ」と上野は二人の刑事に向かって言った。

そのうちに汽車が到着した。駅の構内は急にざわざわした。二人の刑事と上野とは改札口の近くに並んで立っていた。百合子は上野のうしろに身をかくして、二人の男の肩の間から眼だけ出して、改札口から出てくる人々を熱心に見張っていた。

「あれですよ。あの赧《あか》ら顔の肥《ふと》った男です」と言いながら、彼女は上野の背《せな》を指でつついた。

四人の眼は同時に百合子が今説明した人物にそそがれた。

彼は、赤帽からトランクを受けとるや否や、急いで車をやとった。「山吹町」という声を四人ははっきりときいた。

「君たちはこれからタクシーであの男をつけて行きたまえ。そして向こうでよく様子を見た上で、突然逮捕するんだ。早すぎてもおそすぎてもいけないよ。十分位様子を見ていたまえ、僕が署長には伝えておくからその点は心配ないよ。だが抵抗するかも知れんから、要慎《ようじん》して四人位でかかるがいいよ。百合子さんはどうもご苦労でした。さあこれから私たちは本部へ帰りましょう」

飯田町駅から二台のタクシーが飛んだ。一台は山吹町へ、一台は×××署の方向へ。上野はタクシーの中で、非常に敏捷《びんしょう》に旅行案内のページをめくって、しきりに手帳に数字を写し取っていた。

自動車が署の前でとまると、上野は急いでとびおりて佐々木警部の室《しつ》へかけこんだ。

「大宅はもうつれてきましたか?」

「もう帰ってくる時分です」と佐々木は柱時計を見ながら答えた。上野はいそいで言葉をつづけた。

「木見という男は山吹町へ行きましたから貴方《あなた》の部下の刑事たちに様子を見せにやりました。大成功ですよ。もう三十分のうちに犯人は逮捕されます」

「いや、もう既に逮捕されてしまっているのです、ほら帰ってきました」

一台の自動車が×××署の構内へ徐行してはいってきた。中からは私服刑事が四五人もぞろぞろ出てきた。一番あとから、真っ蒼《さお》な顔をしておりてきたのは大宅三四郎であった。大宅はすぐに一まず留置場へ入れられた。「よく逃げようともしないでまごまごしていたね」と佐々木警部は一同を見まわしながら上機嫌で言った。

「ちょうど役所へ出るところだって言ってました」と一人の私服が汗を拭き拭きまるで自分の手柄のように言った。

「いゝこに泣かれたのには弱ったなあ」と第二の私服が小指を出しながら第三の私服に向かって内密《ないしょ》で言った。「かわいそうに、ことによるとあの女も一生後家《ごけ》さんで暮らさにゃならんぜ」

「あの男には細君があるのかね?」と二人の会話を耳さとくききつけた上野探偵は突然第二の私服にたずねた。

「細君かどうかは知りませんが、きれいなのがいました。別れるときに泣いて困りました」

「ふん」と言いながら上野は手帳の紙を一枚引きさいて、鉛筆を出して何か書きつけていたが、やがて、給仕をよんで、「君すまないが電報を一つうってきてくれ給へ。至急報でね」と言いながら件《くだん》の紙片を渡した。それから佐々木警部に向かって、「今の男の住所をちょっとこの子供に教えてあげて下さい、たしか田端でしたね」と言った。佐々木はその通りにした。

上野探偵が給仕に渡した紙片には「オオヤクンハムザイ、ケフヂユウニホウメンサルアンシンセヨ」と書いてあった。

「さて」と上野探偵は佐々木警部に向かって言った。「もう僕の出る幕はすんだからお暇《いとま》しますかな。しかしちょっと申し上げておきたいことがありますから、どっか別室でお話ししたいと思いますが」

二人はつれだって中へはいった。

「ほかでもないが」と上野探偵は座につくが早いか言った。「大宅君はなるべく早く家《うち》に帰してあげて下さい。若い細君が心配しとるようですから、どんな間違いが起こらんとも限りませんからな」

佐々木は当惑そうに答えた。

「そりゃ嫌疑が晴れれば帰しますが、今のところではあの男が……」

「いや嫌疑はすぐ晴れますよ。今にほんとの犯人がここへやってきて何もかも白状しますからね」と上野は佐々木の言葉を中途で遮《さえぎ》って言った。

「大宅以外の犯人というのは誰のことです」と佐々木は少し気色ばんで反問した。

「先刻《さつき》も申し上げたように昨日《きのう》静岡をとおって帰った男ですよ。いいですか。犯人は昨日の朝七時二分に被害者に宛《あ》てて名古屋から電報を打って、急用ができたから中央線で松本へ回って翌日東京へ帰ると言ってよこしたのですよ。中央線へ回って松本へ寄ったりしておれば、昨日中に東京へ帰ることはできませんから無理もないですね。ところが警察医の検証によると被害者が凶行を受けたのは昨日のまだ明るいうちだということでしょう。ちょっと見ると犯人のために立派にアリバイが成立しているですね。ところが、その実彼は、電報をうったあとで七時二十分名古屋発の汽車にのって東海道線で真っ直《すぐ》に東京へ帰ったのです。静岡か沼津かあの辺で新聞を買ってね。その汽車が東京へつくのは四時五十五分です。すればそれからすぐに電車で行けば明るいうちに山吹町まで十分行けるじゃありませんか。きっとあの男は東京駅から中央線に乗りかえて牛込駅まで行って駅にトランクを預けておいて、それから江戸川橋まで市内電車で来たにちがいありません。凶行はむろん前から計画してあったので、それからすぐに予定どおり行われたのでしょう。凶行をおえると犯人は、現場《げんじょう》に証拠をのこさないようにと用心して状差しにさしてあった手紙類をすっかり火鉢の中で焼きすてたのです。そしてただ、自分が名古屋からうった電報と大宅が当日被害者の家《うち》へ来るといって寄越《よこ》した手紙とだけを取りのけて、それを被害者の袂《たもと》の中へ入れておいたのです。もちろん、電報の方はその男の現場《げんじよう》不在証明になるし、手紙の方は大宅の方へ嫌疑がむくようになるからです。これは犯人の指紋をしらべてみればすぐわかります。火鉢の中には実際手紙を焼いたあとがありましたよ。私は先刻《さつき》よく見てきました。それだけ用心しておきながら犯人の大手抜かりは、手紙の上書《うわがき》に血の指紋を残したことと、静岡で買った新聞を不注意にも現場にのこしておいたことです」

「しかし」と佐々木警部はまだ上野の説に不服そうに口をはさんだ。「貴方《あなた》の仰言《おつしや》る犯人というのが木見のことであるなら、あの男は現に松本へ行ったじゃありませんか？」

「どうしてそれがわかりますかね？」

「どうしてって、今朝《けさ》甲府から電報をうっているし、現にたった今飯田町駅へ着いたはずじゃありませんか？」

「なるほど、甲府から電報をうったことはたしかです」と上野探偵は平然として答えた。「先刻飯田町へ着いたことも現在私が見てきたのですから、これほど確かなことはありません。だが、それだけでは、あの男が松本へ行ったという証拠にも、名古屋から中央線に乗ったという証拠にもならんじゃありませんか。あの男は、凶行をすましたあとで被害者の家《うち》を抜け出し、それから牛込駅へトランクをとりにひき返したのですよ。もっともその間にどこかへ寄ったのかも知れませんがそれはどうでもよい問題です。まあご覧なさい」と彼はポケットから旅行案内をとりだしてその中のある頁《ページ》を指ざしながらつづけた。「飯田町を十時に発車する長野行の汽車があります。あの男は牛込駅でトランクを受け取って飯田町まで後戻りしてこの汽車に乗ったのです。この汽車は今朝《けさ》の二時五十八分に甲府へ着くのです。あの男は甲府で下車してしばらくしてから光子のところへ電報をうったのです。甲府からうった電報の発信時刻は今朝の四時二十分になっておるでしょう。あんな時刻に甲府の駅から電報をうつなんてそれ以外に説明がつかんじゃありませんか。それから駅でしばらく待っていて、五時二十分発の飯田町行の汽車であの男は東京へひきかえしてきたのです。その汽車がちょうどさっきあの男が乗って帰った汽車なのです。あの汽車は甲府から出る汽車で、松本とは連絡しとりませんよ。要するに、こんなことをしてあの男は現場《げんじょう》に不在であったことを二重に証明しようとしたのですが、甲府発の四二四号列車に乗ったのは不注意でしたよ。旅行案内を見ればすぐに化《ばけ》の皮があらわれますからね」

「ふむ」と佐々木警部は茫然《ぼうぜん》として言った。

「その証拠には」と上野探偵は言葉をつづけた。「あの男は、わざわざ夜中に電報を打ってまで被害者にむかいにきてくれと言ってよこしておきながら、駅へ着いた時、あたりをふりむきもせず、待合室を探しもしないでまっすぐに俥《くるま》をよんで乗りましたよ。誰も迎いにきておらぬことをちゃんと知っていたのです。名古屋から打った電報も甲府から打った電報も二通とも貴方《あなた》がたを瞞着《まんちゃく》するためにうったものですよ」

「しかし、なぜあの男が光子を殺したのでしょう?」

「それは調べてみねばわかりませんね。しかしことによると、被害者があの男の現在の秘密か旧悪かを知っているので、どうしても生かしておくわけにはゆかない破目《はめ》になっていたのかも知れませんよ。あの男はこの事件以外にも思いもよらん泥を吐くかも知れんと私は思いますね、いずれにしても犯罪が非常に計画的ですから、色情関係じゃなかろうと思います」

佐々木警部が、上野探偵の明鏡のごとき推理にすっかり設服《せっぷく》されてしまって、彼を×××署の入口まで送り出してきたのはそれからまもなくであった。上野探偵が×××署の門を出るとき、すれ違いに木見を乗せた自動車が同署の構内にはいったが、彼はもうそんなものには興味がないといった風に見向きもしないで、マドロスパイプをくわえたまま、いつもの無念無想の歩みをつづけて行った。

＊　＊　＊

上野探偵からの知らせで、×××署の前まで三四郎の釈放されるのを迎えにきていた嘉子が署の構内から出てくる未来の夫の姿を見出だしたのはその日の夕方近くだった。二人は感慨無量でしばらく無言のまま顔を見合わしていたが、やがて女の方が口をきった。

「わたし、貴方《あなた》だとばっかり思ったものですから、心配で心配で……」

「僕はまた嘉《よし》ちゃんだとばかり思って心配していたんだ。ほんとに嘉ちゃんじゃなかったのだね？」

二人は光子の死体を引きとることを即座に可決し、その足で光子の霊前にそなえるべく花を買いに行ったのであった。

祭の夜

一

油小路《あぶらこうじ》の五条を少し上がったところに島田寓と女文字でしるした一軒のしもた家があります。その裏木戸のあたりを、もう十分も前から通り過ぎたり、後戻りをしたり、そっと中の様子にきき耳をたてたり、いきなり、びっくりしたようにあたりを見回したりしている一人の男がありました。

大正十五年八月二十三日の夜でした。その晩は京都地方に特有のむしあつい晩で湿度の多い空気はおりのように重く沈澱して樹の葉一つ動きません。十一時を少しまわっているのに寒暖計はまだ八十度を降らないのです。

前日からひきつづき地蔵盆にあたっているので、この日、京の町々は宵のうちから、珍しい人出です。心からの信心でお参りをする善男善女もあれば、暑くてねられぬままに涼みがてらの人たちもあり、ただ人ごみの中へまじっておれば満足の風来坊もあれば、混雑につけこんで何か仕事をしようとたくらんでいる不届き者もないとは限らぬという具合です。それらの人を一切合財《いっさいがっさい》相手にして、ごみだらけのアイスクリームや、冷し飴や、西瓜《すいか》などを売っている縁日商人は、売れ残りの品をはやくさばいてしまおうと思って、いまだに声をからして客を呼んでいます。

しかし、それは六角堂とか安産地蔵とか、今日の祭りに縁のある界隈に限られているので、五条油小路のあたりは、さすがに十一時をまわるとひっそりしたものです。ちょうど陰暦の十五夜にあたるので、厚ぼったい雲の切れ目から、時々満月が姿を見せてはまたかくれていいます。

島田家の裏木戸のあたりをうろついていた男は、月がちょうど雲にかくれた瞬間に、そっと木戸をおして、風のように中へはいってゆきました。すると、今まで誰もいなかったように見えた通りへ、とつぜん降って湧いたように第二の男があらわれて、第一の男と同じように木戸をおして中へ消えてしまいました。

それから二十分もたつた頃、第二の男は張合《はりあい》のぬけたような顔をして木戸から出てきました。すると今度は第三の男が不意に物陰から現れつつかかと第二の男のそばへ寄ってゆきました。

「どうだったい?」

「どうもこうもない、すっかりあてられちゃったよ」

「というと?」

「これさ」といいながら第二の男は小指を出して見せた。「これとあいびきというわけさ。何でも男の野郎はどっかの工場で職工長をしとるらしいぜ、それに顔はうしろ向きで見えなんだが、右の手が肱《ひじ》から先ないようだ。あれじゃ、あの因業爺が娘をくれるわけはないやね。不具者で職工ときちゃね。ところがこれの方は金貸爺の娘にも似合わんかわりもんでな、早くどうにかしてくれんとよそへやられてしまうってあの不具者に一しょになってくれとせがんでるんだぜ。野郎はまた野郎で、結婚するにゃ準備もいるし、職工の身分じゃ今すぐに家をもつわけにもいかんというので、泣いたり、抱きついたり、見ちゃおれんので、俺はもう出てきたよ」

「でかい獲物をあげるつもりで、あべこべにすっかり濡れ場を見せられて、あてられちゃったわけだな」

「こういう時にゃ刑事というしょうばいもつくづくいやになるな」

「それにしても忌々しい野郎だな、一つおどかしてやろうじゃないか?」

「罪だからよせ」

「ばかに同情するな、お前もあやしいんじゃないか?」

「冗談いうな」

二

二人の私服刑事が、低声で話しながら、二三十歩北へ上がって行ったときに、また島田寓の裏木戸がすうっと開いて、中から第一の男が、何事か起こったあとのように、少し気色ばんだ様子をしてあたふた出てきました。

二人の刑事は急ぎ歩《あるき》で二三歩引かえして、

「待てっ」と叫びました。

男はびっくりして、そちらをふり向いたと思うと、いきなり反対の方角へ飛鳥のように走り出しました。二人はこの男の意外な行動にちょっと呆気《あつけ》にとられましたが、そうなると、もう意地ずくです。全身がぴんと職業的に緊張してきます。ちょうど物理学でいう力の釣合というやつで、一方の力が加わってくると、それに対する反動とそれに正比例して加わってくるのです。二人は一目散にあとを追いかけました。ところが、逃げてゆく男の姿は咄嗟《とっさ》の間《ま》に、どっかへ消えてしまいました。二人は、五条油小路を中心として、手わけをして、路次《ろじ》という路次、軒下、物陰などを隅から隅まで探しましたがとうとう見つかりませんでした。

「野郎びっくりしてかくれてしまいやがったんだ。いまいましい奴だな」

「まあいいさ、別に泥棒をとり逃がしたっていうわけでもないんだから」

二人は島田家の前でおちあってこんなことをいってあきらめていました。

「だが、ついでにちょっと家の中をしらべてみようか?」

「それには及ばんだろう。もうおそいからびっくりさしちゃ気の毒だよ」

「しかし、万が一何かあった場合にこちらの手抜かりになるからな」

「それもそうだが。……なるべくおとなしくやろうぜ、君はどうも乱暴すぎるよ、いつかの臨検の時も……」

「そんな古いことはよせ、とにかくはいってみよう」

まだ戸締まりがしてないと見えて、木戸はちょっと押すと以前のようにすぐ開きました。萩の植え込みの中を分けて、一人は離れの縁側へ、一人は玄関へ回ってゆきました。

玄関の戸はがら開きになっていたので、乙刑事は、低声で、もしもしと呼んでみたが、家の中はしんと静まり返っていて誰も出てくる様子はありません。だんだん声を大きくしてゆき、とうとう板戸をどんどん叩きながら、

「誰もいないのか?」と怒鳴ったが、それでもまだ誰も出てくる様子はありません。それでいて、室の中には電灯は煌々と輝いているのです。

「評判の欲張り爺のくせに何という不用心なことだ」といいましそうにつぶやきながら、乙刑事は座敷へ上がってゆきました。

玄関の右手が八畳の室になっています。これがこの家のおやじが、沢山の困った人間の生血を吸った部屋です。どうしたものか、玄関から、その部屋へ通ずる襖が二三寸開いています。乙刑事は、立ったままその隙間から中を覗いてみました。

乙刑事の瞳はみるみる拡大して、室内にある何物かに釘づけにされてしまいました。

三

部屋の中は、火事場のあとのように一面に紙の燃え屑がちらかっており、ほとんど部屋のまん中に、二尺に一尺位の大きさの手提金庫が開かれて、中には銀貨銅貨などが、ほぼ

一列に底を覆う分量だけ残っていました。金庫のそばには、五十四五位に見える、痩形の、顔面骨《がんめんこつ》の尖った、前頭部の禿あがった男が、両手をしばられ、猿轡《さるぐつわ》をはめられて倒れていました。

額に手をあててみると温かい。生きていることはたしかだ。それでいて、びくとも動かぬところを見ると、余程びっくりして、人事不省に陥ってしまったものらしい。

「こりゃ大変だ、すぐに本署へ知らせなくちゃいかん」と思って立ち上がろうとしているときに、離れの方から慌ただしくこちらへ駆けてくる足音がきこえました。無論それは甲刑事でした。

「おい大変な事件だよ」と乙刑事は、出会いがしらにこういって、甲刑事の袖をひいて、問題の八畳の室へつれて行きました。

「成程《なるほど》こりゃ大変だ……ところで、離れの方にも大変がもち上がってるんだ」

「どうしたい?」

「娘は、暑いので雨戸を一枚あけて、そこへ竹の簾《すだれ》をおろして、電気をつけたまま床の中にねころんで、何か書物を読んでいるらしいんだ」

「ふん」

「それでよそうかと思ったが、念のために低声で『もしもし』と呼んでみるとどうしたものか返事がないのだ。それから雨戸をこんこんと叩いてみたが、やっぱり向こうを向いたままで、こちらを振り向こうともしない。もう一ぺん大きな声でもしもしと呼んでみたがそれでも何の返事もないのだ」

「うん、それで？」

「よっ程よく眠っていると思ったもんだから、戸締まりをしてねるように注意してやろうと思って、とうとう部屋の中へあがってみたんだ。そして娘の肩のあたりへ手をかけて、もしもしってゆすぶってやったよ。きっとおれの姿を見てひどく魂消《たまげ》るだろうと思っていると、それでも何の音沙汰もないのだ。手に持っていた書物をぱたりと落とした音で、あべこべにこちらがびっくりしたくらいだった」

「殺されていたんだな？」

「ところがそうじゃないのだ。呼吸は普通にしている。体温にも異状はない。きっと誰かに麻酔薬をかがされたんだよ。こちらへ来てみて成る程と合点がいったわけだが、泥棒が、娘に騒がれては困ると思って、麻酔薬をかがしておいて、それからゆっくり、こちらの仕事にとりかかったんだろう」

「あの時裏口に張り番をしていりゃわけなくつかまったに、おしいことをしたなあ」

「過ぎたことは仕方がない。とにかく、大急ぎで本署へ報告しなきゃならん」

「じゃ君はこの場に見張りをしていてくれ、僕は急いで電話をかけてくるから。本署から来るまで何一つ手を触れちゃいかんよ」

こういいながら乙刑事はあたふたと戸外へ出てゆきました。

四

「金庫に指紋が残っているかどうか見てくれたまえ」と一人の男に命じながら検事は倒れている老人のそばに座りました。

「ずいぶん紙灰《かみはい》が散らかっているようですな、きっとこのおやじに怨みのある債務者が、手当たり次第に証文を焼いたもんでしょう」

「評判のよくない奴でしたからな。それくらいのことはあり兼ねませんね」

署長はこう答えながら、ふと老人の後手に縛られた手を見ると、何かかたく握りしめている様子です。

「何か右の手に握っているようじゃありませんか?」

「そうですな、ちょっと開けてみましょう……なかなか固くにぎりしめていますわい」

検事が、老人の人差指と中指とを、指先をつかんで無理にこじあけようとすると、今まで人事不省のままで眠っていた老人は、

「あ痛っ!……」

と叫んで、はげしく手を動かしました。よく見ると、親指から人差指の内側へかけて、ひどく火傷《やけど》をしたものと見えて、痛そうに肉が腫れ上がっています。それでも彼はまだ手を開けようとはしません。

「おい、気がついたか？　どうしたんだ？」

と署長はやさしく言葉をかけましたが、おやじは、またぐたりとなってしまって返事をする様子もありません。

一方、離れの方では、溝川署内で敏腕の聞こえのある弓田警部が警察医と二人で、娘の身体をしらべています。

「軽微な麻酔薬を嗅がされたんですな、もう三十分もほっとけば自然にさめるでしょう。このままにほっとく方がいいです」

「麻酔剤には何を用いたでしょう？」

「それがねえ、さっぱり匂いが残っとらんのでわかりませんが、あなたは鼻はきく方ですか。微量の麻酔剤では、すぐ揮発してしまいますから、よっぽど鼻がよくないとわかりませんからなあ。なに、いずれにしても、呼吸や脈拍の状態から見て、大したことはないです。今に気がつきますよ」

「君がはじめに来たときには、この女は机にすわっていたんだな？」と弓田警部は甲刑事の方を見ながらいった。

「そうです。この一閑張《いっかんばり》の机にもたれて右手のない男と話をしていました」

「その右手のない男は君が出てから何分位してから外へ出てきたかね？」

ちょっと二人に目礼して母屋の方へ鞄をかかえて出て行く警察医の後ろ姿を見送りながら、弓田警部は言葉をつづけた。

「間もなくでした。そうですね……五分位だったと思います」

「君が出てくるとき二人は別にいさかいをしていたわけじゃないのだね」

「はやく一しょになってくれ……もう少しまてというような話らしかったですが、いさかいの起こりそうな様子は見えませんでした。それどころか、抱きついたり、接吻をしたりして、一分間でも長く別れともないような風で見ている私の方がよっぽど間が悪くなりました」

「出たときの男の様子は何かそわそわして急いでいたというが……」

「はあ、乙君はそういいましたが、私はそこまでは気がつきませんでした」

「ふん、それから君たちが誰何《すいか》すると走って逃げだしたというんだね?」

「そうであります」

「その男の姿を見失ったのはどの辺だ?」

「何しろ二三十歩離れていましたし、月がちょうど雲にかくれていた時で、それに、あの男が、こんな大それたことをしようとはあの時は夢にも思わなかったものですから、はっきりとはおぼえていませんが、五条を少し下った辺だったことはたしかです」

「それから二人で、十分さがしたろうね」

「はあ、よっぽど念入りにさがしましたが、とうとう取り逃がしてしまいました」

弓田警部は一わたり部屋の中を見回しましたが、何一つ取り乱されている様子はありません。一閑張の上に書物が二三冊きちんと積まれてあり、そのそばに十四金の小型のペンシルが一つおいてありました。一閑張の下には、ジアスターゼの瓶とカルモチンの瓶とが転がっていました。

「一閑張はさわらんようにしたまえ、あとから指紋をとる必要があるから」

こういいおいて、弓田警部は、母屋の方へ出てゆこうとしたが、ちょっと引きかえして、カルモチンの瓶を拾ってポケットの中へしまいました。

五

医師に与えられた気付け薬の利き目で、島田のおやじは正気にかえりました。彼は不思議そうに大きな眼をあいて、しばらく部屋の中をじろじろ見回していましたが、やがて、金庫が眼にとまると、矢庭《やにわ》にその方へ手をのばそうとしました。ところが両手はまだしばられたままなので、「あ痛いっ！」と叫んだまま、またがっくりその場にうつぶしに倒れてしまいました。

「おい、どうしたんだ？　泥棒にはいられたようだな、われわれは警察のものだ。溝川署から来たんだ。どうしてこんな目にあったのか話してみろ」

署長は敷島《しきしま》の袋をとり出して火をつけながらいいました。

「泥棒の顔はおぼえているか？」

検事はおやじのそばにすわりながらおだやかな調子できいた。

「手を……この手をほどいて下さい、旦那……あ痛っ……」

「いま手はほどいてやる、がその前に誰に縛られたのかきいておかなくちゃほどいてやるわけにゃいかん」

「知らん男です、一度も見たことのない、まだそいつはつかまらんのですか……大切な証文を、みんな灰にしてしまって……しかも、このわしの見てる眼の前で……ああくやしい……」

「お前の左のこめかみのところはどうしたんだ、紫色に腫れ上がっているじゃないか?」

検事は島田のこめかみを指しながらいった。

「野郎、おぼえておれ、恐ろしい力のある奴だ。あいつが、拳固で力一ぱいここをぶちやがったんです。それっきりわたしゃ何が何やらわからなくなってしまって……」

「手はどうしたんだ、ひどく火傷《やけど》してるようだな、それからお前の手ににぎってるのは何だ?」

「は、はやく手をほどいて見せて下さい、何かにぎっとりますか、あ、ありがたい」

島田は狂気のように叫びながら自由のきかぬ手をしきりにふりほどこうとして藻掻《もが》きました。

検事と署長とが眼くばせすると二人の刑事が島田のそばへ寄って手をほどいてやりました。急いで掌をひらいてみると、中から火傷の膿汁《うみじる》でかたまりついた、一寸位の辺の三角形に燃えのこった帳面の切れっぱしが出てきました。

「これも焼けてしまった……命より大事な……」

こういいながら島田は、がっかりして、うらめしそうに燃え残りの紙片をながめていました。

「何だそれは?」と検事と署長とは両方からその汚い紙片をのぞきこみながらたずねた。

「安田銀行の通帳です。せめてこれだけでものこしとこうと思って離さないでいますと、野郎はマッチを擦って、とうとうこんなにしてしまったのです。消えかかると何べんも火をつけなおして、通帳のはしに火をつけたんです。おかげで、こんなに火傷をしてしまいました。何しろ両手を縛られていてのことですから、わたしゃどうにもできませんでした。旦那、これでもまだ銀行では受けとってくれるでしょうか?」

「銀行では何とかしらべてくれるだろう。ところで、その泥棒の顔はちっとも見覚えがないのだな?」

「はい、そのすっかり覆面をしていたものですから、それにわたしはもうのっけからたまげてしまって……」

「泥棒の右の手はあったかおぼえとるか?」

と今までだまってきいていた弓田警部がはじめて口を出しました。

「右の手ですって」と島田は妙な表情をして聞きなおした。

「そうだ、お前のこめかみは後ろから殴られたのか、それとも前からか?」

「それが、その咄嗟《とつさ》の間のことで、前からだったか、後ろからだったか……たぶん横の方からだったように思います」

「お前の手をしばるときに、泥棒は両手をつかったか?」

「その時は、一つがーんとやられたあとなので、一向はや……夢中でした」

「マッチはどうしてつけた?」

「そこにある灰皿のマッチですって、証文をそこの畳の焦げているところに積んで燃やしていました。そういえば一方の手しかつかわなんだようにも思いますが、それが右だったか、左だったか、どうも……」

「金庫には証書類のほかに紙幣はなかったのか?」

「百円札で三千円と、十円札で七百円ばかりございましたが、図々しい奴でわたしの見ている前で、もってゆきました!」

「泥棒は何かいわなかったか?」

「いわんどころじゃありません。はじめからしまいまでしゃべりつづけでした。貴様は社会の毒虫だから、天に代わって懲罰してやるのだなんて、大そうなことをいっていました」

「心あたりは全くないんだね?」

「別にこれという奴はございませんが何しろ、わたしが金を貸した野郎は、みんなわしをにくんでおりますで……」

「お前には娘があるな、その娘さんに恋人でもありゃせんか?」

「どういたしまして、あの娘は、近所できいて下さりゃわかりますがそりゃ評判の固い娘でして、来月大連から帰ってくる甥と一しょにさせることになっとりますので……」

「娘さんは、今離れで誰かに麻酔薬をかがされて眠っているのだぞ」

「いいえ、そんなはずはありません。泥棒は玄関からはいって、玄関から出てゆきました。わたしはこの耳でちゃんときいていました。……そうそう、今思い出しましたが、泥棒は出がけにこんなことをいっとりました、――俺はお前のように悪いことをするのじゃないのだ、悪い奴をこらしめてやるのだ。その証拠には警察ではきっと俺を保護してくれる。今夜は警察の厄介になるつもりだ。警察が見えたらお前からもお礼をいっといてくれ――なんていっとりました」

その時甲刑事が、離れにいる娘が気がついたと知らしてきたので、一行は二人の巡査に見張りをさしておいて離れの方へ出て行きました。

六

「昨夜十一時半頃、お前の部屋へはいってきた男は誰だ?」

検事は、恐ろしさにがたがたふるえている娘に向かってたずねた。娘は、まだ、この場の様子がはっきり合点がゆかないらしく、時々眼をあげては一行のいかめしい姿をちらりと見ては、恐ろしくなってまた眼をふせているのでありました。

「そんなかたは私は存じません」とふるえながら彼女が答えた。

「知らんはずはない、僕は……」と甲刑事は少しく怒気を含んだ様子で前へにじり寄ると、検事はそれを押さえて、

「まあまあ君はだまっていたまえ」といいながら娘の方に向きなおりました。

「かくしちゃためにならんよ、この方《かた》がすっかり見たんだから、何でもどっかの職工長をつとめている男で、右の手がなかったということだが……」

娘は「職工長」とか「右の手がない」とかいう言葉をきくと、前よりも一層ひどく、眼に見える程ふるえて、とみには返事もできない様子だったが、それでも、やっと蚊のような声で答えました。

「いいえ、私はちっとも存じません。それは何かの人ちがいでございましょう」

「その男は、お前に麻酔薬をかがしておいて覆面をして母屋《おもや》の方へ忍びこみお前のおやじさんをふんじばって、現金や証書をすっかり強奪していったのだ。どうだ、麻酔薬をかがされたことを知っとるだろう?」

娘の眼には一瞬間異様な閃きが輝きました。彼女は何かじっと考えこんでいるような様子でした。弓田警部は娘の様子を非常な注意を払って観察していました。

「そうそう」と娘は最前とは打って変わった様子で口をきき出しました。「そうおっしゃれば、何だか十二時頃に黒い覆面をした男が、不意にあの樹陰からやってきて、私の鼻へ何か臭いものをあてがったように思います。……それにちがいありません。よくおぼえています……」

弓田警部はこの時署長の傍へよって、

「もうこの娘さんをしらべるのはよしましょう。この女はゆうべカルモチンをのみすぎて少し薬がききすぎたんですよ。母屋の泥棒とは何の関係もないのです。いくらたずねても本当のことをいうはずはありません」

こういいながら彼はカルモチンの箱をポケットから取り出して、その場に置きました。

「これが証拠です。それから、右手のない男ももうさがす必要はありますまい。その男はたしかに、ここへ来たことは来たに相違ありません。裏木戸で二人に誰何《すいか》されて逃げ出したことも事実でしょう。けれども、若い者同士の楽しみを、あんまり穿鑿《せんさく》するのは罪じゃありませんか。隠している仲を世間に知られちゃ誰でも決まりが悪いですからね。ご覧なさい。この娘さんの顔が何もかも語っています」

娘は顔を火のようにしてうなだれてしまいました。

「それよりも」と弓田警部は言葉をつづけた。「ほんとうの犯人をさがさなくちゃなりません。といっても、今のところ手がかりは指紋だけです。はやく指紋の結果をきいて捜査方針を定めなければなりません。あのおやじをやっつけたやり口を見ると、とうてい右手のない人間のしわざとは思われんばかりでなく、初犯の奴のしわざとも思われません。指紋をしらべるのが第一です。それに、犯人が最後にあのおやじにいった捨てゼリフも聞きずてにならんと思いますね。ああいう大胆な泥棒は、きっといったとおりを実行するもんです。ことによると、本署の軒下なんかで悠々とねているかも知れません。我々をおどろかして痛快がるためにね」

「君の考えはどうも小説的でこまるな、いくら口ではいっても、泥棒が、仕事をした晩に警察でとまるなんてことがあるかい」と署長は笑いながらいった。

「しかし、とにかくぐずぐずしてはおられません。もう夜があけてからだいぶになります。誰か……」といって甲刑事を呼ぼうとすると甲刑事の姿がどうしたのかどこにも見えません。

「母屋の方じゃないでしょうか」といいながら、一人の刑事が母屋の方へ走っていったが、すぐ帰ってきて「母屋にもいないようです」と報告しました。

七

一同が、本署へ引き上げてきたときには、もう朝の九時でありました。

非常線には有力な嫌疑者はひっかからず、何しろ、被害者の記憶がぼんやりしているので、捜査の方針が少しもたたなかった。指紋の結果は、離れの一閑張《いっかんばり》からは左手の指紋ばかりしかあらわれなかったに反し、母屋《おもや》の金庫に残っていた指紋には左右両手のものがあったので、母屋を襲った凶賊は、右手のない男ではないことだけはわかったが、府庁の鑑識課に保存されている指紋のうちには、それと同一のものは見つからないのだった。そこで、その指紋はただちに警察庁へ送られました。

九時半頃、署長が、思案にあぐんで昨夜からの疲れも出てきてどかりと署長室の椅子に腰をおろして一休みしようとしていたとき、受付の巡査が一通の速達郵便をもってきました。

署長は、ものうげに封を切って読みはじめました。非常に大急ぎで、しかも乗り物の中か何かで書いたものと見えて、手跡はひどく乱れていましたが、相当な達筆で次のように認《したた》めてありました。

昨夜は杉原警察署の留置室で一方《ひとかた》ならぬ歓待を受け候上、結構なる自動車にて送られ只今《ただいま》自動車は四条通を疾走中に候。詳しくは同署へお問い合わせ下されたく、その前に、島田家の北隅にある物置に昨夜より気の毒な男がとじこめられおり候につき大至急解放いたしやり下され度候、ついでながら、これより安田銀行に赴き、島田の預金はすべて引き出しおき申すべく候につき同人によろしくお伝え下されたく、同人は役にもたたぬ古《ふる》帳面を火傷《やけど》をしてまでにぎりつめおりしこと気の毒にたえず候、島田の所有せし現金は、いずれ公共事業のため適当に処置仕《つかまつ》るべく、勝手ながら処分かたご一任下されたく候、いずれ近々別様の方法にて、別の場所にてお目にかかり申すべく候、甲刑事は目下小生と同乗昨夜の物語りをして笑いおり候、最後に一言いたしおきたき儀は、小生らは決して善良なる市民に迷惑を及ぼすことはいたさず候につきご安心被下度《くだされたく》候、まずは取り急ぎ要用のみ。

覆 面 の 男

溝川警察署長殿

署長はすんでのことに、椅子からひっくり返るところであった。「実にけしからん、容易ならぬ事件だ」と彼はぷりぷりしながらいった。一人の巡査をよんで念のため島田家へしらべにゆくように命令しているとそこへ弓田警部が血相かえてやってきた。

「署長、実に残念なことをしました。とうとう逃がしてしまいました」

「ふん、どうした?」と署長は膝をすすめました。

「市内の警察で昨夜留置された奴を、どんな奴でも片っ端からしらべるつもりで、杉原署へ行ってみますと、昨夜夜中過ぎに、ぐでんぐでんに酔払った男を宮川町からひっぱってきて同署の留置室で保護しといたそうです。何しろ、島田家にあの事件の起こったのとほとんど同じ時刻に、しかも、あそこからよっぽど離れた宮川町でつかまえた酔漢のことですから、同署でも別に問題にもせずにいたところ、今朝になって溝川署の甲刑事が自動車で迎えにきて松澤男爵だといってつれて帰ったというのです」

「ほほう、それが犯人だというのかね?」

「そうです。五条油小路から宮川町までは自動車で飛ばせば五分で行けます。それに自動車の中で道々喇叭《らっぱ》呑みをしてゆけば、結構熟柿《じゅくし》臭いいいきになって三時間も飲みつづけていた酔漢のまねができますからなあ」

「甲刑事は一体どうしたんだ、けしからん」

「それはね、昨夜、島田の裏木戸の前へ乙刑事をのこしておいて家の中へはいった時ほんとの甲刑事はきっと奴にがあんと一つくわされてしまい、奴が甲の着物を着て、すっかり甲になりすましていたんですよ。甲刑事がはいってから出てくるまでに二十分たっていますからね。その間若い者のいちゃつくのを見てなんかおれるもんですか。そうして、乙刑事の注意を裏木戸の方へひきつけておいて、親分の泥棒を悠々と玄関から逃がしたというわけです」

「刑事に見張りをさしておいて泥棒をしていたというわけだね、つまり」

「そうですよ、これくらい安全な方法はありませんからね」

「こんな手紙が今来たよ。実に人を食ったやつだ。まあ見たまえ」

こういいながら、署長はポケットからいま受け取った速達郵便を封のまま出して見せました。

「それで島田家の物置はしらべにやったんですか?」

と弓田警部は手紙を読みおわってから、歯ぎしりしてくやしがりながらいいました。

「うん、今に報告が来るはずだ。……それでは右手のない男というのは事件に関係ないんだね」

「何にも知らずにあいびきしていたのですよ。かわいそうに二人に追われた時はびっくりしたでしょうよ。きっと近所にすんでいる男にちがいありません……何しろ、私の思ったとおりでした。ただ三十分おくれたんです。三十分のことですっかり先手をうたれたんです。私は泥棒が、今晩は警察の厄介になるといったと聞いた時はてなと思ったのですが、甲刑事がいなくなるまでしかと見当がつかなんだのです。実に残念です。今度こんなことがあったらのがしはしません」

島田家の物置から、ほんものの甲刑事が後ろ手にしばられて、猿轡《さるぐつわ》をはめられて発見されたという報告が、溝川署へついたのは、それから五分もたたぬうちでありました。

誰が何故彼を殺したか

一

下田の細君が台所の戸を開けたときは、まだ夜があけてまもない時刻だった。

その朝は、東京に気象台はじまって以来の寒さだったことが、その日の夕刊で、藤原博士の談として報じられた程で、まるで雪のようなひどい霜だった。地べたは硝子《ガラス》をはりつめたように凍《い》てついていた。

彼女は左手にばけつをさげ、右手に湯気のもやもやたちのぼる薬缶《やかん》をさげて井戸端へいった。井戸というのは、下田の家《うち》と、林の家と、柴田の家と三軒でかこまれた三四十坪許《ばか》りの空地の隅にあって、この三軒の者が共同に使用している吸揚《すいあげ》ポンプの装置をした井戸であった。

彼女は、薬缶の口から、ポンプの活栓《かつせん》のところへ熱湯を注ぎこんで、ポンプの梃子《てこ》を押しはじめた。この数日来そうしないと、活栓がすっかり円筒の中で氷りついていて、びくとも動かぬのだった。

うすく水蒸気の立ちのぼる水を容れたばけつをさげて台所口へ帰ろうとした彼女は、ふと、柴田の家の門の前に、黒いものが、うず高くかたまって氷りついているのを発見した。一瞬間彼女はその異様な物体を不思議そうに凝視していたが、やがて、ばたりとばけつを手から落とすと同時に、何とも名状《めいじょう》しがたい、一種の鳥の啼声《なきごえ》のような叫び声を出して、その場に尻餅《しりもち》をついて倒れてしまった。

「どうしたんだ」と言いながら、真っ先にねまきの上へどてらを着込んで台所口からとび出してきたのは、主人の下田だった。それとほとんど同時位に、二階に間借りをしている法学士の安田という男も、二階の雨戸をあけて、下の様子を見て「どうしたんです?」と慄《ふる》え声で叫びながら、あわててとび降りてきた。

だが、下田の細君は、ひどくびっくりして、二十秒間ほど口がきけなかっただけのことで、別に気を失っているのでも腰をぬかしているのでもなかった。

「し柴田さんが……」起《た》ち上がりながら彼女は、柴田の家《うち》の門前にへたばっている黒い物体を指さして言った。

下田は指さされた方を見ながら思わず二三歩前へ進んでいった。ちょうどその時に安田も下りてきて、あわただしく、そちらへ進んでいったのだった。

それは、氷りついた人間の死体であった。口から垂れている水液は、そのまま氷って、氷柱《つらら》になって地べたにつながっていた。外套《がいとう》の袖《そで》や裾《すそ》はもとより、頭髪も地べたに接している部分はかたく氷りついていた。帽子は一間ばかりはなれたところに踏みにじられたまま、やはり地べたに氷りついており、帽子の上にも外套の上にも一面に霜がおりていた。

「あなたはすぐ警官をよんできて下さい」と下田に言われて、安田はがたがたふるえながら、だまってかけ出した。

「お前は林さんを起こしておいで」と細君に命令しておいて、下田は上をむいて「柴田さーん」と大声で叫んだ。柴田の家《うち》の中からは返事がなかった。彼は、門の戸をあけようとしたが、内側から用心棒がしてあると見えて、どうしても開かぬのでどんどん戸を叩きながら、「柴田さん、大変です」と叫びつづけた。

一分もたってから、やっと、「どなたです?」という女の声が二階から聞こえた。

「大変ですよ。ご主人が」と彼はほとんど腹だたしそうに叫んだ。

やっとのことで、ばたんばたんと階子段《はしご》を下りる跫音《あしおと》がきこえ、玄関のかきがねを外す音が聞こえて、やがて門の戸の用心棒をはずして、柴田の細君が出てきた。

彼女は、夫の死体を見ると、さすがに感動したものと見えて、「まあ」と一言言ったきり、棒だちになってふるえていた。が、気をとり乱すほどひどい衝撃を受けた様子はなく、どちらかと言うと、夫の死体をはじめて見た細君の態度としては冷静すぎると思われるくらいだった。

一方では下田の細君が、どんどん木戸を叩いて呼んでいるのに、林の家ではうんともすんとも返事がなかった。が、ものの五分もたってから、四つになったばかりの長男が眼をさまして泣き出した。それにつづいて、やっと林夫妻も眼をさましたらしかった。

そのうちに、物音をきいてかけつけてきた近所のものや、通りがかりの用ぎきの小僧などがいつのまにか集まって、死体のまわりに環《わ》ができてしまった。そこへ安田に案内されて××派出所の巡査もかけつけてきた。この大騒ぎの最中に、林夫婦はねむそうな顔をして、その場へ出てきたのであった。

二

下田が気をきかして非常に事務的にたち働いたために、現場《げんじょう》は少しも乱されず、死体は発見されたときのままに保存されていた。巡査が現場へ到着してからは、下田は巡査と協力して、世にも珍しい氷った死人を見たさに、そばへ近づいてくる群集を制止して、本署からの警官の臨検《りんけん》をまっていた。

その間じゅう、林は時々退屈そうに大きな欠伸《あくび》をしたり、何か言いたそうにあたりの人の顔をじろじろ見まわしたりしていたが、とうとう、誰にともなく「因果応報ですな」と吐き出すように言った。林の細君は、四つになる子供を抱えてそばにたっていたが、夫がだしぬけに人前でそんなことを言ったので、「貴方《あなた》！」と言いながら、片手で夫の袖をひいた。

被害者柴田の細君の様子は実に妙だった。彼女は非常にそわそわしていたが、それは夫が殺されたのを悲しむためというよりも、何か別の理由によるらしかった。なぜというと、彼女は夫の死体の方は最初にちょっと一瞥《いちべつ》をくれただけで、それ以後はてんで見向きもしないで、ただもう一刻もはやくこの場を逃げだしたいというようなそぶりをしていたばかりか、実際、一度くるりとうしろを向いて家《うち》の中へはいりかけたのであった。むろん警官に注意されて、渋々あともどりしてその場に立っていたが、それからは、彼女の様子は余計にそわそわしているように見えた。

下田は、こうした他人の面倒を見ることが心からすきらしく、しじゅう、何かと、世話を焼いていた。その様子は隣人の不幸をいたむというよりも、むしろ、多勢《おおぜい》の人の中で、立ち働く機会が降って湧いたのを喜んでいるという風だった。細君の方は、それとは正反対に、しじゅうふるえながら、ろくろく口もきけなかった。二人の子供——男の児は七つで女の児は五つだった——も起きてきて母親の両側にたって、その場に集まった人々をおとなしく見物していたが、母親が気を配って、死体は見せないようにしていた。法学士の安田は、はじめからしまいまで一語《いちご》も言わずに、下田の子供らのうしろにたって、じっと不思議な死体を視《み》つめていた。

一般に、こうゆう場合に、群集の間にかもされる同情、愁嘆《しゅうたん》の雰囲気は、この時にはまるで無かったと言ってよい。それどころか、群集——特に近所の人たち——の世論は、どうやら、「因果応報」だと言った林の言葉を裏づけてゆくらしい傾向があった。「悪いことはできませんな」とか、「うらんでいる人は随分ありましょうからね」とか、柴田の横死《おうし》を悼《いた》むよりも、むしろ痛快がっているらしい私語が、はじめはひそひそとであったが、しまいにはほとんど公然と、未亡人の眼の前で、囁《ささや》きはじめられた。

それだけならよいが、とつぜん妙なことが起こってきた。今までだまっていた安田が、急に「諸君」と叫んだ。一同はだんだんお祭り騒ぎのような気分になって、青年の方を見た。

「柴田は生きている方が我々人類のためになったでしょうか、それとも死んだ方が……」
その時にちょうど、警官の一行が到着したので、群集は「しっ」と叫びながら、新来者の方へ注意を向けた。安田の演説は自然に消滅した形だった。

三

死体の付近には血のあとは少しもなく、死体そのものにも、ちょっと見たところ外傷はなかったので、自然死ではないかと思われたが、医師の検案《けんあん》の結果、頭部の打撲による内出血のために死んだものであることがわかった。しかも、明らかに凶器として使用されたらしい棒杭《ぼうくい》が、死体から一間ばかりはなれたところに投げすてられて、霜をかぶっていた。その棒杭は林の庭の垣からひきぬいたものであることもすぐにわかった。死体はまるで氷詰めにされたようなもので、まだ生々《なまなま》としてはいたが、氷や霜だけから見ても、少なくも、夜半《よなか》の十二時までには落命していたものであることが素人《しろうと》にでもわかったし、医師の意見もそうだった。

そのうちに、地方裁判所の一行も現場《げんじょう》へ到着した。八時半頃になって、署長と検事とが立会《たちあい》で証拠人の仮審問がはじまった。

下田の細君、下田、安田という順序で、死体発見のときの様子が、だいたい私が前に述べたような順序で、主として下田の口から答えられ、他の二人は、それを確認した。

それがすむと、被害者の身元調べになった。ところが、未亡人は、被害者すなわち自分の夫の年齢も、原籍も、職業すらも答えることができなかった。このことは、ひどく係の役人を吃驚《びっくり》さした。「自分の現在の夫の年齢も職業も知らんということがあるか」と署長はどなった程だったが、「いくらきいても教えてくれませんでした」と未亡人はおだやかに答えた。その様子を見ると、未亡人の答えが嘘でないことは誰にでもわかるくらいだった。

検事が、未亡人と被害者との関係を審問しはじめた時、居並ぶ人々は一斉に非常な注意をその方に集注《しゅうちゅう》した。というのはこの二人の関係は近所界隈《かいわい》で好奇の的になっていたからである。被害者は既に五十にまもない年格好であるのに、未亡人の方はまだ、二十二三の若い身空であったせいもあるが、何よりも人々の好奇心を惹《ひ》いたのは、被害者が、この家《うち》に住むようになってから二年たらずの間に五度も細君をかえたという事実を知っていたからだった。

未亡人は、最初のうちは、顔を赧《あか》らめて答えなかったが、検事の訊問《じんもん》にのっぴきならぬ気勢が見えたので、やっと口を開いて「妾《わたし》はだまされたのでございます」と比較的大きな声で言った。この時にはじめて彼女の双眼には涙が浮かんだのであった。彼女が検事の訊問に答えたところを総合すると、彼女は、二年ばかり前に一度日本橋の商家の若旦那《だんな》と結婚したのであるが、口やかましい姑《しゅうとめ》と、それに対して全く彼女をかばってくれない夫とに愛想をつかして、わずか半年たらずで夫の家《うち》を飛び出して実家へも帰らずに、ある旅館の女中頭《がしら》のようなことをしていたのであるが、二ヶ月ばかり前に、新聞の広告を見て柴田のところへ来たということであった。その広告の文面を、彼女は一字一句今だにおぼえていた。

> **求妻**　二十五歳迄の婦人を求む、仕度不要再婚妨げず。当方三十四歳、法学士月収三百円係累なし、本人来談。姓名在社

彼女は、この広告を見たとき、どういうものか妙に気がふらふらしてきた。最初の結婚が不幸であっただけそれだけ、世の中のどこかに、まだ幸福が残っていそうな気がするのであった。ことに、新聞にまで広告して配偶者を求めている男のことだからきっと不幸な人であり、したがって情愛にも富んでいるだろうと想像すると、つい妙な気もちになって、新聞社へ所をききあわせて、今の柴田の家へたずねてきたのであった。

彼女は柴田にあうまでは、新聞に広告を出さねばならぬくらいだから定めし、相手は醜男《ぶおとこ》であろうと想像していたのであったが、その実柴田は俳優にでもありそうなタイプのやさしい顔のもち主であったので、まず第一に驚いたのであった。しかしそれと同時に三十四歳とはどうしても見えない、少なくも四十はだいぶ越しているらしい年配である事を発見して二度吃驚《びっくり》した。しかし何よりも彼女を驚かしたことは、柴田の家には、既に細君らしい女がいたことであった。それから、彼女はその翌日婚姻証書に捺印《なついん》したこと、以前

の女はその夜《よ》いつのまにか姿をかくしてしまったこと、一ヶ月もたつと、彼女に対して非常な虐待がはじまってきたこと、最近また新聞広告を出して彼女の代わりの女を探していたらしいこと、前日もそれらしい女が来たこと、婚姻証書などは決して役所へ届けていないらしいこと、したがって、どんなひどいめにあっても、ただ泣き寝入りで出てゆくより仕方がないこと、特にこの頃は、虐待がひどく、この寒いのに布団《ふとん》も火鉢もかしてくれなかったことなどを、次から次へと涙ながらに話した。そして最後に、「妾《わたし》はどうしても復讐《ふくしゅう》せずにおかぬとついさっきまで決心していました」と真実をおもてにあらわして検事につげた。

四

検事が未亡人に向かって、被害者の職業をきいているとき、林が横あいから口を出して、「こいつは詐欺《さぎ》と賭博《とばく》で食って居たんだ」と言ったので、未亡人の訊問がすむと、検事は林の方を向いてその点についての訊問をはじめた。林は、色々例をあげて説明した。柴田が毎晩のように二階で賭博を開いていたこと、しょっちゅう誰かが不正なことをすると見えて喧嘩がはじまったこと、自分の家《うち》でやらない晩はどこか仲間の家でやっているらしいこと、それから、新聞広告で色々な女を釣り込んで、身のまわりのものをすっかりまきあげて裸にして返してしまったこと、詐欺はなかなか大仕掛けで、最近にも青森から、貨車二両分の林檎《りんご》をとり寄せるというので前渡金《まえわたしきん》を着服してすったもんだと騒いでいたこと、いかりんのちゃぶ台を五百台引き請けて、同じように前渡金を着服したこと、月末には、いつもどっかへ姿をくらまして、家賃や酒代はもとより、牛乳屋や新聞屋の払いまで一度もしたことがないことなどを、まるで、当人を前において面罵《めんば》するような激昂《げきこう》した口調でしゃべり、最後に、「実際私でも、あんな奴はぶち殺してやりたいほど癪《しゃく》にさわっていました」と付け足した。

林の証言は、近所の人によってすっかり確認されたのであった。

つづいて凶行当日の訊問に移った。一番先に訊問されたのはやはり未亡人だった。

「被害者は昨夜家《ゆうべうち》にいたか?」

「はい、九時半頃まで家にいましたが、九時半頃に、用があるからと言って出てゆきました。出がけに、今夜は帰らぬと申していました」

「この通りの服装で出かけたのか?」

「左様でございます」

「それっきり帰ってこなかったのじゃな?」

「はい」

「戸締まりはすぐにしたのか?」

「はい、あの人が出てゆくとすぐに戸締まりをして私は二階へあがってやすみました」

「それから何か物音をきかなかったか?」

「すこしもききませんでした。十一時頃まで眼をさましていたのですけれど」

「昨夜《ゆうべ》は誰か来客はなかったか?」

この問いに対して彼女は、しばらく答えるのを躊躇《ちゅうちょ》していたが、やがて、

「いいえ、どなたも……」

と少し顔を赧《あか》らめながら答えた。

「きっと左様か、誰か来たのではないか?」

と検事は彼女の顔色を見て、すかさず追及した。彼女が哀願するように眼をあげてちらっと四辺《あたり》を見まわした時、林が横から口を出した。

「私が昨夜まいりました」

「いま林が昨晩お前の家へ行ったと言っているがほんとうか?」

と検事は再び未亡人の方へ向きなおってたずねた。未亡人は低い声で「はい」と肯定した。

「何のために林は被害者の家をたずねたのか?」

彼女はまた返事に窮してだまってしまった。すると、林が再び横合《よこあい》から、

「それは私から申し上げましょう」

と言ったので、検事は、こん度は林の方へ向き直って、訊問をつづけた。

「被害者と、この奥さんとの間に、昨晩ひどい喧嘩がありました。私の家《うち》へはそれが手にとるように聞こえるのです。何でもひどく打ったり蹴ったりしているらしく、奥さんは

泣いておられました。明日別の女がはいってくるので、この奥さんを追い出そうとしている様子でした。私は、これまでもあったことなので、あの大泥棒の色魔の餌食《えじき》になっておられる、この奥さんがかわいそうで、じっとして聞いておれなくなったものですから、ちょっと口をきこうと思って出かけて行ったのです」

「それからどうしました」

「実にあきれた奴です。この奥さんを指さして、こいつは女中にやとったので、もう不用になったから出て行けといっているのだと空嘯《そらうそぶ》いているのです。奥さんが婚姻証書のことを言い出すと、そんなものにはおぼえがないと言ってるのです。きっと、すぐに焼き捨てたに相違ありません。必要な間は、婚姻証書を楯《たて》にとって女を手放さないでおいて、用がなくなるとそんなものにはおぼえがないと言ってるのです。これまでだって同じてで多《おお》勢《ぜい》の女をいじめたに相違ないのです。でも、私がその場にがんばっているので、とうとう奴は捨台辞《すてぜりふ》をのこして出てゆきました。それから、私もちょっと玄関口で奥さんを慰めておいて帰ってきました。あんな奴は、殺された方が社会のためですよ」

「それからあと、何も物音はきかなんだのですか？」

「それからすぐねてしまいまして、あとのことは知りません」

その次に下田と下田の細君とがつづいて、前夜のことを訊問されたが、二人とも、十時頃に床についてねてしまったので別にかわった物音はきかなかったと答えた。最後に、安田が、少し興奮して起《た》った。彼は前夜十一時頃まで読書をしていたが、やはり変わった物音は聞かなかったと答えた。下田夫婦も、安田の証言を確認した。

現場《げんじょう》の付近で拾得した証拠物は、例の凶器らしい棒杭一つで、それは、林家の垣に使用されていたものに相違ないこと、昨日《きのう》まではちゃんと垣にたっていたことが異口同音に証言された。

ところで、被害者の家の捜索によって、二階の紙屑籠《くずかご》から、洋罫紙《ようけいし》にペンで認《したた》めて四つに折って封筒に入れたまま真ん中から二つに裂いた未亡人から夫にあてた簡単な置き手紙が一通出た。それは次のような文面だった。

私は出てゆきます。けれども、あなたへの抵抗を断念したのではありません。できるだけ近い将来にきっと復讐してみせます。
昭和二年一月八日　　　　　　　　きよ
柴　田　久　彌　様

この事件については、これ以外のことは、その時も、その後も何一つわからなかった。未亡人と林とは嫌疑者として厳重な取り調べを受けたけれども、前記以外にも大した手懸かりは得られなかった。未亡人の手紙はだいぶ嫌疑を深くする材料にはなったし、彼女は、一時殺意を抱いたことは承認したけれども、犯行はきっぱり否認した。林も「あんな奴は自分で手を下しても殺してやりたいくらいに思った」ことは認めたけれども、凶行については何も知らぬと言い張った。下田夫婦や、林の細君や、安田も参考人としてたびたび取り調べを受けたけれども、ついに何らの手懸かりも得られなかった。
かくして、この事件は全く迷宮にはいってしまい、警視庁でも、所轄署でも、匙《さじ》を投げた形になってしまった。

五

ところが、それから一ヶ月もたった二月の上旬に、この事件の関係者の一人である安田が、越前の郷里へ帰る途中、列車が大雪崩《なだれ》のために転覆して、不慮の死を遂げてしまった。この出来事が、ふと、私の頭に一つの想像を抱かせることになった。それは単なる想像ではあるけれども、この事件に対して多少の光明を投げるものであると信ずるので、私は、この想像をもとにして一編の論文を草して警視総監に送っておいた。しかし、警視庁で、私の意見を採用したのかどうかさっぱりわからないし、ことによると、ああいう種類の投書は、毎日警視総監宛《あて》に何十通となく来るので、私の投書も、ろくろく眼も通されずに屑《くず》籠《かご》の中へほうりこまれたのではないかとも思われる。それで私はいま、当時の新聞記事を材料にして、できるだけ正確にあの事件を小説体に記述し、最後に、私の論文の要旨をかかげて、広く一般の読者の批判を乞うことにしたのである。論文の題は「誰が何故《なにゆえ》彼を殺したか」というのである。以上の記述は単につけ足しに過ぎないのだ。

＊　＊　＊

誰が何故《なにゆえ》彼を殺したのか

新聞紙の報ずるところによると、田端の殺人事件はついに迷宮に入《い》ったらしい。私は、最近に至って、この事件が迷宮に入ったことは甚だ自然であり、今後どれほど捜査を進めていっても、この事件の犯人をあげる見込みは絶対になかろうと確信するに至った。しかも私の推断は一般的性質を帯びたものであって、ひとり今度の事件だけに関するものではないのである。私の論拠は、統計学あるいは確率論calculus of probabilityに基づくのである。

第一に殺人その他の重罪犯人は犯行中精神の朦朧《もうろう》状態にあり、犯行後になって、自分の犯行を全く記憶していない場合がある。かかる場合には動きのとれない物的証拠がない限り、犯人を検挙する手懸かりは全く無く、事件は迷宮に入《い》るより外はない。

第二に、第一の場合と正反対に、犯行当時は、はっきりした意識をもっていたにかかわらず、犯行後になって、とつぜん精神に異常を来して、記憶を喪失したり、あるいは全く発狂してしまう場合があり得る。この場合にも、証拠物件のない限り捜査の手段は全くなくなり、事件は迷宮に入るより外はない。

第三に、犯罪者が犯行後、良心の呵責《かしやく》その他の理由によりて、自殺をする場合がある。自殺の際には、全く遺書をのこさずに、ぜんぜん死因を知るに由《よし》ないものもあり、遺書をのこす場合にも、元来遺書なるものには非常な修飾や誇張や隠蔽《いんぺい》が行われているのが通例であるから、不名誉な犯行のごときは告白せずに墓場までもっていく人があると見なければならぬ。この場合にも、一切の捜査は徒労になり、事件は迷宮に入《い》らざるを得なくなる。

第四に犯行者が犯行後、それとは全く無関係な人に殺されることもないとは限らぬ。人を殺すような人間は、人から殺される危険も通常人《つうじょうにん》より多くもっていると考えるのが至当である。この場合にも犯人が既にこの世にいないのだから、いくら犯人をさがしても見つかる気遣いはない。

最後に、犯人が、犯行後まもなく、病死、自然死、および不慮の死をとげる場合もあり得る。この場合にも結果は同様である。

以上のような出来事がないとしたならば、重大な犯罪事件が迷宮に入《い》る気遣いはないと私は信じる。それは、私が現今の警察力に信頼するからではなくて、人間の通有性――誰かに自分の犯行を打ち明けたいという本能――を私は信ずるからである。この本能に我々は到底そんなに長く抵抗するわけにはゆかないのである。それほど、この本能は強いのである。

しかも重大犯罪のうちで迷宮に入《い》った事件の比率を統計的に調べてみれば以上の五つの場合の起こる比率とほぼ一致するであろう。以上の論拠によりて私は一般に迷宮入事件は必ずしも警察の無能にのみよるものでないと信ずるのである。

しからばこん度の田端事件はどうかというと、私が前に列挙した最後の場合にあたるのではなかろうか。私は犯人が、最近北陸線の列車で不慮の死をとげた安田であると仮定するのである。これは飽くまでも仮定である。けれどもこの仮定によりてすべての辻褄《つじつま》があってくる。まず第一に下田の細君が死体を発見してバケツを落して異様な叫び声をあげた時に、すぐに彼が二階の雨戸をあけたことはいかに解釈すべきであるか？　彼は夜更かしをして朝寝をする習慣をもっており、たいてい十時過ぎでなければ床《とこ》をはなれなかったということである。かような朝寝の習慣者にとっては、午前六時頃はまさに眠入《ねい》りばなである。最も深く熟睡しているときである。林のごときは、下田の細君がどんどん戸を叩いてすら、容易に眼をさまさなかったのに、安田が、下田の細君の叫び声にいち早く眼をさましたということは、彼が眠っていなかったこと、そして誰かが死体を発見するのをびくびくして待っていたこと――少なくもそういらしいことを証明している。

彼はその前夜十一時に眠ったと証言している。そして下田夫婦はそれを確認している。しかるに下田夫婦は十時に眠ったと証言しているのである。十時に眠ったはずの下田夫婦が、安田が十一時に眠ったと証言したのである。この証言の無価値であることは一目瞭然《りょうぜん》である。下田夫婦は、十時以後安田が何をしたか、家《うち》の中にいたかどうかも全く知らぬはずである。

しかり、安田は十一時頃に階下《した》へ降り、恐らく水を飲もうと思って台所へ行ったに相違ない。ところが水瓶《みずがめ》の水は氷っていたので、彼は井戸端へ水を汲《く》みに行ったのであろう。その時、いったん、林を避けるために、今夜は帰らぬと言い残して家を出た柴田が、恐らくどっかで、したたか酒をあおってひき返してきたのだ。そして門の戸をあけようとしてまごまごしている所を、安田が、井戸のそばにある林の家《うち》の垣の棒杭をひきぬいて、うしろから、柴田の頭部をめがけて、力まかせに打ちのめしたのであろう。これは私の想像である。しかし多分に真実性をもった想像であると私は信ずる。

さてしからば、安田は何故《なにゆえ》に柴田を殺したのであるか。私は、彼らの仲間で出している、『我等の主張』という同人《どうにん》雑誌の中に、「ラスコリニコーフのために」という感想文を彼が寄稿しているのを発見した。

「多数人の幸福のために一人の生命を奪うことは許さるべきであるか、これ、ドストエフスキーが、『罪と罰』の主人公を通して我らに投げ与えた疑問である……」という冒頭で、彼はラスコリニコーフの殺人を弁護し、彼の唯一の欠点は、非道なる金貸婆を殺したにとどまらずして、罪のないその妹をも事のついでに殺してしまった点だけであると論じ、さらに、今日の刑法に死刑が認められてあることは、彼の主張の正しいことを意味するものであると述べ、最後に、法律を以《もっ》て罰することのできないような罪人、善良な人々を苦しめ、婦女子の貞操を蹂躙し、詐欺、賭博、泥棒をもって渡世とするような人間は法をまたずして制裁を加えるのが当然であると結んでいる。

右のうちで、筆者が圏点を付した部分は、柴田の性行に、あまりにもよく符号《ふごう》しているではないか。安田は、柴田に対してずっと以前から殺意を抱いていたものに相違ない。林といい、柴田の未亡人といい、その他、柴田の性行をよく知る者はことごとく柴田の死をむしろ願い喜んでいる。安田はそれらの人々の心中に潜在した願望を、自ら犠牲となって実行したのである。彼が、犯行の現場《げんじょう》に集まった群集に対して、警官の到着前に、興奮して演説しようとしたのは、このことを裏書きしている。あの時もし警官の到着が五分もおくれたら、彼は、あの場で自分の犯行を自白してしまったであろうと私は信ずる。

安田はラスコリニコーフよりも強かった。しかも、彼は邪悪漢柴田を裁断しただけで、外の人には何の迷惑をもかけていない。それどころか、近所の人々はみな柴田の変死を喜んでいる形勢がある。安田の心中はきっと満足であったろうと私は忖度《そんたく》する。けれども今回彼がとつぜん郷里へ帰ろうとしたのは、恐らく、自分の犯行を父母に告げて、その後男らしく自首して出る決心であったのかもわからぬ。いかに意志の強い人間でも、自己の心中の秘密と戦ってゆくことは非常に困難であっただろうから、しかもそう解釈すれば、彼がとつぜん七年振りに、時もあろうに雪で埋まっている郷里へ帰ろうと決心したわけも説明がつく。

以上のごとき推理に基づいて、私は田端事件の犯人は既にこの世にいないことを主張し、したがって当局者が、この上、この事件の捜査に貴重な時間と労力とを費やすは無益であることを信じて、捜査の打ち切りを切に当局に勧告するものである。

人造人間

一

村木博士《はかせ》はいろいろな動物試験で、人工生殖の実験が成功したことを報告してから、たった今小使がもってきた二匹のモルモットを入れた檻《おり》を卓《たく》の上へとり出した。

「この白い方は、私が村木液《むらきえき》の中で培養したモルモットです。黒の勝った方は、普通の親から生まれたモルモットです。どちらも生後三週間のものですが、その発育状態は少しの相違も見られません。どうぞ、これをまわしてよくご覧下さい」

こう言って博士はモルモットの檻を一番前列に聴いている男に渡した。二匹のモルモットは檻の中で小さくなっていた。檻は聴衆の間へ次から次へとまわされていった。三百人あまりの男女の聴衆は、妙な環境の中で生育したこの小さい動物を不思議そうに観察しながら、近代科学の驚くべき奇蹟に驚嘆《きょうたん》した。

博士は聴衆の頭上に満足の一瞥《べつ》を投げながら、悠揚《ゆうよう》として語り出した。

「これらの動物試験の見事な成功に元気づけられて、私は、とうとう、これを人間について実験してみようと思いたったのでした。私は、私自身の精虫をえらびました。培養液として選んだのは第二村木液と仮に私が命名している生理液です」

熱心な聴衆のある者の間には、この大胆な、学界空前の発表に対して、折々驚嘆の私語《ささやき》がおこった。

陪賓席《ばいひん》には、東亜生理学会の会員が、七八名、この画期的実験報告の内容を一語も聞き漏らすまじと熱心な耳を傾けていた。その中には、村木博士の助手として、その実験を手伝っている女理学士内藤房子女史の断髪姿が紅一点を点じていた。

博士はコップの水でちょっと口をうるおしてから語りつづけた。

「いまこの人造胎児は、私のこしらえた特別の試験管の中で、無事に育っています。目下ちょうど妊娠三ヶ月位の段階にあります。私が一番困難を感じたのは栄養の補給でありましたが、ここにおられる内藤女史の協力によりて、この困難も突破しました。私たちは最近各種の蛋白質《たんぱくしつ》の合成にも成功しました。……だがこれらについての詳しい報告は、いま発表の時期でないように思います。私の実験が成功して、この子供を日光や空気にさらしてもよいまでに発育させることができましたなら、その時に、一切の報告をすることにいたします。恐らく、本会の秋季大会には、報告できるようになるだろうと思います」

博士は急霰《きゆうさん》のような拍手を浴びながら演壇を下った。

これで東亜生理学会の昭和×年度春季公開会議はおわったのであった。

聴衆の間にはざわざわと波が起こった。ベンチを起《た》ち上がって帰り仕度をするのである。

その時、傍聴席の、内藤女史の隣にいた阿部医学士がすっと起ちあがって、いま自分の前を通り過ぎようとする村木博士に向かって言った。

「先生ちょっと質問があります」

「質問ですか」と村木博士は立ちどまって言った。「今日はいっさい質問にお答えしないことにします。私は、私の実験の輪画《りんかく》を報告しただけで、ほとんどその内容にはわたりませんでした。なぜかというと私の実験はいま進行中なので、はたしてそれが成功するかどうかもわからないからです。だから、実験の内容に関するご質問なら、今日は何事もお答えするわけにはゆきません」

阿部医学士は「はッ」と頭を低《さ》げて席についた。

幹事が自席から閉会を告げると、聴衆はドアの方へ波打って行った。会はおわったのである。

翌日の新聞には村木博士の報告演説の内容が、多分に誇張されて報道された。「人造人間の発見」「試験管から人間が生まれる」「今秋までにはオギャーと産声《うぶごえ》をあげる」というようなセンセーショナルな標題をかかげているのがあるかと思うと、村木博士と内藤女史との肖像をならべて「これが試験管でできる赤ちゃんのご両親です」などと書いているのもあつた。

新聞記者に意見を徴せられた多くの生物学者たちの中には多少の疑いをのこしているものもあつたが、「それは不可能なことではない」という点ではすべての学者の意見が一致していた。そして「一日も早く詳しい実験報告に接したいものである」というのもすべての学者に共通の願望であつた。

あるフェミニストは、早急にも「婦人問題はこれによりて解決されるだろう」と主張した。婦人に妊娠、分娩《ぶんべん》ということが不必要になれば、男女の生理的区別がなくなり、女子も完全に文化的労働に参与できるからであるというのである。またある優生学者は「これによりて優生学は合理的基礎におかれた」と、叫んだ。もっと突飛なのは、ある法律学者が、「人造人間の発明は、従来の法律を根底から転覆《てんぷく》せしめるだろう」という趣旨を長々と記者に語っていたことである。

学界も俗界も上を下への騒ぎであった。もちろんこのニュースは全世界に報道され、各国の学界に異常なショックを与えたことは言うまでもない。

二

「ねえ、先生！」

試験管の掃除をしていた内藤房子は、タオルで濡《ぬ》れた手をふきながら、後ろをふりむいてこう言つた。

熱心に化学書をしらべていた村木博士は眼鏡をはずして、それを開いた書物のページの上において、助手の方へむきなおった。

「妾《わたし》、先生の昨日《きのう》のご演説にはほんとうに吃驚《びっくり》しましたわ。先生があんな世界的な実験をしておられるなんて、ちっとも知らなかったんですもの。そして妾なんか何もお役に立っていないし、またお役にたつこともできないんですもの」

「そうじゃないですよ。あなたがそうして試験管の掃除をしたり、薬瓶を片付けたりしていて下さることが、たいへん私の実験に役に立っているのです。」

「でも何も知らない妾《わたし》を理学者だなんて紹介して下さったときは、妾ほんとうに顔から火が出るようでしたわ」

「これから理学者になるのです。私のところで、これから半年も勉強していらっしゃれば、立派な理学者にしてあげます。寺田学士の『化学精義』はだいぶ進んだでしょう。わからんところは遠慮なくおたずねなさい。さあこれから少し復習しましょう」

「先生」

こう言って顔をあげたとき、房子の眼は少し涙ぐんでいた。

「妾もう、そんな難しい本を教わるのはいやでございます。妾はただの女でいとうございます。先生のおそばに、いつまでも離れないで、去年の夏のように先生に愛されて……先生、妾をどっかへつれて行って下さい。誰もいないところへ、先生と二人っきりのところへ」

彼女は博士の膝に顔をふせてすすり泣きはじめた。博士は、膝のあたりに荒布の作業服をとおして、柔らかい物体のうごめくのを感じながら、しばらくうっとりとしていたが、それと同時に困ったものだというような表情をも彼女の頭の上で露骨に示しながら、でもやはりやさしい調子で言った。

「いけませんね、そんなだだっ子を言っちゃ、私はずっとあれから貴女《あなた》を愛しつづけているじゃありませんか」

彼は彼女の薄化粧をした素首《そくび》にキッスした。そしてまた語りつづけた。

「だが私には妻もあり二人の子供もあることをご存知じゃありませんか、そして貴女《あなた》だって、婚約の夫がおありになるじゃありませんか」

房子は顔をあげた。博士の膝には、涙で大きく斑点《はんてん》ができていた。彼女の眼のまわりは涙ですっかり濡れていた。

「わかりました。わかりました。妾《わたし》が無理を申し上げました。でも、妾どうしても先生のおそばを離れられません。去年の夏でございましたね。八月の十四日でございましたね。午後の四時頃でしたわ。まだ日は高くて暑いさかりでしたもの。先生は海水着をきて砂の中に半分埋まっていらっしゃいましたわ。まるで中学生か何かのように、妾なんてお転婆《てんば》だったでしょう。大きな声で歌を歌いながら先生のすぐそばを通ったのでしたわね。妾わざとそうしたのですわ。妾の方では先生をよく知っていたのですもの。ブッセの詩でございましたわね、あの時妾がうたっていたのは。

山のあなたに空遠く
さいわい住むと人のいう
ああわれひととめゆきて
涙さしぐみ帰りきぬ
山のあなたになお遠く

さいわい住むと人の言う
この歌を歌いましたわ。すると先生もあとからついて歌われましたわね。わたし耳の付根まで赧《あか》くなりましたわ。でもわたし歌はやめなかったわ。そしてほんとうにうれしかったわ。胸がぞくぞくする程でしたわ」

村木博士の眼も少しうるんできた。追懐《ついかい》ということはどんなに苦しい時の追懐でも人の心をセンチメンタルにする。まして、このような、ロマンチックな追懐は涙を催さずにすむものではない。博士は彼女の言葉をついで言った。

「それから海の中でずいぶん会いましたね。下半身を水の中へつけながら、そして時々やってくる波のうねりをよけながら、いろいろなことを話しましたね」

「そしてとうとう妾《わたし》も先生から一間もはなれないところで、並んで砂に埋まりましたわ。そしていろんなお話をうかがいましたわ。先生が独逸《ドイツ》でごらんになった表現派の芝居のお話など……そして先生が遊びにいらっしゃいとおっしゃったので、鎌倉《あちら》のお宅へ伺《うかが》ったのでしたわ。それから……」

「妙なものですね人間の縁というものは、それであなたはその夏きり××大学の聴講生をおやめになって、私のラボラトリーで手伝って下さることになったのですね、そして冷たい科学の研究をしながら、私たちは……」

「愛しあっていたのですわ。すべてのものを、やきつくすような熱烈な愛で」

「私たちは、まるで若い学生同士のように愛しあいましたね。世間では、私たちが、この研究室の中で、しじゅう顕微鏡や試験管ばかりいじくっているように思っているが、そして私の家内もそう思っているのですが、その実、私たちは一日じゅうこの部屋の中で、手を握ったり、抱擁《ほうよう》したりして、愛の戯れをしつづけていたこともありましたね。研究の方は自然怠りがちになって……」

二人の手はひとりでに動いた。はげしい抱擁がかわされた。房子はうるんだ眼をあげて彫刻のように落ちついた博士をじっと見ながら少しふるえを帯びた声で言った。

「でもその間に、先生は、妾《わたし》さえもちっとも知らない間に、あんなすばらしいご研究をしていらっしゃるんですもの。人間の人工生殖だなんて、妾ちょっとでよいから見せていただきたいわ隣のお部屋が。もう一月もたちますわね。先生があの部屋をしめきって錠をおろされてから。でも妾にだけはちょっとぐらい見せて下さってもいいでしょう。妾、ぜひ見たいわ、どんな様子で育っているのか……」

「それだけはいけませんね。それに実験は絶対暗黒の中で行われているんですから、見ることはできませんよ。そして絶対安静なコンディションが必要なんです。まあ、実験が成功するまで待ってて下さい。今度の実験は私の生命《いのち》と名誉とをかけての実験ですから、万一しくじったら私は何もかも破滅なんだから」

永い四月の日も暮れちかくなった頃二人は実験室を出て、桜の花の散りしいている庭つたいに博士の自邸の裏口から中へ消えていった。

三

「お父さん、犬はなんて泣くか知ってるかい?」

「犬はわんわんって泣くさ」

「そりゃ日本の犬さ。西洋の犬はどういって泣くか知ってる?」

「西洋の犬だって同じさ」

「うそだよ。お父さんは知らないんだなあ。西洋の犬はね、バウワウってなくんだよ。リーダーにそう書いてあるよ。ほら、ザ・ドッグ・バークス・バウワウ」

「お父さま、百日紅と書いてどうしてサルスベリと訓《よ》むんですか?」

「むずかしい質問だね、お父さんは知りませんよ。兄さんにたずねてごらん、兄さんは物知りだから」

「日本語なんか僕知らないや、百がサルで日がスベで、紅がリだろ。英語では百日ってハンドレッド・デイっていうよ」

「ハンドレッド・デイズだよ。複数だから」

「やっぱりお父さんは偉いなあ。昨日《きのう》の新聞にお父さんの写真がのってたね。内藤さんの写真と一しょに。内藤さんも随分えらいんだね」

村木博士はいつものように、十四と十二になる長男と長女とを相手に、登校前の遊び友達になって過していた。博士は春から夏にかけては、毎朝五時に起きて、水曜日に一度大学の生理学教室へ講義に出かける以外、ふだんの日は八時から午後五時まで、自宅の邸内に設けてある実験室で過ごすことになっていた。ただ八月だけは、鎌倉の別邸で暮らすことになっていたが、そこにも一部屋を実験室にあててあった。房子と知りあいなった場所は、この鎌倉の別邸だった。で、朝の三時間は博士は完全に家庭の父であり、昼間の九時間は、完全に研究のためにあてられていた。この日課は、正確な時計のように一度も狂ったことがなかつた。ことに一ヶ月ほど前に、例の人造人間の実験をはじめてからは、一切の訪問客を謝絶し、実験室へは、助手の内藤女史以外は、家族の者でも出入《しゆつにゆう》することを厳禁していた。

「もう七時になりましたよ。学校へいっていらっしゃい」

父子が遊んでいるところへこう言いながら村木夫人がはいってきた。夫人は三十を三つ四つ越しているのだけれど、まだ二十代に見える若さを保っていた。

「お父さん行ってまいります」

「お母さん行ってまいります」

二人の子供は小鳥のように快活に部屋を出て行った。

「今朝もまた三人も新聞記者が来ましたよ」彼女は夫のそばに腰をかけながら言った。

「うるさいね、新聞記者なんかに何がわかるものか」

博士はそっぽを向いたまま、ぷっと煙草《たばこ》の煙を吐き出してこう言った。

「でもね、そのうちの一人がこんな事を言うのですよ。先生の実験が成功したら、その子供の籍はどうなるのですなんて」

彼女は夫の顔をはすかいに見ながら言った。博士は石像のようにだまっていた。

「ほんとうに、それはどうなるんでしょうね。妾《わたし》も承りたいわ」

博士の眉間《みけん》には縦に大きい皺《しわ》がよった。しかしそれはすぐに消えて、またいつもの温顔に返った。

「学者は研究すればいいんだ。研究の結果をどうするかなんてことは実際家にまかせておけばいい。いずれ法律家が何とかきめるだろう。ただ実験に使った精虫は私のものだから、私はとうぜん父親であるべきだと思うが」

「そうしますと母親がないという事になるので御座いますか」

夫人の顔には寂《さび》しそうな表情が浮かんだ。博士はそれに気がついて、はげますような調子で言った。

「母親はないことになる。しかし、いまにもう少し科学が進んだら父親のない子もできるだろう。精虫を合成することができたら。しかし、それは近い将来にできる」

「そうなったら親子の関係は妙なものになってしまいますわね。道徳も義務もなくなって。でも、さしあたって今の法律では、誰か母親にならなければなりませんでしょう」

「最も合理的に言えば、あの実験の手伝いをして貰っている内藤さんが母親になる権利があるんだが……」

博士は、ちらっと電光のような速さで、夫人の顔を見た。夫人の顔はそれと同じくらいの速さでさっと雲った。

「少なくも法律家が私に意見を求めにきたら、私はそう主張するより外はない。今の世の中ではこれは妙に聞こえるかも知れない。お前も妙な気がするだろうと思う。しかし、この問題について法律を制定することになると、今の世の中ばかり眼中においているわけにはゆかない。こういうことが頻々《ひんぴん》と普通に行われるようになった将来の社会を予想しなくてはならん」

科学者の妻として、夫の仕事の性質をよく理解していた夫人は、博士の説明きいてもっともだと思った。しかし理屈ではもっともだと思っても肚《はら》の虫がおさまらない。

「でも内藤さんには婚約の夫があるというじゃありませんか。あの方だってお困りになるでしょう。それにあの方の夫になる方だって……」

「そりゃ已むを得ん。真理のためには多少の犠牲がはらわれるのは仕方がない。電車や自動車が発明されたために俥夫《しゃふ》が職を失ったって俥夫のためには気の毒だが、人類全体のことを思えば已むを得ない。そりゃ内藤さんにも、内藤さんの夫になる人にもよく納得して貰わにゃならん」

博士は時計を見た。八時五分前だった。博士は仕度をして実験室へ出かけて行った。しばらくすると、邸内からピアノが聞こえた。ショパンの曲だった。

四

それから二十日ばかりたったある日のことである。

村木博士の邸内には、桜はもうとっくに葉になって、あちこちの庭石のかげに、紅白さまざまの変わり種の躑躅《つつじ》が咲いていた。

雑司ヶ谷の丘の樹々は、豊かな日光を浴びて、一つ一つの青葉が生成してゆくのが肉眼にも見えるように感じられる。こういう日は誰でも一種の自然の威圧といったものに打たれて悩ましくなるものだ。まして甘いなやみをもった青春の男女にとつて、五月という季節は、何とも名状《めいじょう》しがたい、いてもたってもいられないような、焦燥感を与える。

婚約の夫がありながら、妻も子供もある人に、ありたけの胸のおもいを寄せるようになった内藤房子は、村木博士の実験室の中で、デスクに向かって化学書を読んでいたが、眼はひとりでに窓外の青葉にうつる。心は、いつのまにか、無味乾燥な書物のページを辷《すべ》りぬけて、あらぬかたに乱れ飛ぶのであった。

村木博士はちょっと用事があるというので二日前から鎌倉へ行ってまだ帰ってこない。その留守を房子は実験室にとじこもって、化学式の暗記に専念していたのである。

彼女は近頃特に現在の位置に不安を感じてきた。彼女は婚約の夫を愛していないのではなかった。彼女の未来の夫は彼女を信じきっていた。高名な博士のところに行儀見習いかたがた研究の手伝いをしていることを、彼は誇りとしているくらいだった。

「あの人が博士と妾《わたし》との関係を知ったらどうしよう？」

彼女は自分の立つている足の下がぐらぐらするような気がした。とりわけ、彼女にとって堪えられない恐ろしさは、どうも三ヶ月ほど前から身体《からだ》に異常がおこったことである。博士は、妊娠ではないと診断したが、二三ヶ月前に彼女を襲った症状はつわりに相違ないように思われた。それに、今に至るまでやっぱり月のものは見られないのである。

「きっとそうにちがいない。博士は妾に心配させないために嘘をついておられるのだ。そしてご自分でも、この恐ろしい事実を信じまいとして、しいて否定しようとしておられるのだ……」

彼女は博士の冷静な態度を思い出すとはげしい憎悪を感じた。それと同時に自分が博士のたねを宿していることを意識すると、博士が恋しくて恋しくてたまらないのであった。

「もしそうだとすると、妾の身も破滅だし、博士自身も破滅だ。それに……」

彼女は近頃の村木夫人の眼に一種の嫉妬の光がしつこく宿っていることに気がついていた。夫人は、相変わらず房子に愛想がよかったし、嫉妬らしい素振りは第三者から見ると微塵もなかったのであるが、当人にとっては、夫人の態度がやさしければやさしいだけ、よけいと何かしら強烈な光線で射られているような気がするのである。心の底まで見すかされているような気がして、鷲の前へ出た小鳥のようにいすくまって、まともに相手の顔を見ることすらもできぬのである。

すべての事情が彼女にとつては不愉快で恐ろしかった。しかしいまさらどうにもできないように思われた。博士に相談しても彼は簡単に事実を打ち消すばかりで取りつく島がない。

「博士はほんとうに妾《わたし》を愛していて下さるのだろうか？　もし夫人か妾かどっちかを、すてなければならぬ場合になったら、どうなさるだろう？」

彼女はこの疑問に対して全く自信をもっていなかった。もちろん、子供もあり、永年つれそってきた、そして容貌《ようぼう》からいっても自分以上に美しい、少なくとももとののった夫人に対して彼女は太刀《たち》討《う》ちができないように思った。彼女の相貌は急にけわしくなってきた。女には生理的に、とつぜん気持ちが一変して、消極のどん底からこの上ない積極的な気持ちへ宙返りするときがある。いまの彼女がちょうどそれだ。

「そうだ、飽くまでも競争しよう。完全にすっかり博士を自分だけのものにしてしまわなければならぬ。名誉も家も夫人も子供も、そして生命《いのち》の次に大事な研究もすべてをすてて妾の懐へ飛びこませなくてはならぬ……」

「先生はいつかこんなことを仰言《おつしや》った……今度の実験は私の生命と名誉とをかけての実験ですから、万一しくじったら私は何もかも破滅なんだから……」

彼女は血走った眼で隣室へ通ずる扉《ドア》をちらりと見た。血を見た猛獣のように彼女は起ちあがった。デスクの曳出《ひきだ》しをあけて彼女は狂気のように何物かをさがしだした。彼女の手には鍵たばが握られていた。あまりはげしい興奮に理性を失った彼女は、博士の大事な実験を滅茶《めちゃ》々々にして博士を世間へ顔向けのできぬようにし、どこか地球の果てというようなところへ行って自分と二人で恋愛三昧の生活を送ろうと考えたのである。——世界をも恋故に——クレオパトラの言葉が彼女には絶対者の暗示のように思い出された。

意外にも一番はじめに試みた鍵がうまく鍵穴にはいった。扉《ドア》は拍子抜けのするほど易々《やすやす》とあいた。実際、扉を叩き破ってもくらいの権幕《けんまく》であった彼女には少なからず意外であった。だがそれよりも意外であったのは、部屋の中には見なれたデスクが一台と椅子が一脚、デスクの上には何かしら独逸《ドイツ》語の書物があけてあって、その前に大判の洋罫紙に何か独逸語で書きかけたのがあるきりで、その外には何一つ見つからなかったことである。あまりのことに彼女は一時に興奮がさめて、がっかりしてしまった。どんな精巧な仕掛けがしてあることかと期待していた矢先に、見出だされたのは、ありふれた机と椅子と本が一冊っきりである。

彼女は、亡者のようにふらふらしながら、天井を見上げたり床や壁を押したり、踏んだり叩いたりしてみた。けれどもついに何物をも発見することができなかった。

彼女は綿のように疲れてしまった。そしてもとの部屋へかえって机によりかかったまま前後不覚に眠ってしまった。

彼女が襟首《えりくび》に柔らかい温かいものの触れるのを感じて眼覚めたとき彼女の眼は村木博士がうしろに立って彼女に接吻《せっぷん》しているのを見出だした。

「まあいつのまに……」彼女はあわてていずまいをなおして、ほつれ毛をかき上げた。

「たったいま帰ったばかりですよ。実はこん度実験室を鎌倉の方へ移すことにしましてね。隣の部屋の取り片付けは出発の前の晩に、みんな寝しずまってからやりました。あなたにも家族にも秘密でね。新聞記者などにかぎつけられちゃうるさいと思ったものですからね。なあに、荷物はトランク一つにまとまりましたよ。今のうちでないと大きくなっちゃ持ち運びが大変ですからね。液の振盪《しんとう》を防ぐためにはずいぶん骨を折りましたが、それでも長い道中なのでどうかと思いましたが、幸い無事に向こうのラボラトリーへ移しましたよ。で貴女《あなた》も明日からあちらのラボラトリーで手伝っていただくことにしました。私は一週一度発育状態をしらべにゆけばよいのです。あちらには、ばあやを一人つけておきます。貴女の仕事はその都度《つど》お願いすることにしますが、あちらの実験室へは絶対にはいれませんから、そのおつもりでね。さあそれでは家《うち》の方へちょっと……」と博士は一人でしゃべりながら、相手が何も言わないうちに、彼女の二つの眼へかわるがわるキッスして軽快に実験室を出て行った。

五

それから約六ヶ月の間、村木博士は正確に一週一度ずつ鎌倉の実験室へ通った。彼が実験室の中でどんな研究をしているかは、外見からは何もわからなかった。けれども実験は満足に進行していることだけはたしかだった。

房子はとうとう妊娠であることがわかったので、博士は、実験のことはいっさい手伝わせもせず話もしないことにきめて、専ら静養させることにした。

しかし博士は、家庭においても善良な父であり夫であることに依然として変わりはなかった。房子を抱擁したその同じ手で子供たちを愛撫《あいぶ》した。房子に恋を囁《ささや》いたその同じ口で夫人と談笑した。そしてまた世間に対し、学界に対しては、博士は模範的紳士であった。完全な二重生活を私たちは博士に見ることができた。

十月の末のある晩、村木博士の別邸の付近にたって、鋭敏《えいびん》な聴覚をもった人が、よく耳をすませば、博士の邸内から、かすかに嬰児《えいじ》のうぶ声を聞きわけることができたであろう。むろん房子が分娩したのである。けれどもこのことは誰にも知られずにすんだ。

それから数日たって、雑司ヶ谷の村木博士の本邸でのこと、

「あなた、生理学会の秋季大会は明後日《あさって》ですってね?」

夫人は心配そうに博士に向かって言った。

「そうだ、明後日だったね」

博士は理学者的冷静さをもって答えた。

「それまでに実験はまにあうでしょうか? 今日いつかの新聞記者が来ましてね。そのことを念を押していったのですよ」

「大丈夫間にあうつもりだ」

「こん度は大学側では、大勢の教授があなたに詰問《きつもん》的質問をするといって、いきごんで

いるそうですわ。でもすっかり準備はおできになっているでしょうね？」

「百の報告よりも一の実物が証拠だ。私はその日は実物を公開するつもりでいる」

「まあ、ではもう実験が成功したのですか？」

夫人はつつみきれぬよろこびをもってたずねた。

「まだ成功はせん。しかしまだ二日の余裕がある。それまでにすっかりできあがるつもりだ」

〰〰〰〰〰〰〰〰〰〰〰〰〰〰

翌日早朝鎌倉へでかけた博士は、一日実験室にとじこもっていた。隣室からは、博士の忙しそうに歩きまわる跫音《あしおと》のあいまあいまに、水道から水のほとばしり出る音、硝子《ガラス》器のふれあう音などが、かすかにきこえ鋭敏な鼻にはほのかな薬品の匂いさえかぐことができた。

〰〰〰〰〰〰〰〰〰〰〰〰〰〰

その翌日、いよいよ大会の当日であった。恒例をやぶって××新聞の講堂にかえられた会場は定刻前から立錐《りっすい》の余地もなく熱心な聴衆がつめかけていた。朝野の学界の名士、新聞記者は演壇の両側にいならんでいた。今日の大会は博士の報告演説だけで独占されることになっていたので、司会者の開会の辞がおわると、村木博士が割れるような拍手を浴びて登壇《とうだん》した。千余名の聴衆の視線は一斉に博士に注がれた。

博士はしずかな語調で、案外に簡単に実験の経過を報告してから、「これからその嬰児を皆様にご覧に入れます」と言いながら、うしろの方へ眼くばせした。

一人の老女が淡紅色の液体のはいった硝子盤をもってきた。中には生後まもない健康そうな嬰児が巧妙な装置で支えられて漬かっていた。

「この子供は八ヶ月でこれまでに成長しました。液の温度と栄養との関係で、子宮内で育つよりも、約二ヶ月時間を短縮することができましたが、この時間は六ヶ月ぐらいまで短縮できるだろうと思っています。この子供は男の児ですが、性の決定は胎生期の手術でどうにでもなります。いまのところ一日に数回第二村木液でこの通り沐浴《もくよく》さしていますが、それは環境を急変させた場合の効果を懸念してです。もう一ヶ月もすれば普通の子供と同じようにして育ててゆくつもりです」

博士は報告がすむと老女を手伝って硝子盤を奥へ運んでいった。拍手の音はしばらく鳴りもやまなかった。

鎌倉の別邸では、内藤房子は、朝ばあやが運んできてくれた牛乳をのんでから、うとうとしているうちに赤ん坊に乳房をふくませたまま いつの間にかぐっすり熟睡してしまった。

深い、それでいて何だか気味の悪い眠りから彼女がさめたときはもう暗くなっていた。赤ん坊はまだすやすや眠っていた。彼女は可愛さにたえぬもののように、無心な赤ん坊の額に接吻した。何だか葡萄酒《ぶどうしゅ》の匂いがするような気がしたが彼女は別にそれには気もとめなかった。

「まあおめざめでしたか、あんまりよくお寝《やす》みでしたから、お午餐《ひる》も差しあげませんで」と言いながら、ばあやが夕食を運んできた。

「ほほうよく眠っていますね」と言いながら博士もそのあとからはいってきて赤ん坊の顔をのぞきこんだ。そして博士は母親と子供との額に代わるがわる接吻した。


それと同じ時刻に大学の生理学教室では、熱心に試験管をいじっていた阿部医学士がひとりで頓狂《とんきよう》な叫びをあげた。

「なんのこった、第二村木液だなんて仰山《ぎようさん》な名前をつけて、こりゃただの水に葡萄酒をたらして着色しただけのもんだ」

その翌朝村木博士は鎌倉の実験室の中で、死体となって発見された。モルヒネ自殺であった。

「私はどうしても貴女《あなた》と離れることができませんでした。それと同時に私は妻子とはなれることもできませんでした。私は世間なみの紳士として体面と、夫として父としての義務とをはたしつつ、しかも貴女との愛を永久につづける手段を考えました。それがあの雑司ヶ谷の実験室での生活でした。しかし貴女《あなた》が妊娠されたことを知ったとき、その露覚《ろかく》をふせぐためにさらに大胆な第二段の手段に訴えねばなりませんでした。人造人間の実験がそれであります。昨日は貴女に麻酔薬を用いて、老婆に頼んで、愛児を講演会場につれてゆきました。どうにか会場ではごまかすことができましたが、私の良心をごまかすことはついにできません。世間を欺《あざむ》き、家庭を欺き、学問を冒瀆《ぼうとく》し、最後に、恋人をすら欺かなければならなかった不徳漢にとって、残された道は死あるのみです。子供のことはよろしくお願いします」

房子は博士の遺書を抱いて産褥《さんじょく》の上にいつまでもいつまでも泣きくずれたのであった。

動物園の一夜

一

樹立《こだち》の青葉は、病後の人のように喘《あえ》いでいる。

戦場に遺棄された戦死者のように四肢をだらりと投げ出してライオンが正体なく眠っている。虎も豹《ひょう》もごろりと横になって寝ている。孔雀《くじゃく》は妍《けん》を競う宮女《きゅうじょ》のように羽根をひろげて風の重みを受けておどおどしている。象は退屈そうに大きな鼻をぶらぶら振っている。大小無数の水禽《すいきん》のさざめき、蛇のように、長い頸《くび》をくねらして小さな餌《えさ》をさがしてはついばんでいる駝鳥《だちょう》、檻《おり》の外には人間どもが、樹陰《こかげ》のベンチの上に長々と寝そべったり、のろまな足どりで檻から檻へと足を曳《ひ》きずったりしている。

植物と動物と人間とが、差別を撤廃して、原始の生活に帰ったような上野の動物園の真夏の昼過ぎである。

二十年振りではいった動物園は、その当時と少しも変わっていないように私には思われる。少なくも東京の街区のあわただしい変化とくらべるとここは昔のままである。

ところでこの年月の間一度も動物園のことなど思い出したこともない私は何故こんなところへ一人ぼっちではいってきたのだろう？　どう考えてみてもわからない。無目的で、無意識でいつのまにか、自然にこんなところへ来ていたものにちがいない。

「森林に自由存す」と言った人があるが、動物園はある意味で森林だ。都会のまん中で、動物と植物とが人間の破壊の手から保護されている動物園は、ある意味では処女林と同じだ。誰の心の中にでも潜在している自由を慕う要求が、どうかしたはずみに、急に意識の表へあらわれてきて、私の足をここまで運ばせてきたのかも知れぬ。

ともかく私はここにいる動物の一つの仲間のような顔をして樹陰のベンチに腰をかけていた。

四十そこそこの麦藁《むぎわら》帽子をかぶった男が、ふところからビスケットを取り出しては、象にほうってやっている。象は、まるで対等の動物同士のように、遠慮も、はにかみも、命令服従の観念もなく、大きな鼻のさきで、小さいビスケットを拾って口の中へほうりこんではあとをせがんでいる。男はにこりとも笑わずに、まるで動物の習性を研究している謹厳な動物学者か何ぞのように、次から次へとふところからビスケットをとり出している。そしてその取り出しかたがだんだんはやくなって、かれこれ一封度《ポンド》もはいっていそうな紙袋を二十分位で空っぽにしてしまって、紙袋をそこへすててさっさと歩いて行った。

私はしばらく眼をつぶった。頭の中が鳥の巣のようにかさかさになって、思索力がまったくなくなっている。いったい私は何をしているのだろう？　どこから来てどこへ行くつもりなんだろう？　そもそも、ここはどこだろう？　それよりも、私の現在の状態はどんな具合なのだろう？　私は急にひどい空腹を感じた。象は幸福だなあ、ここにいる動物はみんな非常に幸福だ！　第一安全な住所がある。食物《くいもの》がある。私も何だかここにいると幸福のような気がする。第一ここでは、あの意地の悪い眼を感じなくともよい。下宿のお内儀《かみ》の細くて険のある眼、下宿代の仕払《しはらい》能力がなくなったと見てとった時に、がらりと一変した、何とも言いようのない、侮蔑と憎悪と猜疑との眼、それから近所界隈のありとあらゆる人間の不快極まる眼！　私は思わず、その眼の一つが、あたりにありはしないかと思って、ひやりとして見まわした。

それはそうと私は世間の人間には全く驚嘆《きょうたん》のほかはない。みんな一人の例外もなく生活しているのだ。もちろん悲惨な人間もあるにはあるが、私のように完全に行き詰まっている人間は一人もないらしい。

半年ほど前に三ヶ月の退職手当を貰って、××会社から路頭へほうり出された私は、ちょうどねじをまかれた時計が一定の時間だけ動いていて、ある刹那《せつな》にぱったり動くのをやめてしまうような具合に、ぴたりと行き詰まってしまったのである。親も兄弟も親しい知人もない上に、知らぬ人に向かってはろくろく口もきけない私は、完全に生活の手段を失ってしまったのだ。それでも今日まではとにかく、あらゆる屈辱にたえて生きてきた。だが今日から先は人間が生理的に、栄養の補給なしに生き得る日数だけ生きて、燃えつくした蠟燭《ろうそく》の火のように自然に消滅してゆくより外はない。私には自殺をする勇気もないからだ。

私は、最後の十銭の白銅を牛飯にかえて五六時間地上の生活をのばす代わりに、ついふらふらと気紛《きまぐ》れでそれをこの動物園の入場料にかえてしまったものらしい。何しろはいった時のことはどうもはっきり記憶しておらぬ。

四時頃、私は西日を浴びて猿の檻の前に立っていた。「道ばたに犬長々とあくびしぬ、我れも真似しぬうらやましさに」不思議に啄木の心境が思い出される。じっさい動物は羨《うらや》ましい。私は、敏捷《びんしよう》に枝から枝へ、金網から地上へ跳びまわっている猿が羨望《せんぼう》に堪えなかった。実に元気な動物だ。それにひきかえ疲労と空腹との極に達した私の身体《からだ》は、少しはげしく動かせば、そのままくたくたとくずおれてしまいそうな気がした。

ふと気がつくと、二三時間前に、象にビスケットをやっていた男が、またビスケットをどこかで買ってきたものと見えて、今度は猿にそれを投げてやっていた。子供らは面白がってそれを見てきゃっきゃっ騒いでいたが、この男は、まるで笑いを禁じられた人のように、真面目な義務的な仕事をしている時のような態度で、猿にビスケットをやっている。ビスケットは時々網から弾じき返されて柵の外へころがり出た。驚くべき濫費《らんぴ》だ。私はこの男の計り知れざる財力に一種の崇拝《すうはい》を感じた。不思議なもので、こんな時には、嫉妬《しつと》の念よりも、崇拝の念が先におこるものだ。

群衆の足はことごとく入口の方へ向かって、徐々にではあるが、しかし、一斉に動き出した。園内には人影がだんだん疎《まば》らになってくる。先刻《さつき》のビスケットの男もいつの間にかあたりに見えなくなっていた。

突然、全くだし抜けに、素晴らしい霊感のように、一つの考えが私の頭の中を横ぎった。私はそっとしゃがんで脚もとに転げていたビスケットを二つ拾い上げた。そして、誰も見ていないことをたしかめてから、急いでそれを口の中へほうり込んだ。菓子は餓えた味覚を麻痺《まひ》させながら舌の上で解けていった。

私は暗示にかけられた人間のように、急に見ちがえるように元気になった。肉体もすばしこくなったが、それにも増して頭が敏活にはたらき出した。

私は、あたりにいる動物、たとえば熊のようにすたすた歩き出した。そして、小鳥のように鋭敏な視力をもって、熱心にあるものを探しはじめた。出口の方へ向かって帰ってゆく群衆とは逆の方向へ、何か忘れ物でも取りにゆくような、はっきりした目的意識をもって私は歩いて行った。

二

動物園の入口から、右手の方へ進んでゆくと、鸚鵡《おうむ》や小鳥の檻があって、その先に「閑々亭」という額をかけた、茶室めいた四阿《あずまや》が一軒たっている。この小家《こや》の由緒来歴は私は何も知らぬ。ことによると、幕府時代には、動物園の敷地は、どこかの大名の屋敷であって、その屋敷に付属していた茶室がそのまま保存されているのかも知れぬ。何にしてもそれは古色蒼然《こしょくそうぜん》として埃にまみれている。秋から冬にかけては、縁側へ落ち葉が散りしいたのが幾日も掃かずにそのままになっていることがある。

この閑々亭の前をとおって進んで行くと、だらだら坂になって、坂の終わりに一つの橋があり、橋を渡るとちょっとした広場があって、正面に象の小舎《こや》があり、左手に茶店《ちゃみせ》があり、右手の岡の上にライオンや虎や豹のいる所がある。この橋は幅三間位もある相当広い橋で、下は石畳《いしだたみ》を敷きつめた水路になっている。水路といっても雨の降らない日は水はほとんど流れていないのである。

午後六時を過ぎると動物園の中は、急にひっそりとして、「都会のまん中の処女林」の面目を発揮してくる。入場者の〆切は四時半で、五時には、かれこれ園内には人影が見えなくなり、それから、一時間ほどの間は、守衛や掃除人夫らしい人がまだ往来しているが、六時半頃になると、人間の声も、人間に関係のある物音も園内ではほとんど聞こえなくなる。

この時刻に、私は、いま言った橋の真下に、やもりのように側壁にぴったり身体《からだ》をつけて息を殺していた。橋の下のちょうどまん中の辺にいれば、付近を通行する人に見つかる惧《おそ》れのないことを私は昼間によくたしかめておいたのである。

やがて日はとっぷり暮れてしまった。園内が静かになるのに反比例して遠くの物音がだんだんはっきり聞こえてくる。電車の音は案外すぐ近くに聞こえる。タクシーの走る音が二分おきぐらいに通り過ぎる。そして、その間に、地球の隅々から集まってきた色々な動物の鳴き声が不気味なジャズのように騒々しく聞こえてくる。

人間というものは肉体が極度に疲れてくると、脳細胞に不思議な変調を来すものと見えて、私はしょっちゅう奇怪な妄想に囚《とら》われた。ひょっとすると、ここの番人が、ライオンの檻の扉をしめるのを忘れておいたかも知れぬと私は考えてひやりとした。実際餌《えさ》をやるときには、きっと誰かが扉をあけるにちがいないが、一年三百六十五日の間には何十とある猛獣の檻の扉を一つぐらいしめ忘れることはありそうなことだ。そして運悪くも、ちょうど今夜それを閉め忘れたかも知れたものでない。私は、ライオンが人間の匂いを嗅ぎつけて、のそのそ私のそばへ近づいてくる光景を想像した。私の頭蓋骨《ずがいこつ》や肋骨《ろっこつ》はライオンの歯の間で、搗《つ》き肉のように砕かれる、私は頭をくわえられたまま、胴体や手足をだらりとぶら下げて無抵抗に嚙《か》まれている。不思議にこの想像は快いものであった。嚙まれても痛くも何ともないような気がした。

　またあるときは、誰か見回りの番人が、カンテラを下げて、私の隠れ場所を探しにきそうな気がしてしょうがなかった。しかもちょうど見回りの男が通りかかるときに、私がくしゃみか、咳《せき》をしたらどうだろう。私は人ごみの中でつかまったすりのように、大勢の中へ曳《ひ》きずり出されて、ひどい目にあうにきまっている。その時には何と言ってごまかしたらよいものだろう？　私は法律の知識はないが、ことによると、規定時間外に、こうした公営物の中に潜伏している者は、重い罪になるのかも知れぬ。そんなことを思うとどうも気のせいか人の通るような跫音《あしおと》が聞こえてくる。そして不意に咳がこみあげてくるのだ。

　駒下駄《こまげた》を穿《は》いているので、幸いにも水は足うらまではとどかないのであるが、腰をかけるわけにはゆかない。じっと立っていると、身体《からだ》の中へ棒をとおされたように疲れてくる。渇をいやすために、というよりもむしろ、ひどい空腹を補うために私は時々しゃがんで下を流れている水で唇をぬらした。その度に全身の骨がめりめりと鳴って、どこかの骨がぽきんと折れてしまいそうな気がする。

下宿へ帰って、意地悪そうなお内儀《かみ》さんの眼を見るよりもましだと思って、不意に考えついて選んだこの棲《す》み家《か》も、とうてい長くは辛抱できないことがすぐにわかってきた。どんな垢《あか》じみた布団《ふとん》でもよい。いや布団などはなくとも畳でもよい。畳もなければ板の間でもかまわぬ。板の間がなければ、せめて乾いた地面でもよい。しばらくその上に大の字になって、寝ころぶことができたら、明朝《あす》は殺されてもかまわない、と私は思った。私は不眠のために夜《よ》の明けるまで床の中に輾転《てんてん》していたことを思い出す。だが不眠なんてことは、今の苦しさに比べると極楽浄土だ。軟らかい布団があって、その上に身体《からだ》をぞん分に横たえることができるのだもの。立っているということ、しかし立ってじっとしているということがいかにつらいものであるかを、この時ほど痛感したことは私はない。

ところで私は世界中の人間の中で果たして一番くずなのだろうか？　なぜ私一人がこんな境遇に陥ったのだろう？　少なくも私は教養においては専門学校を卒業している。徳行においても人並みはずれて悪いことをしたおぼえはない。それどころか、会社につとめている時分には、皆私のことをほめていたものだ。なるほど今日の社会制度は、すべての人に職を与えて、すべての人の生活を保障するようにはできていない。東京の町だけにでも十万も二十万もの失業者があることは知っている。だが、私自身が、えりにえってその失業者の群にはいらねばならぬ理由がどこにあるのだろう、しかも十万も二十万もの失業者のうちで、誰一人餓えて死んだという人のことを聞いたことがない。みんなどうにかして生きてはいるのだ。ところが私自身は、これからさき生きてゆけそうな望みは絶対にない。

これは私自身のうちに、私には気のつかぬ致命的な欠陥があるのではなかろうか？　たとえば、私の容貌《ようぼう》に、私だけにはわからなくて、他の人には一目でわかるような忌まわしい記《しる》しがついているのではあるまいか？　そういえばいったい私はどんな顔をしていたっけ？　私は自分の顔を忘れてしまったような気がした。どうしてもはっきり頭にうかんでこない。今すぐに急いで鏡を見て、私の顔に先天的についているらしい、人を嫌悪させる正体を見届けねば居てもたってもいられないような気がした。

三

夜《よ》はだいぶ更けた。有り難いことには月の夜である。それに、動物にも明かりが必要なのか、それとも夜中《やちゅう》に人間が見回る必要があるのか、動物園の中には方々に電灯がついている。

私は恐る恐る陰気なかくれ場所を抜け出し、石垣に足をかけて、水路を爬《は》い上がった。誰も見ている者はない。私は橋の下に立っているうちに、このことは予《あらかじ》め計画しておいたので、少しも躊躇《ちゅうちょ》する必要はなかった。で注意深く下駄を脱いで、四つん這《ば》いになって、橋の袂《たもと》の道を横ぎった。

この橋の下手の左側に、二羽の丹頂《たんちょう》の棲んでいる鉄柵でこしらえた、円形《まるがた》の檻があり、檻の周囲は、ローマの円形劇場か、両国の国技館の観覧席のように爪先上りになって、その場所全体が擂鉢形《すりばちがた》をしている。そしてこの観覧席にあたる傾斜面には人間の腰の辺りまでありそうな熊笹が一面に生え茂っている。私は夜が更けて、動物園の中を歩いても絶対安全になる時刻を見すまして、この熊笹の中へ移転しようと前から計画していたのだ。というのは一晩中橋の下に立ちつくしているわけにはゆかないが、昼の明かりのあるうちに熊笹の中へはいっているとちょっと身動きしても発見されそうな心配があったからだ。

私が格好な場所まで這って行って、ごろりと笹の中に身を横たえようとしたとき、だしぬけにうしろの方から、低い、けれども心臓を凍らせるような鋭い声が聞こえた。

「おい!」とたった一言である。

私は膝頭が不意にがたがた慄《ふる》えた。意外なこともずい分あるがこれほど意外なことがあろうか。こんな所に既に先客があると誰が想像するものがあろう。うしろをふり向くと二間ばかりはなれたところに、一人の男が中腰になって、私の胸のあたりへ短銃《ピストル》の銃口《つつぐち》を向けている。顔はよくわからぬが、どこかで見たことのある人のようにも思われる。しかし、どこで見たのか、誰なのかははっきり思い出せない。

「鞄を出せ!」男はまた低いしっかりした声で言った。

「鞄? どんな鞄です?」と私は案外落ちついて反問《ききかえ》した。

吃驚《びっくり》が度を過すと、人間は不思議にまた落ちついてくるものと見える。男は無言のまま私のそばへ寄ってきて、左の手で私の懐をさがした。私は向こうがするままにさせておいた。

「どうした？　どこへかくした？」

「何をです？」

「鞄をさ、白ばくれるな」

「僕は鞄なんか知りませんよ、どこに置き忘れたんです？」

「では何の用があって、こんなところにいるのだ？」

「行くところがないから不意に気がついたのです」

「なぜあの橋の下へはいったのだ？」

「あそこが身をかくすに都合がよかったからですよ」

男はだまって短銃《ピストル》を懐へしまった。眼が暗がりに馴れてくるにつれて、私は、この男は昼間象や猿にビスケットをやっていた男であることを思い出した。そして一種の親しみを感じてきた。だが、この男は、それ以外に、まだどこかで見たことがあるような気がしてならない。よく考えてみれば、昼間見たときから、私はそんな気がしていたらしい。それだから妙に、この人の様子が目についたのであろう。それにしてもこの男こそ何のために、こんなところへ来ているのだろう？　それに鞄というのはいったい何のことだろう？

「起きていては見つかるおそれがありますから、笹の中に寝ころんで話しましょう。守衛に見つかったら、面倒ですからね」男は言葉の調子をがらりとかえて、妙に丁寧になった。そして気のせいかずっと若くなったように私には思われた。

「一体どうしてあんたはこんなところで夜を明かす決心をしたんです。何か悪いことでもして身をかくす必要でもあるんですか？　それにどうしてあの橋の下へ行ったのです？」

私は問われるままに、ぽつりぽつり身の上話をはじめた。昼間の暑さと雑踏とにひきかえて夜の動物園は静かで、さわやかな風が冷え冷えと肌に感じられる。二人は時々聞き耳をたてては警戒しながら、低声《こごえ》で問うたり答えたりした。私が昨日《きのう》から何も食べないので、ひどく空腹を感じていると話したとき、彼は懐中からビスケットの紙袋をとり出して、「これを食べなさい」と言って私の顔の前においた。私はだまってそれを食べた。昼間この同じビスケットを拾って食べたことは流石《さすが》にだまっていた。

「ところで、あなたこそ、一体どうしてこんなところへ来ているのです？」と私はとうとう問いに転じた。

「僕はここに泊まるのはこれで三度目ですよ」と男は無雑作に答えた。「僕が何者かということは今言えないが、ことによるとあなたは僕が名前を言えば知っているかも知れません。僕はある書類を入れた鞄をここへとりに来たのですよ。その鞄は、あなたが先程までいた橋の下にかくしてあるのです。この前に来たとき――もっともこの前と言っても三日ほど前のことですがね――そこへ隠しといたのです。少し秘密の書類がはいっているので、かくし場所にこまりましてね。実に安全な隠し場所ですからね、あそこは。ところが僕らの仲間の中に卑怯極まる裏切者がいることがわかったのです。しかも困ったことにはその男に僕は今朝鞄のありかを話してしまったのです。というのは最近その筋の捜索がきびしくて、東京にいては安全でないので、一まず東京をはなれようと思って、万事をその男に話して後事を託したのです」

「僕にそんなことを話しても大丈夫なんですか?」と私はこの男が平気で私に秘密を打ち明けるのを聞いて、吃驚《びっくり》して言葉をはさんだ。

「あなたは裏切者じゃありませんからね。それに実はこの程度のことは誰に話したってかまわんのです。僕は世間にわかっているんですからね。私のことも誰に言ったたってかまいませんよ。ただ明朝《あす》私がここを出るまでは秘密を守っていただかんと困りますがね。ここで大声をたてられたりしたらそれっきりですからね。明日の朝になったら、まっすぐに一番近くの交番へかけつけて話したってかまいません。かえってその方が都合がよいくらいです。どうせ警官と鬼ごっこをしているような身体《からだ》ですからね。この近所にまごまごしていてつかまるようなことはありませんよ」

「ところでさっきの続きをもう少し話しましょう。僕がその男に秘密書類のありかを話すと、すぐそのあとで一人の同志がやってきて、その男はスパイだった、と知らしてくれたのです。そこで僕は東京を出るのを一日のばして、ここへ鞄をとりにやってきたのです。その男にさきへ失敬されちゃたまりませんからね。僕らの同志何十人何百人もの生命にも関係のある重要書類がその中には、はいっているのですから。ところが、驚きましたよ。その男はもう既にこの動物園の中へやってきているのです。変装をしていましたが僕にはすぐにわかりました。僕もこれで変装しているのですよ。僕の年齢《とし》は四十位に見えるでしょう。僕は実際は二十四ですよ。髭も何も生えていやしないのです」

「向こうはあなただということに気がついているのですか?」と私はたずねた。

「それはどうかわかりません。たぶん気がついてはいまいと思いますがね。とにかくその男はまだこの動物園の中にいることは確かです。この動物園の入口から左手へ行ったところに、ちょうど猿の檻と並んで、鷲や鷹などのはいっている檻があるでしょう。あの檻のうしろへ、その男がかくれるとこを僕は見届けてあるんです。で真夜中の十二時過ぎになると、奴はきっと出かけてきますすよ。僕がすっかり教えといたですからね。そして、先程《さきほど》あなたがかくれていた橋の下へはいってゆくにきまっているのです。実を言うと僕はさっきあなたをその男と間違えてあんな失礼な真似をしてしまったのです。なあにあのピストルは玩具《おもちゃ》のピストルですよ。今朝銀座の玩具屋で十銭で買ってきたのです」

男はちょっと言葉をきって薄明かりにすかして腕時計を見た。

「もう十二時をまわりましたから、今にやってきますよ。だまって見ていましょう」

妙な時刻に妙な場所で知り合いになった私たち二人は熊笹の中に身体《からだ》をかくして、息をころして待っていた。丹頂は眠っていると見えてばさりとも音をたてないが、遠くの方からは、いろいろな動物の啼《な》き声が間断《たえま》なく聞こえてくる。

四

「とうとうやってきましたよ」しばらくすると男は私の肩を叩いて、低声《こごえ》で私の耳に私《ささ》語《や》いた。私には跫音《あしおと》も何も聞こえなかったが、しじゅう死生の巷を往来している彼は耳さとくそれを聞きつけたらしい。

やがて彼はしずかに身を起こして、音のせぬように熊笹の中から這い出した。「音をさせぬように、そっとついてきなさい」言われるままに、私もあとから這って行った。

「ほら、あそこに黒い人影が立っているでしょう。いま溝の中へ降りるところですよ。ほら降りてゆきました。これから奴は橋の下へ行って仕事をはじめるのです。もう少しこちらへ出て見ていなさい。そして私が合図をしたら急いでまた熊笹の中へかくれるのですよ」

こう言いながら彼は大胆に立ち上がって、はだしになって足速に歩いて行った。橋の上まで来ると、彼はそこにそっとしゃがんで、五六分間じっとしていた。しばらくすると橋の上へ一尺ほどの黒いものがにゅっと現れた。彼は大急ぎでそれを手にとって何かさがしていたが、ものの五秒もたたぬうちに手をあげて、私にあっちへ行けという合図をした。それからすぐに、自分でも飛鳥のような敏捷さをもって私の方へかけ出してきた。もっとも、それでいて彼の跫音はほとんど聞こえないくらいだった。

私たちは無言のまま再び熊笹の中へ身を横たえた。そして二三十分もの間じっとしていた。やがてしずかな薄暗がりの中に、さくさくと土を踏んで歩く男の跫音が聞こえたが、それもだんだん遠くへ消えて行って、あとは時々妙な鳥の啼声がするばかりである。

「実にうまくゆきましたよ」と三十分もの沈黙の後に彼は低声《こごえ》で言った。「もししくじったら、鞄を奪いとって、あの裏切者が上がってくるところを、下の石畳の上へ突き落としてやる決心をしていたんですが、そんなことをする必要がなくて助かりました。こんな処では声をたてられるのが一番禁物ですからね」

「鞄はどうしたのです。取り返せましたか?」と私は彼が何ももってこなかった様子を見ていたので、不審に思ってたずねた。

「鞄は必要はないのです。中味をぬいてしまえばね。あの鞄の中には我々同志の名簿がはいっていたんで、あれをもって行かれた日には我々は一網打尽に一人のこらず検挙《あげ》られてしまうところだったのです」と言いながら彼は懐から小さい手帳をとり出した。「これですよ、僕は他の手帳をもって行って、あの男が鞄を橋の上へあげた間に、そっとすりかえてきたのです。その手帳には、いい加減な名前を書いておいてやりました。中には政府の大官や、有名な実業家や、大学教授の名前なども書きこんでおきましたよ。明日になってあの男が、あの出鱈目《でたらめ》の名簿を手柄顔に警視庁へもって行ったら、素敵な喜劇が演ぜられるでしょう」

二人はまた沈黙した。一しきり水禽《みずとり》の檻のあたりでぎゃあぎゃあ啼声がきこえたが、しばらくするとまたしずまった。もう朝の三時頃であろう。町の物音もすっかり静まった。男は眠っているのか、眼をつむって安らかに呼吸している。私は眠るどころではなかった。頭を擡《もた》げて、薄明かりで時々小首をかたむけながら相手の顔を見ていた。とつぜん私の頭に今までどうしても思い出せなかったある記憶が一度に甦《よみがえ》ってきた。

――たしか三日前の新聞だった。社会面に段ぬきでのっていたあの写真がきっとこの男の写真に相違ない。私は全身がぞっと寒くなって胴慄《どうぶる》いした。全国の警察がいま総がかりで捜索していていまだに見つからない秘密結社の首魁《しゅかい》が、こんなところにかくれていて、しかも、私に向かって落ちつき払って秘密を打ち開けているのだ。青年は眠っているらしい。そっと懐へ手を入れれば、この男がたったいま話した手帳が手にはいるわけだ。それをもって一目散に守衛のもとへかけつけたら……私はつい卑劣極まる考えを起こしたが、すぐにあわててその考えを打ち消した。たといこの男がどんな悪人であろうと、この男は私には親切だった。それに私を信用して何もかも打ち明けて、いま私の前で眠っているのだ。それにこんな親切な人間が悪事をするわけはない。何かの間違いに相違ないと私は考え直した。

「やっぱり愚図《ぐず》々々していちゃ危険だ」と眠っていたとばかり思っていた青年がその時出しぬけに起き上がって言った。「あの野郎のことだから、この薄暗がりの中できっと鞄の中味を調べてみるに相違ない。明日の朝まで待っていちゃ危ないから僕はこれで失敬しますよ」

「どうするんです？」私は吃驚《びっくり》してたずねた。

「外へ出るんです、夜の明けんうちに」

「どこから？　塀を越して？」

「塀を越すわけにはゆきませんが、逃げ道は外《ほか》にありますよ。いくら安全だと思っても逃げ道のない袋の中へうっかりはいってゆけませんからね。どんな間違いが起こるかも知れませんから」

私はこの男の用意周到さに驚いたが、どこから逃げるつもりなのかは見当もつかなんだ。そして、いまこの男に逃げられるのは薄気味が悪くてたまらないような気がした。

「明日の朝になると危険だというのは、どういう意味なのです?」と私はあわててたずねた。

「手帳がにせ物だとわかればあの男は僕がこの中にいることを知ってきっと夜《よ》の明けんうちに逃げ出すか、ここの守衛を起こすかして、手配りをするにきまっていますよ」

「では僕も一しょにつれて逃げて下さい。こんなところで見つかっては僕は弱りますから」私は明日の朝警官にひきたてられて動物園を出てゆく自分の姿を想像して額から脂汗がにじみ出た。

「あなたは罪にはなりますまいが、厳重な取り調べを受けるのはきまっています。僕のせいでそんなことになっちゃお気の毒だから、では一緒にお出でなさい。少し窮屈ですよ」

私は不思議な青年のあとについて熊笹の中を出た。そして宵のうちに私がはいっていた水路の中へ橋の少し下手のところから降りて行った。

五

ちょうどその時に入口の方で物音がきこえてきた。そして物音は刻々に大きくなってきた。

「やっぱり予想どおりだ。もう警官の手がまわりましたよ」

こう言いながら青年は足速に水路を下手の方へ下って行った。私も恐ろしさに身も世もあらぬ気持ちであとをついて行った。水路はところどころ隧道《トンネル》になっていたが中腰になればくぐり抜けることができた。物音はだんだん高くなって人の話声や佩剣《はいけん》のがちゃがちゃいう音が手にとるように聞こえてきた。たしかに警官の一行らしい。

「じっとしていなさい。通りすごしてしまいましょう」

ちょうど二つ目の隧道《トンネル》へはいった時に青年はこう言ってじっと息を殺していた。私も石のようになって立ち停《ど ま》った。

二人の頭の上を捜索隊の一行ががやがや話しながら通りすぎた。

「たしかにどっかに隠れているにちがいありません。僕が警察と関係のあることを知って、あわててここへやってきたにちがいないです。鞄を橋の上へあげた拍子にすりかえられたんですから」

この青年が裏切者と言っていた男が、一行の案内をしているらしい。そのうちに話声も跫音《あしおと》もだんだん遠くなった。不意の来客に驚いた動物が眼をさまして、羽ばたきをしたり、啼き声を上げたりしている。私たち二人はだまってまた歩き出した。

二三町も歩いたと思う頃、私たちは比較的長い隧道《トンネル》へはいった。中はまっ暗だった。

「もう大丈夫です。警官ともあろうものがこの放水路に気がつかんなんていい気なもんですよ。あんなことでは気のきいた犯人はつかまりませんよ。犯人の方じゃ一段二段三段と計画してやっているのに、警官のやることは行きあたりばったりで無方針ですからね。何しろ月給でやってる仕事だから、穴だらけです。彼らはまず東京の地理を勉強する必要がありますよ……だがさっきはちょっとひやりとしましたね。僕はあの時あなたが気がかわって声をたてたらどうしようと思いましたよ」

私は返事もせずに、口をゆがめて無理に苦笑《くしよう》した。恐ろしくて話をするどころではなかったのだ。

やがて隧道《トンネル》の口が見えた。そこはかなり水かさのある河だったが、二人は堤防の石垣に手をかけて無事に地上へはい上がった。

東の空は白んでいた。黎明のさわやかな風が疲れきった身体《からだ》に快くあたってくる。しかし二人は愚図々々しているわけにはゆかなかった。

ちょうど誂え向きに空車《からぐるま》の札をかけてやってきたタクシーを呼びとめて、青年はそれにとび乗った。「あなたもそこいらまで一緒に行きなさい」と言われるままに私も彼と並んで腰をかけた。運転手はちょっと不審そうに私の顔を見て行き先もきかずに走り出した。

「大成功、大成功、今頃動物園の中じゃ大騒ぎだよ、名簿はたしかに取り返してきた。きわどい所だったがうまく行ったよ。あの裏切者は今頃は面目まるつぶれだよ。おまけに善良なる市民の話相手があって、昨夜《ゆうべ》は退屈せずにすんだよ。須田町のあたりでこの客人をおろしてやってくれたまえ」しばらくしてから彼は運転手に向かってこんなことをあたりかまわず大声で話して笑った。話は風が吹き飛ばしてしまうから人に聞かれる心配はないのだ。警視庁の許可証をもって、正規の営業をやっているこの運転手も明らかに同志の一人らしい。

「これから日本橋へ出て丸の内を抜けよう。そして朝のうちに僕は東京をたつことにする。本部にはまだ手がはいらないんだね？　書類はみんな焼いてしまったろ？」青年は快活に語りつづけている。

私が須田町でタクシーを降りたときはもう夜《よ》はすっかり明けはなれていた。降りがけに青年は元気よく「さよなら、お互いに名前はきかんことにしましょう、あなたの袂《たもと》にあるものは、ちっとも不正なものじゃありません。僕の小遣いですよ」と言った。

私は日本全国を震駭《しんがい》させつつある重大事件の巨魁《きょかい》が帝都の中央を悠然《ゆうぜん》とタクシーで疾駆《しっく》してゆく後影を見送りながら、何とも名状しがたい気持ちを抱いて、ぼんやりその場に立ちつくしていた。袂へ手を入れてみると小さいなめらかな紙片《かみきれ》が指さきにふれた。取り出してみると、この二三ヶ月見たこともない十円紙幣が二枚あった。

探偵戯曲

仮面の男

人物

青木健作　富豪
久子　青木夫人
芦田義資《よしすけ》　警視庁探偵
牧　芦田の腹心の警部補
東山　亜細亜新聞社会部長
書生
正木夫人
島村夫人
塩田夫人
ある富豪
文枝　ある富豪の娘、東山の許嫁《いいなずけ》
女中
園遊会の客男女多勢、警官多勢

第一幕　第一場

成金実業家青木邸の主人の居間、室内の家具、装飾等卑俗なくらいにけばけばしい洋室である。主人青木健作は安楽椅子に沈みこんでシガーをふかしている。四十歳前後の、成り上がり者らしいタイプ。幕開くとすぐに左手の扉《ドア》を開けて夫人久子がはいってくる。二十六七歳位の派手なつくり。ともにふだん着の和服姿である。

久子――ねえ、あなた、わたしいいことを思いついたわ。（椅子にかける）
健作――何だい、そんなにあわてて？
久子――さっきも、あなた仰言《おつしや》ったでしょう、何とかして明日の園遊会を世間にぱっと吹聴させる方法はないものかって。
健作――そうだせっかく費用をかけて園遊会を開いておきながら、ちっとも世間の話題にならぬようじゃその甲斐がないからね。今どき算盤珠《そろばんだま》のとれぬ仕事なんざ馬鹿々々しくてやれんからな。
久子――それについて妾《わたし》いいことを考えついたの。きっと東京じゅうの新聞が大騒ぎするわ。
健作――莫迦《ばか》な。東京の新聞記者は事件には食傷している。我々の園遊会の記事なんざ、どんなに手をまわして運動したって、六号活字で二三行書いてくれるのが関の山だ。
久子——そりゃただ青木邸で園遊会があったというだけなら、三流新聞の記者だって見向きもしないことは、わかってるわ。
健作——では、どうするというんだ？
久子——そこにトリックをつかうんですよ。でもことわっておきますが、それにはあなたに主役をつとめていただかなくちゃならないのよ。
健作——そりゃ、家《うち》のためになることなら、わしも一肌ぬがぬこともない。どうしろというんだね？
久子——あなた近頃新聞を読んでいらっしゃるわね？
健作——むろん新聞はよんどる。
久子——いま東京じゅうの新聞が一番大騒ぎしている事件は何だとお思いになって？
健作——そうだな、支那問題かな、それとも市会議員の問題かな。
久子——まだほかにあるわ、社会だねの方に。
健作——社会だねと言えば、近頃仮面強盗のことで大騒ぎのようじゃないか。しかしそんなことが、お前の話に何か関係があるのかい？
久子——その仮面強盗をたねに使おうというのですよ。あの強盗は、犯罪をやるときは、いつもおかめの面をかぶってるというんでしょう？　そして真っ昼間でもかまわずにどこへでも現れて警視庁の役人を手こずらせているということでしょう？　それに盗むものは宝石や貴金属ばかりで、しかも盗まれても別に困らないような人のものだけにしか手を出さぬというんでしょう？

健作――そうだ、金持ち連はそのためにびくびくしとる。だがそんな強盗をどうしようというんだ？　まさか雇ってくるわけにもゆくまい？

久子――あなたに、明日その仮面強盗になっていただくんですよ。おかめの面をかぶって、ピストルをもって、すっかり仮面強盗と同じ服装《みなり》をして、いい潮時を見はからって出ていただくんです。そうすると、きっと大騒ぎになってよ。

健作――ふむ、そりゃ面白い考えだ。わしが、おかめの面をかぶってピストルをつきつけたら、夫人連の中には気絶する者もあるかも知れん。そりゃうまい思いつきだ。だが、そんなことをしたら、警察の方がやかましくないか知らんて？

久子――そんな心配はないわ。玩具《おもちゃ》のピストルを使うんですもの。そして、頸《くび》飾りや指環はいったん盗んでおいて、みんなの者が恐ろしがって、がたがた慄えているときに、突然あなたが面をはずして、あなたの素顔を出して、盗んだ品物はみんな返すんですもの。それに妾《わたし》も盗まれる役になるんですもの。

健作――もし相手がほんもののピストルをもっていて、抵抗してきたら危険だね。

久子――ピストル携帯で園遊会に来る人なんか、あるもんですか。

健作――それもそうだね。いや、たしかにそいつは名案だ。明日ははじまりは十一時だったね。そうすると一時半頃がいいな。そうだ、かっきり一時半に、お前は、夫人連を三四人つれて四阿《あずまや》のそばへ来ていてくれ。そうするとうしろの物陰からわしが出てきて、ピストルをつきつけて、手をあげろというからな。しかし、その夫人連には、おしゃべりの女を選択しなきゃならんぜ。そうすれば、一週間でも、二週間でもことによると一年も二年も、会う人ごとにその話をふれまわってくれるからな。もとでなしで青木家の広告ができるというもんだ。

久子——そうね、誰にしましょう?

健作——書生をよんで、出席者の名簿をしらべてみよう。(卓上のベルを押す)

書生がはいってくる。二十歳位の青年。

書生——何か御用でございますか?

健作——明日の案内状の返事はもうたいてい来たかね?

書生——はあ、五百通出した中《うち》で、出席の返事が三百三十六通と欠席の返事が五十二通とで、あとはまだ返事がまいりません。

健作——そうか、ではその出席の返事の分をちょっとここまでもってきてくれんか。

書生——はっ。

書生退場

久子——この分じゃ出席が四百にはなりますわね。返事のないのを半々と見て。

健作——うむ、それに家族同伴じゃから、人数は千人を越すだろう。なかなか盛会だぞ。

書生葉書の束をもってはいってくる。

書生——これでございます。
健作——よし、よし。
書生退場。青木と夫人久子とは卓子《テーブル》の上で、返信の葉書を一枚一枚繰って、差出人の名前を調べている。
久子——あら徳田さんが来て下さるのね。吉富さんも、正木さんも……
健作——正木の妻君はどうかな。あの女なら、半月くらいは方々へ行ってこの話を、しゃべりつづけてくれるだろう。
久子——それから島村さんの奥さんもいいでしょう。新婚のほやほやのところをおどかしちゃ少しお気の毒かしら。
健作——そうだ、あの女は有名なモダンだから、それに大した真珠の頸飾りを新調したというから、わしにピストルを向けられたら青くなるだろう。それから塩田夫人とお前と、この四人位でいいだろう。
久子——そうね、では妾《わたし》、さっそくお面とピストルとを買ってくるわ。このことは誰にも話さないでおきましょうね。家《うち》の者にもだまっといた方がいいわ。きっとみんなびっくりするわ。（久子立ち上がって出ようとする）

第二場

その翌日、警視庁の一室。名探偵芦田義資は中央のライティングデスクに向かって、しきりに何か調べ物をしている。背広服、年齢四十歳位。そこへ牧警部補がはいってくる。

牧――お仕事ですか？

芦田――（顔を上げて）いや何、まあかけたまへ。

牧――（ポケットから数枚の葉書と一通の封書をとり出して渡しながら）これをご覧なさい、なかなか猛烈なのがありますよ。

芦田――また投書かね、「仮面強盗は白昼帝都を横行している。警視庁は何をしとる。渋谷憤慨生」か、「我らは警視庁を信任せず。総監以下速時《そくじ》総辞職せよ。麹町一市民」「もしもし警視庁のおじさん、仮面強盗は立派な紳士よ。妾《わたし》大好きだわ。あの方は決してあなた方の手でつかまりっこはないわよ。あなた方とは段ちがいだわ。現代の英雄だわ。英雄崇拝の一少女」ちぇっ莫迦《ばか》にしとる。（封書の宛名を見て）これはわしの名前になっとるな。

（封を切って黙読する。見る見る怒気満面にあらわれる）

牧――どうかしましたか？

芦田――（だまって手紙の中味を渡す）

牧――「本日午後一時半、青木健作邸の園遊会にてお目にかかる」ほほう、文句の下におかめの面が書いてありますね。近頃いたずらもするぶん深刻になりましたね。

芦田――いや、いたずらじゃない。ほんとうにあれが寄越《よこ》したんだ。わしは彼奴《きゃつ》の筆跡はよく知っとる。

牧――まさか、いくら大胆な奴だって、白昼、人のたくさん集まる園遊会などへ、のこのこ出てくるわけにも行きませんよ。

芦田――いや、そうでない。きっといつものように、あの人の目につくおかめの面をかぶって仕事をやるに相違ない。あいつのやり方は電光石火的だから、かえって人の沢山集まっている方が仕事がやりよいくらいだ。

牧――ではあなたもそちらへお出かけになるんですか？

芦田――無論、こういう図々しい挑戦を受けちゃ、行かないわけにはいかん。

この時扉《ドア》の外で叩音《ノック》が聞こえる。そして給仕が名刺をもってはいってくる

給仕――（名刺を芦田に渡しながら）ただいまこの方がご面会です。

芦田――（名刺を見て）通してくれ。

給仕――はっ。（退場）

牧――お客さんのようですな、私は失礼しましょう。

芦田――まあいいじゃないか。亜細亜《アジア》新聞の東山君だ。あそこの社会部長をしている男だ。君も知ってるだろう。

牧――ああ東山さんですか、ではもう少しお邪魔さしていただきましょう。あの人の話はずいぶん参考になりますからね。今朝の亜細亜新聞にはまったく驚いてしまいましたよ。仮面強盗の写真を麗々しく出しているんですから。あれはほん物でしょうか？

給仕の案内で亜細亜新聞社会部長東山一男がはいってくる。折目正しいモーニングを着

て、きれいに髪をわけた三十六七歳の堂々たる紳士。太いステッキをもっている。給仕は椅子をおいて退場。

東山——お話し中のようですな。

芦田——いやかまいません。ちょうどいま貴方《あなた》のうわさをしていたところなんですよ。さあどうぞ。

東山——（椅子にかける）ではちょっとお邪魔しましょう。

牧——（東山に向かって）どうもしばらくでした。

東山——や、どうも。

芦田——いや牧君と話していたんですが、えらい写真を出しましたね？

牧——あれはほんものだろうかなんて、いまも芦田さんにおたずねしていたところなんですよ。

東山——こないだ東京駅の待合室で例の事件のあったとき、うちの記者がスナップしたのが運よくカメラにおさまったのです。全く奇跡でしたよ。決してにせ物なんかじゃありません。

芦田——それよりも、今朝のあなたのとこの新聞で、仮面強盗はまだ東京にいると書いてあったが、あれには何か理由があるんですか？

東山——わたしのとこの新聞では理由のないことは書きません。ご承知のとおりあの男は、一種の正義観をもって泥棒をしているでしょう。盗まれて生活に困るような人のものは決して盗まん、そして盗んだ金の大部分は慈善団体とか労働団体とかに寄付することを公言している。そこへ私の社では目をつけたんです。そして、昨日無名の人から某《ある》慈善団体へ三千円の寄付があったことをたしかめたのです。しかもその書留郵便の消印が東京の中央郵便局の消印になっていたんですから、彼がまだ東京にいると推定する理由は十分じゃありませんか。

芦田――しかし無名で寄付をするものは必ずしも仮面強盗だけに限りませんよ。

東山――いかにもその通りです。私も、昨夜あの記事を書いたときは、実に半信半疑でした。ところが、つい今しがたそれについて動かぬ証拠を握ったんです。というのはその手紙の上書きが、あの男の自筆であることをたしかめたのです。

芦田――それはまたどうして？

東山――あの男が私のとこへ手紙をよこしたのです。（芦田と牧とは驚きの表情で顔を見合わせる）大胆不敵な挑戦状です。これをご覧なさい。

芦田は手紙を受けとって牧と二人頭を寄せてよむ

芦田――「今朝の新聞は大出来、貴社の推定の通り小生はまだ東京に健在している。本日午後青木邸の園遊会へ出かける予定。このことは芦田探偵にも通知してあるから、よく相談して、小生の正体を観破せられよ。貴紙の発展を祈る」――ふん、やはりおかめの面がついている。きゃつの自筆にちがいない、実はね、東山さん、私のとこへもたった今こんな手紙がついたとこなんですよ。（卓子《テーブル》の上においてあった手紙を同時に渡す）

東山——（手紙を一瞥して）なるほど、であなたはそちらへ行かれるでしょう？

芦田——もちろんゆかないわけにはゆきません。あなたは？

東山——わたしももちろんゆきます。種を探すのは我々のしょうばいですからな。だが、あなたの前でこんなことを言っちゃ何ですが、わたしは、実を言うとあの男の動機は悪《にく》めないと思いますよ。何しろ自分の命を犠牲にして一種の社会政策をやっているんですからね。ありあまる人のものをとって、困っている者にわけてやってるんですからね。

芦田——しかし、手段が間違っている以上はやむを得ません。我々には我々の職務がありますからな。

牧——そうですとも、我々は彼の行為の結果がよいかわるいかは問題にしなくともよいのです。ただ、彼の行為が法に抵触するかどうかだけが問題なんです。彼が強盗という手段をとる以上、我々は徹底的に彼と戦わねばなりません。

東山——時に青木という人間はどんな人間ですか？　何のために今時園遊会などをやるのでしょう？

牧——あの男はご承知のとおり、金は沢山もっているが、成金の悲しさに社会的の地位というものをもっておらんのです。名誉というものにがつがつしているんです。今度の園遊会も一種の売名政策ですな。

東山——なるほど、仮面強盗に白羽の矢をたてられる資格は十分ですね。こりゃ何しろ面白い。国法の権威のために、警視庁の名誉のために成功を祈りますよ。私も及ばずながらできるだけのお手伝いはしたいと思っています。じゃいずれ後程。ちょっと回るところがありますから、私は一足先へ失礼します。

東山二人にちょっと会釈して出てゆく。

牧――（時計を見て）もう十時過ぎましたね。そろそろしたくをしなければ……

芦田――そうだ、あの家《うち》にはたしか門が三つあるはずだから三つの門は厳重にかためて、一時半過ぎたら誰も外へ出さないようにしておかねばならん。邸内へは君と僕と二人ではいってゆけば沢山だ。君はこれからすぐに部下の手配をしてくれ給へ。それからピストルは忘れんようにね。

――幕

第二幕　第一場

青木邸の庭園――中央に四阿《あずまや》があり、その手前にベンチが二つある。周囲《あたり》は樹立。右手から主人健作と夫人久子とが話しながらはいってくる。健作はモーニング、夫人はきらびやかな洋装。

健作――いい按配《あんばい》だったな、天気がよくて（立ちどまる）

久子――ええ、もうだいぶ揃ったようですわ。余興も、模擬店も大成功よ。

健作——松木水声の漫談なんて、どうかと思ったが、受けたようだね。
久子——近頃の若い人には、落語なんかよりあの方がいいのよ。
健作——わしらにはもう若い者の好みなんてわからんな。ところで、ランチは二時からだったね。ランチでわしが挨拶する前に、例のことをやろうてんだろ？
久子——そうよ、あんたはここの所から（樹立を指しながら）おかめの面をかぶって、ピストルをもって出てくるのよ。
健作——そしてお前たちは、このベンチに腰をかけているんだね。だが、その時に他の男の客がでてきちゃまずいな。
久子——大丈夫、一時半から、手踊りがはじまるから、男の方はみんなそっちへ行くにきまってるわ。（二人は歩き出す）
健作——それもそうだな。ではもう一時すぎだからすぐ仕度をしてこよう。お前は一時半かっきりに、連中をつれてここへ来ていてくれんと困るぜ。（二人右手へ退場）
　左手から東山が太いステッキをもってあらわれる。しばらくだまって二人の後ろ姿を見送ってから後をつけてゆき、一二分の後再びひきかえしてくる。
東山——（独白《ひとりごと》）何だか事件が複雑になってきたようだぞ。
　芦田、牧ともにモーニングを着て右手から登場。
牧——やっぱり、我々をからかったのですよ。幾ら何でもこんな場所へ、まっ昼間出てくるもんですか。

芦田——そうかも知れん。だが一時半にはまだ十五分あるからな。それにあいつはこれまでにわしに予告をしておいて嘘をついたためしがない。きっといまに出てくるに相違ない。だが、こんな広い邸のどこへ出てくるか疑問じゃて。

ベンチにかけている東山を見つけて二人は足をとめる。

二人——やあ、先程はどうも。どうしてこんなところにお一人で?

東山——ぼつぼつ一時半になりますから、活動をする前に一つ新しい空気でも吸っておこうと思いましてね。ところで何か手がかりでもありましたか?

芦田——残念ながらまだ何もないですよ。何しろ、今も牧君と話していたんだが、この広い邸《やしき》じゃ。敵がどこへ姿を現すかわからんので、手のつけようがない。といって、ぞろぞろ部下の者を多勢《おおぜい》ひきつれてきたんじゃ、折角の機会を逃がしてしまいますからな。

牧——きっとこの辺の淋しいところへ出てくるに相違ないと私は思いますね。

東山——いいや、そうではあるまいと私は思う。きっとこれからはじまる余興の会場の方へ出てくるに相違ありません。そして人ごみを利用して何か仕事をするつもりなんです。人ごみの中の方がかえって仕事はしやすいですからね。

芦田——そうだ、僕も、この点では東山君の説に賛成だ。それにあいつの目的はその大胆な行為を、なるべく多勢の人に見せてあっといわせることにあるんですからね。それには余興場の付近がもってこいだ。さあ牧君、我々はあちらへ行ってみよう。

芦田と牧右手へ退場、東山は何かうなずきながら二人と反対の方へ退場。一分間舞台空虚になる。舞台の右手の方で「手を上げろ」という声が聞こえる。つづいて芦田と牧とが両手をあげて後ずさりをしながら帰ってくる。二間ばかり離れて仮面をつけたモーニングの男が二人にピストルの銃口《つつぐち》をさしむけながら悠々とはいってくる。

仮面の男——はは、君らは警察の回し者だな。お気の毒だが我が輩はもう少し年貢をおさめるわけにはいかんのだ。君らの痩せ腕でつかまるようなこって、まっ昼間、こんな危ないところへ、うかうか顔が出せると思うか。

牧——何をっ！

仮面の男——（きっとなって）声を出しちゃ、ためにならんぞ。実はな、ここへ今に三四人ばかり、いりもしない首飾りや指環をつけた夫人連がやってくるので、その不要品を頂戴して、貧しい者に恵んでやろうと思っていたのだ。それを君らが邪魔するもんだから、つい、ふりかかるごみは払わにゃならんという仕儀になったのだ。我が輩は乱暴は好まん。それはこれまでの我が輩のやり口を見てもわかるだろう。我が輩はまだ一滴も血を流したことはない。だがそれは君らの方でおとなしくしている場合に限るんだ。さあ、二人ともピストルをこちらへ出せ！　はやく出せ。

芦田——（相変わらず手をあげながら）仕方がない。今は君に従う。だが今日は勝利はこちらのものだぞ。入口は部下の者が厳重に武装してかためている。君はこの家《うち》から一歩も逃げ出すわけにはゆかないんだ。

仮面の男——はははは、君の部下はいったい何を目当てに我が輩を捕らえようというんだ。我が輩はこの仮面を脱いだら、横から見ても縦から見ても立派な紳士だ。この邸内には我が輩と同じような紳士が今日は四百人も集まっている。我が輩がつかまるとすれば、ここへ来ている大臣も、国会議員も、会社の社長も銀行の頭取もみんなつかまるわけだ。そんなことが君の部下にできるかい？　ぐずぐずしないで潔くピストルをこちらへ渡してしまえ。

仮面の男二三歩前へ進む。この時どこからか小石がとんできて仮面の男の胸元に落ちる。はっと吃驚《びっくり》して下をむいたとたんに二人の警官はすばやくピストルを取り出し形勢逆転する。仮面の男は周章《あわ》てて逃げ出す。二人はあとを追いかける。舞台空虚。ややあって反対の方角から夫人連が息をきらして四人ではいってくる。すべて洋装。

久子――（ベンチを指しながら）どうぞ皆さん、ここへおかけなすって。

四人ともぐたりと腰をかける。

塩田夫人――でご相談というのは、どんなことですの？

久子――わざわざこんなとこへおよびしてほんとうにすみませんわ。でも計画がもれるといけないと思いましてね。

正木夫人――どんな計画ですの？

島村夫人――はやく承りたいわ。

久子――いまあちらの余興がすんだあとで、妾《わたし》たち四人で何か奇抜な、みんなをあっと言わせるようなことをしてみたいと思ったんですの。

塩田夫人——そりゃすてきね。どんなことがいいでしょう？
久子——それをご相談しようと思ったのですよ。
久子の台辞《せりふ》のおわらぬうちに、樹陰から、前に出てきたのと同じような仮面の男が、忽然として、しかし静かに現れ、四人の方へピストルの銃口《つつぐち》を向けながら直立している。
久子の台辞がおわると、どっしりした声でいう。
仮面の男——こんなことじゃ、奇抜にゃなりませんか？
一同ふりむき、驚いてあれっと声をたてようとする。
仮面の男——しっ、静かに、声をたてちゃためになりませんぞ。私の顔は（仮面を指しながら）皆さんご承知のはず。（一同真っ蒼になってふるえる）さ、手をあげなさい！（一同手をあげる）一番こちらの夫人《おくさん》から次々に頸《くび》飾りと指環とをはずしてお渡しなさい。（正木夫人を指さして）貴女のはいただくに及びません。頸飾りなんてものはこういう偽物が一番安全です。贅沢なものは必要ありません。
久子——まあ、あなたは失礼な……
仮面の男——おっと、騒いじゃいけません。あなたはお宅の奥様のようですな。あなたは先刻《さつき》から何か誤解をしていらっしゃるようだ。私の声がわかりませんか？　私はあなたのご主人じゃありませんよ。ご主人はいま、私と同じ仮面をかぶって、こちらへいらっしゃるところを、あいにく芦田探偵に見つかって、お逃げになりました。（遠くの方で騒々しい叫び声が聞こえる）おききなさい、いま広間《ホール》じゃ大騒ぎですよ。芦田探偵はほんものの仮面強盗だと思って、きっとご主人と組み打ちでもしていることでしょう。お気の毒に、お怪我をなさらねばよいが……

久子――（がたがたふるえながら）それではあなたが……

仮面の男――ほんものの仮面強盗です。ご主人に故障が起こって、折角あなたとお二人で打った芝居が中途でできなくなったようですから、私が代わりに飛び出したのです。ただし、私は皆さんのご不要品を頂戴しっぱなしで、あとでお返ししないという点だけがちがうのです。さ、ぐずぐずしてはおられません。はやく出しなさい。贅沢な指環や頸飾りは、必要なものじゃありません。（島村夫人を指さしながら）あなたのその真珠の頸飾りが一つありゃ、百人の困った者が一年食ってゆける。だが、あなたの薬指の方の指環はエンゲージ・リングのようだから、それだけはのこしときなさい。あなた方の幸福の紀念《きねん》を奪うほど私は冷酷な男ではありませんからな。しかし指環は一つありゃ沢山だ。第一、二つも三つも指輪をはめているのは見っともない。

四人の女は次々に指環をぬき、頸飾りをはずして差し出す。仮面の男は、右手にピストルをもったまま、左手で受けとってはポケットの中へしまいこむ。

さあこれでよい。ことわっておきますが、これは決して私が頂戴するんじゃありませんよ。私は貴女《あなた》がたの不要品をいただいていって、それを金にかえて、困っている者に取り次ぐだけです。これから私はうしろの樹陰へかくれますが、まだ動いちゃいけませんよ。ご苦労だが、もう十分間そうして手をあげて、そこにじっとしていて下さい。私はかげからよく見とりますよ。もし動いたり、声をたてたりしたら、このピストルが承知しませんからね。かっきり十分です。

仮面の男は、四人の女にピストルを向けたまま後退《あとずさ》りして、正面の樹陰へかくれる。夫人たちは、ふるえながら、手をあげたままである。

第二場

広間の入口の廊下。扉《ドア》はしまっている。七八人の男女の客が前をぶらぶら歩いたり、話したりしている。そこへ仮面の男が息を切らして駆けてくる。そのあとから二人の探偵が追っかけてくる。皆の者は驚いて、四方《あたり》にとび散りながら、眼を瞠《みは》って闖入者《ちんにゅうしゃ》を見る。仮面の男は扉の前でばったりたおれる。

芦田——とうとう追いついた。

牧——（芦田と二人で仮面の男をしっかりおさえながら）いよいよこれで君も運のつきだ。さあ神妙に手を出せ。（手錠をはめる）

仮面の男——（息を切らしながら）ま、まちがいです。ひ、人ちがいです。私は……

芦田——今になって、つべこべ余計なことを言うな。もう少し最後を男らしくしたらどうだ。

仮面の男——ち、ちがいます。私は青木です。健作です。うちの主人です。

牧――なに？　青木健作だ？　うちの主人だ？

物音をきいて扉を開いて多勢《おおぜい》の客が四方からのぞきこむ。

芦田――牧君、この男の仮面をぬがしてくれたまえ。

牧仮面をとる。青木健作の顔である。一同あっと驚く、東山もいつのまにかそこへやってきて群集の中に混じっている。

牧――やっ、これは一体……

芦田――いや、仮面強盗の正体が誰であろうと、それは驚くにあたらぬ。たというちのご主人だろうと、仮面強盗にかわりはないのじゃから。とにかくすぐに拘引して取り調べなければならん。

第一の客――（前へ進み出て）これは何かの間違いですよ。青木君は決して……

第二の客――どうしたんだ君、何かこれにはわけがあるだろう。話したまへ。

芦田――いや、皆さん、間違いであるかないかはこれより取り調べればわかります。（ポケットから仮面強盗の手紙を取り出して、健作の前へつきつけ）これにはおぼえがあるでしょうな。（東山の姿を見つけて）私のとこばかりではない。ここにおられる東山さんのとこへも同じような挑戦状が来ているのです。これが仮面強盗の筆跡であることは疑いがないのです。こんなものを寄越《よこ》しておいて、いまさら卑怯な真似はよした方がよいでしょう。

東山――しかし、何だか様子が変ですよ。何かこれには事情があるらしいじゃありませんか？

青木――(手錠を見て仰天しながら)こんなものははずして下さい。まったく、これは飛《と》んでもない間違いです。私は実は今日の園遊会に、何か変わった趣向をして皆様をあっといわせるつもりで、家内と相談して、近頃東京じゅうの金持ちが名前をきくだけでも慄《ふる》えあがっている仮面強盗に変装してご婦人のかたを吃驚《びっくり》させようと目論《もくろ》んでいたのです。先程ちょうど私が面をつけて、玩具《おもちゃ》のピストルをもって四阿《あずまや》の方へゆこうとするところで、貴方《あなた》がたにでくわしてしまったので、ついあんなことになったのです。このピストルを見て下さい。これは玩具のピストルです。貴方がたへの挑戦状なんて、そのようなものは少しも知りません。このことは家内が証明してくれます。

東山――そういえば、奥さんはどちらにいらっしゃるんです?

青木――そうだ。あれは今頃きっと四阿へ行って、私が変装して出てくるのをまっているにちがいありません。

この時久子、正木夫人、島村夫人、塩田夫人の四人が恐ろしさに色を失って、あわてた足どりではいってくる。

久子――大変です、いま、四阿のところでほんものの仮面強盗が出ました。

正木夫人――そしてピストルをつきつけてわたしたちを脅迫しました。

島村夫人――わたしたちの指環や、頸飾りを強奪してゆきました。

塩田夫人――そして四阿のうしろへ逃げてゆきました。

芦田――何? ほんものの仮面強盗? ど、どちらへ行きました?

島村夫人——もう十分も前にどこかへ逃げて了《しま》いました。
牧——どうしてすぐに知らせて下さらなかったのです？
塩田夫人——賊がピストルをつきつけて、十分間手をあげてじっとしておれ、声を出したり、動いたりしたら命がないっておどしたもんですから。
正木夫人——そして、その間に賊は逃げたのです。
久子——わたしは、はじめのうちは青木だとばかり思っていたもんですから（青木の手首の手錠を見て）あっ、まああなたはどうなすったのです。
健作——まちがいだ。途方もない間違いが起こっちまって、こうわかったら、すぐにこれをはずして下さい。手先がしびれるようです。
芦田——牧君、ともかくあれをはずしてあげなさい。（牧が青木の手錠をはずす）それでどうしたんです、奥さん？
久子——あとのお三方がひどく吃驚《びつくり》して慄《ふる》えていらっしゃるのを見て、妾《わたし》どもの計画がすっかりうまく行ったと内心に喜んでいましたところが、そのうちにむこうの男に注意されて気がつくと、どうもうちの声とはちがうのです。それに丈が一二寸も高いように思われるのです。そのことに気がつくとわたしはもう恐ろしくて、恐ろしくて……
牧——ちぇっ、またやられましたなあ。
芦田——だが入口を見張りしている部下のものから、まだ何の合図もないから、犯人はまだ邸内にひそんでいるにちがいない。

島村夫人――盗まれた品は返していただけるでしょうか？

芦田――犯人がつかまればもちろんすぐお返しします。こうなれば、いまこの邸内にいる方々は全部嫌疑者と見なさねばなりません。あとの方には甚だ失礼ですが、これから、正面玄関で全部の方の身体検査をします。

「そりゃひどい！」「人権蹂躙《じゅうりん》だ！」「名誉毀損だ！」等かしましい不平の声が群集の間から起こる。

第三場

青木邸の正面玄関、芦田、牧、ほかに七八名の警官が、出てゆく男女の客の身体検査をしている。青木夫妻、東山もその場に立ちあっている。

客甲――商工会議所理事高山新三郎、こちらは家内。（二人は警官の身体検査をうけてぷりぷりしながら出てゆく）

客乙――日鮮漁業会社専務取締役篠原順平夫妻。（同じく検査をうけて出てゆく）

客丙――市会議員是枝伝三夫妻、これは三男と次女とで。（二人の子供を指す）

警官は子供まで検査をしようとする。

是枝――子供は君いいじゃろう。

警官甲――でも念のために。（子供のポケットをさがす）

是枝の三男——いやなおじさんね。

四人の親子は出てゆく。

芦田——もうこれでみんなすんだかね?

警官丁——検査人員は九百二十八名です。

接待係——（胸に徽章をつけている）あとは三人の被害者と、東山さんと、あなたがたお二人とで、ちょうど受付人員九百三十四名と数はあっております。

芦田——では、東山さん、あなたも形式ですから、一応しらべます。

東山——（苦笑しながら）さあどうぞ。

芦田——（一通りしらべてから）いや、それでよろしい。

東山は太いステッキをもつて出てゆく。

芦田——牧君、君も一応しらべよう。

牧——はっ。

芦田——最後にわしもしらべてくれ。

牧かわって芦田の身体検査をする。三人の被害者と青木夫妻とは検査の進行を心配そうに注視していたが、検査がすむと絶望の表情をうかべる。

健作——とうとうわかりませんか?

芦田——残念ながらとりにがしました。

島村夫人——わたしの頸飾りはもう帰ってこないでしょうか?　先だって紐育《ニユーヨーク》からとり

よせたばかりの品で、関税だけでも二万三千円もとられましたのに……（泣き声になる）

芦田——（憮然《ぶぜん》として）何ともお気の毒ですが、仕方がありません。

——幕

第三幕　第一場

幕あくと舞台は真っ暗である。ややあって、徐々に神秘的に明るくなる。富豪の居間。十年前の出来事。贅沢な火鉢をはさんで、ある富豪と、二十五六歳の見すぼらしい一人の青年とが対座している。青年は十年前の東山である。

ある富豪——（五十歳位）とにかく、君のように学校を出て二年にもなるのに、まだ、つとめ口もなくて、遊んでいるようなことでは、娘をやるわけにはいかん。

東山——僕は何もすきで遊んでいるわけじゃありません。戦後の反動で、去年から今年へかけての不景気は、あなたもよくご存じのことと思います。一しょに学校を出た三百人あまりの同窓生の中《うち》で、職にありついた者はまだ四十人たらずというようなわけで……

ある富豪——だから君も、のらくら遊んでいていいと言うのか？

東山——そういうわけじゃありませんが、雇ってくれる人がなければ仕方がありません。しかし、そのうちに僕はきっと……

ある富豪――馬鹿！　誰が君のような貧乏書生に頭を低げて頼みにくる奴があるか、君の方で、つてを頼って、せっせと足まめに運動しなくちゃ、今時職を求める人間は掃く程あるのだ。何しろ、君のような、なまけ者の甲斐性なしに娘をくれるわけにはゆかんから、もう帰ってくれ！

東山――あなたの仰言《おつしや》る事はよく判《わか》ります。だが文枝さんと僕とは愛しあっているのです。僕が現在職にもありつかずに、貧乏しているのは、それは重々あやまります。現在のところ、僕は人並みの家庭をもつことはできません。しかし今年じゅうには、僕は石にかじりついても何とか生活の道をたてます。それまで、もう二月《ふたつき》です。二月だけ待って下さい。

ある富豪――もう君の泣き言は聞きあきた。二年ものらくら遊び暮らしていた上で、あと二月でどうかするって、口幅ったいことを言わずとはやく帰ってくれ。

東山――では、こんなに申し上げても……

ある富豪――そうだ、何と言ってももう君にはとりあわぬ。

東山――父がきめてくれた許嫁《いいなずけ》の約束も、僕が貧乏だからというので反古《ほご》になるんですね？

ある富豪――それがどうしたのだ？

東山――文枝さんはこのことを知っているんですか？

ある富豪――もちろんだ。君のような貧乏人のところへ、誰がすき好んでゆく奴があるか。
東山——そうですか、わかりました。では、ちょっと文枝さんに一目だけあわして下さい。私のこの耳で、直接、文枝さんの口から、そのことをきけば、私も潔くあきらめます。これが最後のお願いです。
ある富豪——そうか、そういう気なら、あわしてやる。(手をうつ)
女中がはいってくる。
ある富豪——ちょっと、文枝をここへよんでくれ。
女中——かしこまりました。(退場)
三十秒ほど沈黙、文枝がはいってくる。十九歳。
文枝——(東山に向かって)いらっしゃいまし。
東山黙礼する。
ある富豪——東山君がお前に何か用事があるそうだ。
文枝——……(伏目になって頭を垂れる)
東山——文枝さん!
文枝——……(間)
東山——文枝さん、あなたはすっかりご存じですか?
文枝——(細い声で)申しわけありません、許して下さい。
東山——何? ではほんとうですか? まさかと思ったら、あなたもやっぱり金に目がくらんで、親と親とがきめてくれた約束も、これまでの二人の愛もすてててしまうんですか？　こないだまでの、あなたのやさしい唇から出た愛の言葉は、みんな嘘だったのですか？　それとも貴女《あなた》は金に良心を売って心にもない人のところへゆくのですか？

文枝——すみません、すみません。（低声《こごえ》で泣く）

東山——すみませんというのはあなたの行為を是認した言葉なんですか、それとも否認した言葉なんですか？　もし貴女が悪かったと思うなら、まだおそくはありません。僕は、今すぐからでも、何とかしてあなたを養ってゆくことはできます。金の誘惑をおしのけて、僕の、愛のふところへ帰ってきて下さい。

文枝——……

東山——はやく、この場で返事をして下さい。

文枝——……

東山——返事のないのは、僕がいやだという意味なんですか？

文枝——……

ある富豪——もう大抵わかったろう。（文枝に向かって）もうお前は去ってもよい。

文枝立ち上がって出ようとする。

東山——（憤然として起《た》ち上がり）待て！　では、お前は、いよいよ魂の中まで腐ってしまったのか？　汚らわしい奴だ！　（文枝はちょっと立ちどまったが、かまわず出てゆく。ある富豪に向かって）娘も娘なら、親も親だ！

ある富豪——（呼鈴《ベル》を押しながら）いまさら未練がましいことを言うのはよせ。だが、最後に忠告しとくが、これからは、これに懲りて、自分の生活の保障もたたんうちに、恋だとか愛だとかいう人並みな考えを起こすのはよしたがいいぞ。

東山——何をっ！ この復讐はきっとしてみせるぞ！ 貴様一個人に復讐するんじゃない。金がわるいんだ。貴様の心を腐らしたのも、文枝さんを人でなしにしたのも、みんな金のせいだ！ 僕は、金に復讐するんだ！ 世界じゅうの、世界じゅうの、金をもった奴に復讐するんだ！

——舞台暗転《ダークチエンジ》

第二場

東山のアパート。再び十年後にかえる。東山はベッドに寝ている。

東山——（ベッドの上に起き上がって）ああまたあの夢を見た。この十年の間、俺は毎日のように、あの夢にうなされては眼がさめる。十年もたった今でも、あの時の光景は、まだ眼の前にまざまざと生きている。あれから今日まで、三千六百日の間、俺は、ただ一つの観念のために生きてきたのだ。復讐！ 金のための復讐！ そうだ、この人間の世界の、ありとあらゆる美しいものは、すべて金のために汚されている。すべての罪悪は金のためにかもされている。俺は、文枝さんもうらまん。文枝さんのおやじもうらまん。ただ金をうらむんだ。金があの人たちの心を腐らしたんだ。俺はあれから十年の間金に復讐しようと思って、天下の金持ちどもを片っ端から敵としてたたかってきた。いま日本全国の金持ちどもは、俺の名を聞くと身慄《みぶる》いしている。仮面強盗という名をきいただけで、全国の金持ちどもは慄えあがっている。

ベッドを抜け出て、スリッパをはいて室《へや》の隅へ行き、そこにもたせてあった太いステッキをとってきて椅子にかける。

痛快だ！（ステッキの柄を抜いて、中から卓の上へ青木邸で盗んできた指環と頸飾りと布製のおかめの面とを出しながら）痛快だ！　なるほど俺はたしかに泥棒に相違ない。だが俺の行為は道徳的に悪い行為なのだろうか？（卓子《テーブル》の抽斗《ひきだし》からピストルを出して）俺はこの通り、ピストルをもっている。だがこのピストルには実弾のこめてあったことはない。俺は世間の強盗のように人の命をとったことはもとより、人を傷つけたことも一度もない。盗みはするが、盗まれて困るような人のものを盗んだことがない。ありあまる者の不要の品を盗むのだ。世間の泥棒と反対に俺は現金を盗んだことがない。俺の盗むものは宝石と貴金属に限られている。こういう品物は世の中になくてもすむものだ。いやむしろない方がよいのだ。

頸飾りと指環とを手にとって見ながら、

これをいつものところへもって行って金にかえる。そして貧しい者にわけてやる。その喜ぶ顔を見るのが俺にとっては無上の楽しみだ。俺は盗んだ金を一厘だって私《わたくし》したことがない。俺は必要のない人のものを奪って、必要のある人に融通しているに過ぎんのだ。
ステッキをとってながめる。
それにしても、このステッキの簡単な仕掛けに気がつかんとは、世間の奴らも案外甘いもんだ。
ステッキの空洞《あな》の中へ、宝石類を入れながら、
俺が、この中へはいる程度の小さいものにしか、手を出さぬというところへ眼をつける者が、一人や二人あってもよさそうなものだ。
卓子《テーブル》の上からおかめの面をとり上げる。
だが不思議なことには、俺がこの面をこうつけて
面をつける
このピストルをもって、
ピストルをとりあげる
物陰から風のように現れると
起《た》ち上がる
亜細亜新聞記者東山一雄という俺の人格はすっかり消えてなくなって、仮面強盗という、正体のない、別個の人格が忽然《こつぜん》と生まれてくるのだ。名は実の賓なりと言うが、この面をつけて、ピストルをもつだけで、この頃では、俺の心の中までもがらりと一変して、別の人間になるような気がする。ただの、世間普通の新聞記者としての俺はこのマスクをかぶ

ると、煙のように消えてしまって、金と金持ちとを憎む権化になるような気がする。

この時扉《ドア》の外で叩音《ノック》が聞こえる。彼はどきっとして、あわてて仮面をぬいで、ピストルとともに卓子の抽斗《ひきだし》へしまう。

どなたです？

扉の外の声――新聞をもってまいりました。

東山は扉を開いて、一束の新聞を受けとる。

東山――有り難う。

扉をしめてもとの位置へかえり、新聞を卓子の上へ置く。

ああ吃驚《びっくり》した！　ジキル博士はハイド君になると、すっかりもとの個性を失ったというが、俺には、面をかぶって仮面強盗になっている時でも、やはり、東山一雄の意識がはっきりつきまとっている。今の驚きようはどうだ！　まるで何か悪いことをして、世を忍んでいる日陰者のような驚きかただ！

すると俺のやりかたはいったい間違っているんだろうか？　俺の復讐のしかたはまともの道をはずれているのじゃなかろうか？　そうだ、この疑問が、俺を明け暮れ苦しめるんだ！　金のために苦しめられた人間が、金に復讐する！　それが何で悪い？　だが、俺の心はこの復讐で、一分間だって安らかだったことはない。どこか頭の奥の奥で、それは間違っていると囁くものがある。良心か？　いや良心ではない。良心は満足している。芦田君は法律と言った。法律？　何だか俺の心を苦しめるのはそう言った物らしい。

だが世間の金持ちどもの言語の絶した狂態と、傍若無人な我儘とを見ると、俺の心の中の血が湧きかえるのだ。十年前の記憶がむらむらと湧き起こって、俺の意識を蔽《おお》ってしまうのだ。

昨日もそうだ。この東京には饑《う》えに泣いている人間が数えきれぬ程あるのに、なんの意味もない、あの園遊会騒ぎは何だ！　なるほど法律は正義をまもってくれているのかも知れん。しかし、法律の力ではあのような不公平を、あのような罪悪を、どうすることもできない。そこで俺は、この、

また仮面をとり出してかぶる。

面をかぶったのだ。そして、法の擁護者なる芦田探偵に挑戦したんだ！　それと同時に、俺自身に、仮面をはずした善良な紳士東山一雄にも挑戦したんだ。

――幕

私はかうして死んだ！

一

私がこれから話すことは、全部正真正銘の事実である。ただ色々な都合で固有名詞だけは、抹消したり、変改したりしたが、事実そのものには一点一画も私は修正を加えなかった。

本文で私となっているのは、私にこの原稿を送ってくれた船井君のことである。私は最初三人称でこの物語をはじめようと思ったが、本人自身の筆で語らせた方が効果的だと思ったので最初の形式をすっかり保存して、若干字句の修正を施すだけにとどめたのである。彼は本文を読めばわかる通り、去年の二月に肺結核で死んでしまい、死体は火葬場で焼かれ、骨は郷里の墓場に埋められてしまった。それにもかかわらず死後一年たってから、彼は自らペンをとって私にこの不思議な物語を送ってきたのだ。以下は船井君自身の筆になるものである。(平林付記)

＊　＊　＊

船井三郎、私は仮に私の名をこう呼んでおく。職業は鉄工である。生まれは鳥取県の片田舎で、年は三十六歳両親は二十年あまり前に二人とも死んでしまったし、兄弟や姉妹はもとから一人もいない。いまだに妻も子もない。十五の年父にわかれてから、近所の町を振り出しに、ありとあらゆる労働をして諸国を渡りあるき、地震の年に東京へ出て、今の××鉄工場の職工になったのだ。今では立派な熟練工で四円の日給をもらっているかたわら、城東労働組合の理事をしている。郷里には親類縁者は一人もないので、私はこの二十年の間一度も郷里へ帰ったこともなければ、郷里の人と音信をしたこともないのだ。

こういう全体的に至って散文的な私の境遇は、これから私が話す妙な犯罪——そうだたしかに一種の犯罪だ——に欠くべからざる条件なのだ。以上の条件が一つでも欠けていたら——たとえば私が鉄工でなくて官吏であるとか、私の両親が生きているとかしたら、私は恐らく死んでしまわなくともすんだであろう。

二

去年の春、議会が解散になって、普通選挙による第一回の総選挙が行われた当時、よほど注意して新聞を読んでいた人は船井三郎すなわちかくいう私が、某無産党の公認で、東京の第×区から立候補しそうな取り沙汰《ざた》があったのが、いつのまにかうやむやのうちに沙汰やみとなったことをおぼえているだろう。私はその時、ただ、一身上の都合で立候補を断念すると簡単に声明しただけだったが、それには私だけしか知らない奇妙な事情が伏在していたのだ。

がんらい私は進んで自分から立候補する意志をもっていたのではない。党の支部と組合の幹部との切なる勧めによって、半月間も熟考したあげく、しぶしぶ立候補を決意したのであった。

だがいったん決意した以上は、私一個人としての引っ込み思案はきれいさっぱりとすてて、党のため、党の支持する無産大衆のために飽くまでも当選を期する覚悟でいたことは無論だ。そして私の前景気は、じっさい素晴らしかった。自分で言うのも変だが、私は無産党の間では質実な、信用のおける闘士として過分な信頼を受けていたので、無産三派の選挙協定で、他に競争候補を立てないことにきめて三派が一致して私を支持してくれることになった。でももし私が立候補を取り消さなかったら、たしかに私は最高点で当選していただろうと思う。というのは、私が立候補を取り消したあとで、残念ながら三派の協定が破れて無産党の候補が乱立したが、それでもそれぞれ三人とも当選圏近くまで、どうにか漕ぎつけていたからだ。

それはとにかく私はいよいよ立候補と肚《はら》をきめると、色々な手続きをする上に必要があったので、郷里の役場へあてて戸籍抄本を取り寄せることにした。すると一週間ばかりたってから役場から実に意外な返事が来た。船井三郎という人間はつい三日前に死亡届が出ており、船井家には今生きている者は一人もないので戸籍は無くなってしまっているから抄本はつくれぬという通知であった。

馬鹿々々しい間違いがあるものだと私は田舎役場の出鱈目《でたらめ》さ加減を憤慨したが、何しろ東京と鳥取県の田舎では手紙などで照会していたのでは容易に埒《らち》があきそうにないので、まだ誰にもそのことを話さぬうちに、党の支部へは、ちょっと急用で郷里へ帰ってくると言いのこしておいて、私はその晩の夜行で東京駅をたった。

都合のよいことには、二十年振りで帰るのだから、村には一眼《め》私の顔を見て私のことを思い出す人などはいない。それにその日はあの地方に特有の雪空だったので、村へ着いた時には誰にも会わずにすんだ。私はまっすぐに役場へ行った。

「僕はこの村の船井三郎君の友人ですが、船井君の戸籍抄本を四通ばかりこさえていただくように頼まれてきたんです」と私はうそを言った。私自身が当の船井だと言ったのでは、色々うるさいことがあって、まさかその足で引き返してくるわけにはいかないように思ったからだ。田舎、わけても自分の生まれた土地というものは、都会にばかり育った人間には想像のつかないほど面倒なことがあるものだ。そして私はまたそうした面倒なことが人一倍嫌いなのだ。

小使は妙な顔をして、じろじろ私の顔を見ながら起ち上がって奥へ行った。やがて四十五六の、どこか多少見覚えのある眼の細い男が出てきた。

「村長はいま町へ行って留守でな、わしが助役じゃが、何か用事かな」と彼は私の顔を見ながら言った。どうも田舎の人間は相手の顔をぶしつけにじろじろ見る癖があるものだが、特に私の村ではそれが極端で、なれない人はきっと不愉快に思うだろうと思う。しかし彼は幸い私を知っていない様子だったので、私はやれやれと思って、さっき小使に話した用向きを繰り返した。

「その船井三郎ちゅう人はこないだ死んだで」

こういいながら、彼は起ち上がって、大きな帳簿をもって何かぶつぶつ独語《ひとりごと》を言って引きかえしてきた。

「この通りちゃんと死亡届が出とる」

私の前へつき出された戸籍簿の私の名前の肩にはなるほど朱の細字で「昭和三年二月二十一日死亡」と書いてあった。

「何か病気ででも死んだのですか?」

私は、飛んでもない間違いだとは思ったが、それでも朱色の不吉な文字を見ると少々嫌な感じに打たれながら、他人事《ひとごと》のようにきいた。

「何でも東京で死んだちゅう話じゃから、わしもくわしいことはよう知らんが、肺病じゃちゅうこった。医者の死亡診断書もここへきとる」

「その診断書をちょっと拝見できませんか?」

「お易《やす》いこった」

彼は奥へ行って書類の綴じ込みをもってきて、その一番上の一枚を指し示した。

死亡の時という欄には昭和三年二月二十一日午後四時としてあった。死亡の場所という欄には、東京市××区××町××番地と書いてあって、死亡の原因という欄には「肺結核、心臓麻痺併発」としてあった。死亡者の氏名は、船井三郎すなわち私自身の姓名に相違なく、生年月日原籍等も私自身のそれと寸分もかわっていなかった。ただ現住所という欄が、死亡の場所と同番地になっていたが、それは私の一度も住んだことのない場所だった。診断した医師の名前は、死亡場所のすぐ近所の町に住んでいる、瀬越《せごし》雄太郎となっていた。

「ははあ」と私は、私自身の死んだことを証明するこの奇怪な書類を見おわってから、狐につままれたような気もちで、しかも少なからず不快な気もちで皺枯《しわが》れ声で言った。

「そうするとやっぱり船井君は死んだのかなあ、かわいそうに」

「遺骨もこないだ届きましたよ、ちゃんと壺へはいって、針金でしばって丈夫な箱へ入れてありました。骨のうめてがないので、役場で取り扱って、ちゃんと先祖の墓のそばへ埋めてやりました」

「そりゃどうも有り難うございました」

私は私自身の遺骨の埋葬のお礼を言うとき、何だかほんとうに自分が死んでしまって、現在そこにいる自分はほんとうに自分の友達ででもあるかのような気がして、無気味な寒さを背筋に覚えた。

「火葬場はどこでした?」と私はもう一度事実をたしかめようと思ってこう訊ねた。

「たしか、落合ちゅうとこだったなあ」と彼は小使を顧みて言った。

「船井君の墓地はどこですか、ちょっとついでにお墓参りをしてこようと思うのですが」

私はよく知っていたけれども、わざとこうたずねて、道を教えて貰った。そして助役にお礼を言って、役場を出て、雪の中を、子供の時分にふみなれた道を歩いて行った。

私は見すぼらしい両親の石碑の前にたってしばらく心から瞑目合掌した。そのそばに新しく掘りかえした、小さな土のもり上がりができていて、新しい卒塔場《そとば》が雪の中に倒れていた。そして、土の盛り上がりの上には粗末な白木の位牌がおいてあり、その前に誰がたててくれたのか水仙の花が二三輪たてかけてあった。それを見ると何ともなしに涙が出た。

私は、雪を払い落として位牌の文字を読んだ。

『天涯孤独信士』

裏には、「俗名船井三郎、享年三十六歳云々」としてあった。

私はその晩、村の誰にも見られずに、文字通り墓穴から抜け出した亡者のように、夜汽車で東京へ向けてたった。

三

私はこの通り生きている。だが、すべての事情は私が死んだことを証明している。この世の中に、私の生きていることを証明する手段は、私が自分でその筋へ名乗り出る以外にない。否、それとてもたしかな手段とは言えぬ。村の人は二十年も前の私を忘れているらしいから、ただ口頭の証言だけで信じてくれるかどうか疑問だ。しかし私は、そんな面倒なことをしてまで私の生きていることを証明する必要があるだろうか？　私の生きていることによって爪の垢ほどでも私は利益を期待し得ただろうか？　むしろ私は、誰かのいたずらか知らぬが、私を偶然にもこんな奇妙な位置においてくれたことを感謝したくらいだ。私は東京へ帰ると急に立候補断念を声明した。そして誰が何ときいても、ただ一身上の都合一点張りで押しとおしてしまった。これは無産党の闘士として、たしかによい態度とは言えぬ。だが、戸籍のない人間には立候補の資格はないし、代議士になるよりも死んだ人間として生きてゆく方が私には遥かに誘惑的だった。

だが私は誰にも知らせずに、この真相を私一人で是非つきとめてみようと思いたった。というのは、私を殺した人に復讐したり、その人に自白を迫ったりするためではなくて、むしろ、その人に自白などをされては困ると思ったからだ。この不思議な境遇をずっとつづけて行ったらどんなことになるかを試してみたいと思ったからだ。

で私はまず私の死亡を診断した瀬越雄太郎という医師をたずねた。

瀬越医院は診断書に書いてあった番地にまちがいなくあった。私は名前を偽って院長に会った。彼はその時の事情をよくおぼえていて、気さくに何もかも話してくれた。

「ついここから二つ目の通りの最初の路次《ろじ》を曲った右側の家ですよ。私を迎えに来たので、最初私が行ったのは、亡くなられた前の日でしたが、一目見てもう駄目だってことがわかりました。ずいぶん永年わずらったものと見えて、両方の肺がすっかり滅茶々々にこわされて、まだ生きているのが奇跡だと思われるくらいでしたからね。あの病気の患者は息をひきとるまで意識が明瞭なのが普通ですが、その男は、まるで、強い酒でも飲んだあとのように、ひどく心臓が弱っていて、熱もあの病気の患者としては異常に高く、私が診《み》たときは昏睡状態だったので、私はどうにも施すすべがないので、ただカンフルの注射をしてあげただけでした。もっとも患者が強く興奮するとああいう症状をあらわすことは珍しくないのです」

「それから二度目に行ったのはその翌日の夕方でしたが」と彼は職業がら少し言いにくそうに言葉をつづけた。「何しろ流感がひどくはやっていて、手放せない患者があったものですから、ついおくれましてね。けれども、どうせ、はやくお伺いしたところで、どうにもしようはなかったのです。四時少し前に使いの方が来られて、すぐ行ってみましたが、その時はもうこときれたあとでした。実にめずらしい患者でしたよ。何でも私が前日診察した時まで、一度も医者にかけたことはない様子でしたからね。まるっきり、蒼《あお》ざめた剝製の人間という感じで、息の通っていたのが不思議なくらいでした」

瀬越医師の話はこれで了《おわ》った。

「その男はたしかに船井三郎と申しましたか?」と私はあっけにとられてきいた。

「本人は昏睡状態で、口をきくことはできなかったのですが、玉村というその家の主人が患者のお友達とかで、患者の住所姓名から原籍まですっかり知っていて私にそう言いました」

私には玉村という男はぜんぜん心あたりがなかったので、

「その主人というのはどんな男でした?」

とたずねてみた。

「まだ年齢は四十前のようでしたが、あごから頰まで一面に見事な髭をのばしている人でした」

私はこれだけ聞くと、院長に丁寧にお礼を述べて、瀬越医院を去った。

四

私はその足で、院長から聞いた玉村の家へ行ってみた。

ところが、そのあたりには玉村という姓の家は一軒もなく、その家らしいのに、貸家の札が貼ってあった。

近所でたずねてみると、玉村という人はつい半月ばかり前にひっこしてきて、一週間たつかたたないうちに、またどっかへ引っ越して行ったということであった。

「その家で、近頃不幸があったと聞きましたがほんとうでしょうか？」と私は、私にその話をしてくれた、一軒おいて隣の京染屋のお内儀《かみ》さんにきいてみた。

「妾《わたし》はよく知りませんけれど、何でも、引っ越しの前の日にお葬式の自動車が来て、死人を焼場へつれて行ったとかいう話でした。でも別にお通夜のあった様子もなかったし、お経を読む声も聞こえませんでしたわ。そして、その次の日のおひる頃にすぐお引っ越しになったのです。ずいぶん変った人でしたわ」

「どこへ越して行ったかわかりませんか？」

と私はたずねてみたが、もちろん彼女は知っていなかった。そして、ひっこしてきてから一週間かそこらしかそこにいなかったので、近所の人は恐らく誰も知らないだろうということであった。それで私は近所をたずねることは断念したが運送屋にきけばすぐにわかるだろうくらいにその時は考えていたのだ。ところが、京染屋のお内儀《かみ》の話によると、玉村という男の引っ越しの時には、別に運送屋が来た様子はなく、本人はトランク一つもってタクシーで行ったきりで、その翌くる日差配が来て貸家の札をはって行ったということであった。

そこで私は差配の家の番地をきいて、そこへ行ってみた。

「玉村君はどこへ越したかわかりませんか?」

と、私は前から玉村の知りあいのような句調《くちよう》でたずねた。

「一週間ばかり前にお引っ越しになったのですが、どこへとも仰言《おつしや》いませんでした。こんなことがあるといけないと思って、移転先を伺ったのですが、いま番地をおぼえていないからあとで知らせると仰言っていました。でもいまだに何ともご通知がありませんのですよ」

差配《さはい》のお内儀は、いかにも申し訳なさそうに、私の顔を見ながらこう詫《わ》びるように答えた。

「荷物はトランク一つきりだったそうですね?」

「それがね、不思議なんですよ。近所の貸布団屋から夜具を一組お借りになったようですが、それにはこないだ亡くなられたご病人が、おやすみになってらしったようですから、あの方はこの寒いのに夜具なしで、暮らしてらしったにちがいないのですよ。まさかあの重病人と一緒におやすみになるわけにはいきませんでしょうからね」

私はこの話をきいて、玉村という男はきっと晩にはこの家にとまったのではないに相違ない、この重病人をたった一人空家同然の家に寝かしておいて自分はどこかへ泊まりに行ったに相違ないと考えた。これは実に言語道断なことだが、この寒いのに一週間も夜具なしで暮らすということよりも、その方が合理的だと私は考えたのだ。

五

私は玉村の貸屋を中心として、その近所のタクシー屋を片っ端から探しはじめた。そして、二日かかって二十七軒目のタクシー屋で、やっと、問題の日に、頰から頤《あご》へかけて立派な髯《ひげ》の生えた、トランクを一つもった男を、件《くだん》の番地からのせて行ったという運転手を発見した。

運転手は、私を警察の者とでも思ったのか、非常に恐縮して言った。

「何か間違いでも御座いましたか？」

「なあに、間違いという程ではないんだが、ちょっと行方をさがしてるんだから、知っているなら、すっかり話して貰いたい」

タクシーの運転手にとって何よりも恐ろしいものは警官である。彼らは何か事故が起こるとすぐに、彼らの唯一の生活の資本である運転手免状を取り上げるぞと脅かされる。その運転手も一図に私を警察の刑事と勘違いしたおかげで、おっかなびっくりで、すっかり話してくれた。

それによると玉村は、本郷××町の立憲××会本郷支部という看板のかかった家の前で車を下りて、たしかにその家の中へはいったということであった。

私は、早速その運転手の自動車にのってその家の前まで行った。

「こちらに玉村さんという方はいらっしゃいましょうか?」

と私は中へはいってたずねた。

「そんな人はこちらにはおらん」と二十歳前後の紺絣《こんかすり》の着物をきた筋骨たくましい青年がぞんざいに答えた。

ははあここは××会の壮士の巣窟だな。道理で、玉村の容貌風采がそれらしいと思ったと私はひとりで合点した。

「頬からあごへかけて立派な髯を生やしていらっしゃる方なんですが……」

「君は誰だ。一体、何か用があるのか? 大方××党のスパイだろう。我が党の情勢をさぐりにきたんだろう」

一人の壮士がこう答えて、凄い眼つきで私の様子をじろりと見た。

「いいえ、実は本部の山岡先生からの使いで、内々でこちらのご主人にお目にかかる用件ができたものですから」

私が、××会の山岡総務の名前を口に出すと、壮士連は急に態度をかえて、ちょっと二階へ上がったが、すぐおりてきてどうぞお二階へと案内した。

私は二階へ上がって行った。

玉村という男は事務机に向かって何か忙しそうに書き物をしていたが、私が上がってゆくと、急に、私の方へ向き直って、さあどうぞと鷹揚《おうよう》に椅子をすすめた。

「ちょっと密談があるので五分間ばかりお人ばらいが願いたいのですが」と私は取り次ぎの男に気兼ねする様な風をして言った。

「よろしい、君、下へおりていたまえ」

親分の命令で、若い壮士はとんとん下へおりて行った。

私はわざと一分間ばかりだまっていてから、突然、非常にはっきりとした声で言った。

「僕は船井三郎という者です」

私はたった一言言って、じっと眼をすえて相手の表情を見ていた。

人間の表情というものが、こうも急激にがらりと一変するものかと私はその時に思った。

壮士の親分らしく、悠然と虚勢を張っていた玉村は、急に真っ青になって、唇のあたりを痙攣《けいれん》的に細かくふるわしながら、まるで、電気をかけられたようにすっくと起《た》ち上がった。

私も、彼が何か暴行を加えるつもりだろうと思ったので、反射的に起ち上がったが、彼が起ち上がったのは、あまりにひどい驚きのためで、決して暴行を加える意志ではないことがすぐにわかった。

「悪かった、君、僕が悪かった。堪忍してくれ給え」

こう言いながら彼は私の前にとつぜん跪《ひざまず》いたので、今度は私の方があっけにとられたくらいだった。壮士というような人間の心の単純さに私はじっさい吃驚《びっくり》したのだった。

彼はすっかり私に話してくれた。それによると、彼は、労働者仲間に人気のある私が××党から立候補すると聞いて、大変だと思い、私を死んだことにしておけば、後ではどうせいたずらだということがわかるにしても一時立候補の手続きがおくれるからその間に、自党の候補が機先を制して猛運動をつづけてゆけば、私の地盤がくつがえせると思って、あんなたちの悪い狂言を仕組んだのだということであった。

「君の一存でやったのか、党の幹部も知っているのか？」と私は興味をそそられてきいてみた。

「むろん僕の一存でやった仕事で、誰も外には関係者はありません。もっとも成功すれば報酬を貰うことにはなっているんですがね」

「それにしても、僕の身元がよくわかったねえ」

「それは君のつとめている工場でしらべて貰ったんです。あの工場では君の立候補を喜んでいないから、こちらの便宜を十分はかってくれましたよ」

「では、あの病気で死んだのは誰だい？　君は罪もない人間を殺したんではないか？」

この質問を彼はひどく恐れていたと見えてあわてて答えた。

「飛んでもない、ちがいます。あれは浅草で行き倒れの行路《こうろ》病者をひろってきたんです。僕はずいぶん世話をやいて、医者にもかけてやりましたよ。もちろん、もう二三日の寿命しかないとは思っていたんですがね。ああいう人間が必要なら浅草辺を一日かかればいつでも探し出せますよ。本人も道ばたで野たれ死にするよりゃ畳の上で死んだ方が楽ですから功徳ですよ」

こう答えたとき、彼の額には汗がにじんでいた。私は彼の言葉をほんとうだと思った。いずれにしてもその点を追窮するつもりはなかったので質問をつづけて行った。

「で君はあの貸家にそんな大病人をひとりでおいといたのだね？」

「どうもあのひどい肺病やみと一つ部屋の中に寝ることもできませんし、それに夜、家を空けちゃこちらで、あやしまれますからね。玉村という偽名であの家を借りて、あの病人をひとりで寝かしといたんだす」

「そして病人がいよいよ駄目で口もきけないということがわかってから医者をよびに行ったのだな？」

「そうです。でも僕が病気を悪くさしたのではないのですよ」

「だが、君は病人にウイスキーか何かのませやしなかったか？」

「そんなことまでわかりましたか」と彼は額に脂汗をにじませながら言った。

「実は、あの病人が、とても回復の見込みはないから、この世の思い出に好きな酒を一杯だけ飲ましてくれとせがむもんですから、ブランデーを一杯のましてやったのです。ところが彼奴《やつ》はひどく喜んでお礼を言っていたかと思うと、急に昏睡状態に陥ってしまったのです」

「では、その死んだ男は、まだ生きていることになっているんだな?」

「そうです、選挙がすんだら、間違いを届け出て訂正して貰おうと思っていたのです」

「では、その男の戸籍はわかっているのか?」

「僕がその男を家へつれてきたとき、大変よろこんで、死骸の始末だけしてくれと言って、僕に身元をすっかり話してくれました」

「そんなことを届け出たら君は大変な罪になるぞ」と私は、少し考えるところがあったのでおどしてやった。

彼はまた菜っ葉のように蒼くなった。こういう荒くれ男が青くなるのは、見ている者には実に愉快なものだ。

「だが」と私はすっかり勝利者の優越感を味わいながら言った。

「君がすなおに白状したから、僕はこんな問題を警察沙汰にしようとは思わん。と言って死んだ男を生きたことにして、生きている僕を死んでしまったことにしておくわけにもゆかんから、これは僕から届けて訂正してやる。君は、前途有為の青年だ、もう二度とこんな悪いことをしちゃいかんぞ。君の一生を今棒に振らせては気の毒だから、その死んだ男の戸籍を僕に渡したまえ、僕の方からそっと手続きをすまして、君の名は出さずにおいてやる」

彼は、私の寛大な処置に非常に感謝して、本箱の抽斗《ひきだし》から紙片をとり出して私の方へもってきた。

このことがあってからもう一年になる。むろん私はいまだに、そのことは届けていないのだ。玉村は、私の方ですっかり手続きをすましたものと思いこんでいるから、彼の方で届け出る気遣いはない。

こうして私は死んでしまったのだ。そして今でも死んだことになっているのだ。私には墓場もあれば、死亡届も出ており、医師の診断を経て死体は落合の火葬場で焼かれて、遺骨は先祖の墓にうめられているのだ。すべてが少しも手続き上の違反もなく、手落ちもなく、私の死を証明しているのだ。

私は今では私自身の皮肉な位置になれてしまって、気味わるくも何とも思っていない。だがもし私が、大罪をおかして死刑にでもなるとしたら、裁判官はいったい誰に死刑の宣告を下すだろう。死んでしまった私にもう一度死刑を宣告するだろうか？ もし私が何かの罪で逮捕されるとしたら判事は誰に向かって令状を発するだろうか？ 骨になって埋められている私をどうすることができるだろう？ 私に恋人ができて結婚するとしたら、彼女は、火葬場の灰になった私を花婿として抱擁するだろうか？

オパール色の手紙

——ある女の日記——

四月十三日

こんなことが信じられるだろうか？　でもじっさい妾《わたし》は自分の眼で見たのだ。あの人が、世界でたった一人の妾の人だと信じきっていたあの人が、全く世間並みの、やくざな、汚らわしい人間であったなんて。

今朝の十時に、妾はあの人の書斎へはいって、書棚からミロッセの『コンフェッション』を探していた。すると、何という偶然の一致だろう。ちょうど、その着物をぬき出すとたんに、オパール色の一通の封書が妾の脚元《あしもと》へ落ちてきた。もちろん封は切ってあった。妾は何の気もなしに、それを拾いあげて全く偶然に、中味をひき出して見た。というのは妾はこれまでついぞ夫の手紙を無断でよんだことはなかったからだ。

封筒と同じ色のレターペーパーに、紫のインキで次のように書いてあった。

あなたは洪水のようにお手紙を下さるのね。きっと貴方《あなた》は朝から晩まで妾の手紙ばかり書いていらっしゃるのでしょう。妾、ただ読むだけでへとへとになっちゃうのよ。ポストをあけてみると、きっと貴方のお手紙がはいっているんですもの。でも妾、貴方のお手紙をよむのはそれはそれは愉快だわ、貴方のお手紙はいろいろなことを考えさせるんですもの。どんな書物を読むよりもためになるわ。そして、貴方が妾を愛していて下さることはよくわかるわ。妾だって貴方を愛せるかも知れないわ。そして現に愛しているかも知れないのよ。貴方は奥さんやお子供さんのあることを恥じていらっしゃるのね。ちゃんと妾にはわかるのよ。そしてあなたの心の動きを非常に興味をもって見ているわ。でも仕方がないじゃありませんか、そんなこと。貴方の頭でどんなに考えたって解けっこのない問題ですもの。妾ならもう何も考えないことにするわ。そして妾自身何も考えていやしないわ。妾には考えたって苦しんだって貴方の影響を脱する力はないんですもの。妾は貴方の百倍も貴方を愛しているんですもの。

貴方のTより

四月十一日

妾のN様

妾はもう少しで、絨氈《じゆうたん》の上へよろめいて倒れるところだった。まだ昨日の手紙だ。そして封筒の上書《うわがき》には、ちゃんと「小石川区水道端一丁目十二番地、並木五郎様」と書いてある。でも妾には信じられない。これは、何か途方もない間違いだと思っている。だが、しかし……

四月十四日

妾《わたし》は、今日からあの人の一挙一動に非常な注意をしはじめた。だがあの人にはどことい って一つ不審な挙動はない。もしあの手紙がほん物なら、あの人は実にこの上ない悪党だ。がそれよりも、あの傍若無人《ぼうじゃくぶじん》な相手の女はいったい何者だろう? 「貴方のTより」「妾のN様」なんて実に有り得べからざる文句だ。世の中に図々しい女は色々あると聞いていたが、これ程までに極端に図々しい女が現実にあり得るだろうか? 「でも仕方がないじゃありませんか、そんなこと!」何というバンプ〔vamp＝妖婦、男たらし、浮気女〕だろう! そしてあの人は、昨日まで妾の信じきっていたあの人は、どんな顔をしてこの文句を読んだのだろう? 妾のことも、今すやすや眠っている二人の子供のことも忘れて、相好《そうこう》をくずして読んだのじゃなかろうか? ああ、妾には考えることは堪えられない。

四月十五日

また手紙が来た。あの恐ろしいオパール色の手紙が。妾は卑怯《ひきょう》な行為だと知りながら、昨日からあの人宛《あて》の郵便物を一々しらべてみないではいられなくなった。正午少し過ぎにあの手紙をポストで発見した時、私は毛虫か何ぞのようにぞっとした。あの手紙一本で、この家じゅうが汚れるように思った。でも、それでいて、妾を鉄だとすれば、あの手紙は磁石のような吸引力を妾に対してもっていた。妾は卑劣にもあの手紙を湯気で濡《ぬ》らして、そっと開封した。

みんな妾が悪いんです。妾は見栄坊なんです。妾はこの上なく自尊心の強い強情っ張りなんです。でも、貴方《あなた》の前には妾の自尊心なんぞは、霜柱が朝日の前で威張ってみようとするようなもんですわ。妾は妾の心と身体との全部を貴方に提供します。妾にはもう妾自身の意志も欲望も力も無いのです。貴方の意志が妾の意志です、どうぞ思う存分になすって下さい。貴方に責めさいなまれることですら、貴方に唾《つば》をはきかけられて蛆虫《うじむし》のように軽蔑されることですら、妾には限りなき喜びなんです。もう淋しいことは何も言って下さいますな。貴方は万能のジュピタのように妾に何でも命令して下さい。妾は、貴方の命令にならば、羊のように従順にでもなります。生まれたばかりの嬰児《あかご》の四肢をもぎとって煮え立つフライパンの中へ投げこむほど惨忍にもなります。

T子より

世界でただ一人のN様

世間の女はいろいろな手練手管《てれんてくだ》を使って男を籠絡《ろうらく》するということは聞いている。しかし、これ程までに大胆に、これ程までに傍若無人《ぼうじゃくぶじん》に振る舞う女が、実際この地球の上に生きていて、妾《わたし》と同じ空気を吸っていようとは知らなかった。あの人の妻であるこの妾は、全く無視されているのだ。ああこの手紙を読んだとき、あの人はどんな顔をするだろう。どんな気持ちがするだろう。

妾は、何も知らぬふりをして、手紙をあの人の書斎のデスクの上へおくことにきめた。あの人は七時少し過ぎに帰ってきた。妾は一緒に食膳にむかいながら、あの人の様子に念入りに注意をくばっていたが、あの人は全く常の通りに冷静だった。妾はその落ち着き払った顔を熊手か何かでかきむしってやりたい程の欲望をじっと抑えて、食事をすました。

あの人が書斎へはいって扉をしめると、妾は大急ぎで、しかし跫音《あしおと》を忍ばせて、扉のそばまで行き、鍵穴に眼をあてた。あの人は回転椅子《いす》に腰をかけて煙草《たばこ》をふかしていたが、やがて、あの手紙を手にとるとすぐに開封して、一分間足らずで読んでしまうと、ぽいとそれを机の隅へ投げ出してしまった。それから何か横文字の本を本棚から抜き出して読みはじめた。まるであんな手紙には一分間以上の時間をさく価値がないといった風だった。私はほっとした。と同時に自分の卑劣な行為がさもしくなって、ひどい自責を感じた。あの人はやっぱり妾のものだ！　ああこのことをはっきりと意識することは何という喜びだろう。あの人はどんな誘惑に対してもびくともしない、磐石《ばんじゃく》のような方にちがいない。

四月十七日

昨日もあのオパール色の手紙が来た。だが妾はもう開封しなかった。あの人を少しでも疑うなんて、あの人をふみつけにすることにもなるし、妾自身の愚かさ、醜さを妾自身に証明することにもなるのだから。

しかし、今日、またポストの中にあの封筒を発見した時は、どういうものか、妾は頭の中が痺《しび》れるような気がした。妾は自尊心と嫉妬《しっと》との激しい戦いを胸の中《うち》に感じた。とうとうこの前と同じ手段で、開封するより外にどうすることもできなかった。妾は手紙を読みながら、自分の全身が激しい嫉妬のためにぶるぶる慄《ふる》えるのを感じた。身体が熱くなったり、寒くなったりするのをおぼえた。それは妾でなくても、とうてい尋常一様な女では辛抱のしきれない恐ろしい手紙だったのだ。

貴方《あなた》とお別れしてからすぐこの手紙を書くのです。一分間もじっとしていられないのです。ひきつづき、私たちの命のつづく限り、私のすぐ、そばに貴方を感じていないでは、一秒間も生きていられない妾です。こんなに強い、こんなにまじりっけのない愛が、世の中にあったでしょうか?

貴方はせっかく会って下さって何も仰言《おっしゃ》らなかったのね、妾も何も言わなかったけれど。だって何も言うことがないのですもの。下手な翻訳に原文の意味がまるっきり現せないと同じように、妾の心の中は、口へ出して言うと似もつかない平凡なものになって、貴方にさげすまれるのが関の山だってことがあまりにもよくわかっていたのですもの。

貴方がだまっていらっしゃったのもそのためだと思うわ。でも妾には、あなたがどんなことを仰言っても、貴方のちょっとした言葉から太平洋ほどの意味を汲《く》みとることができるわ。

それは妾が完全に貴方を理解しつくしているからのことです。そして、貴方を深く強く愛すればこそ理解できるのですわ。理解の上に愛が生ずるのではなくて、愛の上にこそ理解が生まれるのですわね。妾は、貴方に対して、世界の誰とだって愛を競うわ。

昨夜、公園のベンチの上で、妾たちの唇と唇とが触れあったとき、妾はすぐその場で断頭台へつれて行かれて、二十秒以内に素首《そつくび》にぎらぎら光る斧をあてがわれてもいいと思ったわ。

妾はもう完全に貴方に支配しつくされているんです。妾のこの手紙の文字さえ貴方の筆跡にそっくりになってきたでしょう。妾は妾の心の中に貴方の心をしっかりと感じています。そして未来永劫に感ずるでしょう。どんな障害をも乗りこえて、私たちは凱旋《がいせん》将軍のように、勇敢に、かたくかたく結びつきましょう。

すべてあなたのものより

すべてわたしのものへ

妾は読み終わると眼がくらみそうになった。その瞬間妾は人間が眼をもって生まれたことを呪《のろ》った。この二つの眼はこんないまわしい、こんな恐ろしい、こんな大それた手紙を見るために今まで視力を保存してきたのだろうか？　実際そう言えば、この女の筆跡はあの人の筆跡そのままだ。この手紙の中で、妾はただ二人の汚れた愛の「障害物」と見做《みな》されているに過ぎない。妾の全身の血液は一度に頭へ上がって、頭ががんがんしてきた。こんな苦しみに堪えてきた女があるだろうか？

あの人を奪われたが最後、むろん生きている意味がなくなってしまうのだ。子供は可愛い。でも子供への愛だけで妾の生命がつなぎとめられるかどうかわからない。しかし、あのバンプをのこして、おめおめと死ぬことができるだろうか。けっきょく死んでゆくものは敗北者なのだから。

妾はこの前と同じように、あの人が帰って書斎へはいると、すぐに鍵穴へ眼をあてて中をのぞきこんだ。息は殺していたが、胸の大きな動悸《どうき》が、一寸もある厚い板の扉をとおしてあの人の耳へはいりはしないかとひやひやした。

あの人はこの前と同じように封をきって、やはり一分間足らずで読みおわって、机の上へ文殻《ふみがら》を投げ出し、それから巻煙草《たばこ》に火をつけた。妾の眼のせいか、今日はあの人はかすかに慄《ふる》えているようだった。突然あの人は右の腕をのばして、また手紙を拾い上げ、しばらく息を殺して文句に見入っているようだったが、やがてそれを下へおいて、その上へ両手をのせ、両手の上へ顔をふせてしまった。今度こそ妾にはあの人の全身が細かくふるえているのがはっきりわかった。

自分の夫が、自分以外の女を思って慟哭《どうこく》し、ふるへ、もだえているのを見てこらえているなんて、妾は、我ながら自分の神経の抵抗力にあきれたくらいだ。

四月十八日

妾は昨夜のうちに何もかも決心した。しかし、朝、何事もなかったように、いつもと同じような顔をして起きてきたあの人の顔を見ると、妾はつい気おくれがして、何も口へは出せなかった。

しかし、あの人が出てゆくと、すぐに口惜《くや》しさがむらむらとこみ上げてきた。だが、まだ口惜しさでも感じているとと心に張りがあって生きてゆかれる。口惜しさがやむと心の中が空っぽになったようで、どうにもこうにも我慢がしきれなかった。

正午過ぎにまたオパール色の封筒が来た、妾はそれを開封するのが恐ろしかった。しかし開封せずにはいられなかった。

奥さんが、妾の手紙をお読みになったらしいんですって？　開封したような形跡が見えるんですって？　貴方《あなた》は、それではいつまでもかくしていらっしゃるつもりだったの？　かくしてしまえるつもりでいらっしゃったの？「僕は貴女《あなた》の奴隷です。貴女は僕の女王です」この言葉はそれでは口から出まかせの嘘だったのね。奥さんにかくれて、退屈しのぎに妾を相手にしていらっしゃったのね？　世の中には有り得ることと有り得ないことがあります。妾おかくしてしょうがないわ、貴方はそんなにびくびくしないで、みんな奥さんに妾の手紙を見せておしまいなさい。奥さんの言葉で妾を思いきれるなら、さっさとそうして頂戴！　何もかもうちあけて奥さんに許しを乞いなさい。その方がもちろん誰のためにもいいことだわ。妾のことなんかちっとも心配ないのよ。妾はもう、そうなればせいせいするだけよ、でも、妾、はっきり予言しておきますが、貴方は妾の今考えている通りになるにちがいないわ。今日は、この手紙をご覧になったら、何もかも奥さんに白状しておしまいなさいね。妾の手紙もみんな見せておしまいなさい。

T　子

N　様

あの人はやっぱり妾のことを考えている。やっぱり人間だった。はじめから考えていた通りの、しっかりした、正しい、神様のような人だった。

妾は、久しぶりで朗《ほが》らかな気持ちで、あの人の帰りをまっていた。

あの人が書斎へはいると、いつものように妾は鍵穴から中を覗《のぞ》きに行った。今日はその必要もないと思ったのだけれど、やはりそうせずにはおけなかったのだ。

あの人は、やはりいつものように手紙を読みおわってから、ゆっくり煙草《たばこ》をふかした。だが五分間ほどすると急に起《た》ち上がった。そして、本棚のあちこちから、本を抜き出し、ページの間から、一つずつオパール色の手紙をとり出した。無慮《おおよそ》二十通位の手紙がバナナのように机の上に積み重ねられた。妾は、あんなに沢山の手紙が出てきたことと、あの人が、その手紙のありかを一々掌をさすようにおぼえていたことに、驚いてしまった。

あの人は封筒の中から一々中味を抜きとって、それをデスクの上に重ねた。みんなオパール色の、同じサイズのレター・ペーパーだったので、よく揃った。あの人はそれから、椅子に腰をかけて、抽斗《ひきだし》から錐《きり》と紙撚《こより》をとり出し、レター・ペーパーの隅っこに穴をあけてそれを綴《つづ》りこんだ。

この仕事がおわると、あの人は、また巻煙草に火をつけて、ゆっくりと煙を吐き出してから、デスクの上の呼鈴を押した。

下で女中の返事が聞こえた。妾はとつぜん鍵穴から眼をはなし二秒ほどその場に電気にでも打たれたようになってじっとしていたが、女中が階段を上がってくる跫音《あしおと》を聞くと、やっと起ち上がって、しのび足で、階段の降り口まで歩いて行った。妾は手真似で合図をして女中を下へかえし、それからまた書斎の扉まで引き返して、こんこんと二つ形式的に叩音《ノック》して扉をあけた。

「随分ひどい煙ね。少し開けましょうか？」

返事がなかったので、妾は、右手のフレンチ・ウィンドーを、片側だけ斜に外へ押した。

「そこへかけなさい！」

あの人は無愛想にそばにある椅子《いす》を指した。妾はだまって、腰をかけた。何故ともなしに、妾のたった今までの自信が根底からくつがえされたような気がした。

「これを読んでみなさい」こう言ってあの人は手紙の綴じ込みを妾の前へ押した。

妾は、無言で（こういう時には何とも返事のしようのないものだ）読み出した。

約百枚のレター・ペーパーを読むのに妾はかれこれ三十分かかった。前に妾が読んだのは、二人のラブ・アフェアの一部分の飛び飛びの断片に過ぎなかったのだが、いま一まとめに綴じこまれたこの書類を、順序をたてて読んでゆくと、一つの熱狂的なロマンとなって、妾の胸をしめ木にかけるように、これでもか、これでもかと圧迫した。妾はできるだけ自制しようと努めたけれど、しまいの方になると、のべつにハンカチをつかって涙を拭かねばならなかった。

あの人はその間横をむいて煙草《たばこ》ばかりふかしていた。あんなにつづけさまに煙草をふかしていては新鮮な空気をすうひまがないだろうと思われるくらいだった。つい、今日の昼間読んだ最後の手紙を中途まで読んだとき、とつぜん妾は何とも名状すべからざる痛いような感じが胸を通りすぎて行くのをおぼえた。

――あの人は、あの女からこの手紙で命令された通りのことをしているのだ――この考えは実にだしぬけに、妾の意識にひらめいたのであった。どうしてその時まで気がつかなかったのかいまだに妾にはわからない。

「僕はこの女を愛しているんだ」あの人は妾が手紙を読み了《おわ》るのを待って言った。「あまり突然で僕は自分でも自分が信じられなかった、だが今はっきりとわかったから白状しておく」

妾《わたし》はあの人の全身が、その刹那《せつな》、そっくり、そのまま氷になってしまったような気がした。これほど、冷酷な、これほど惨虐な人間がまたとあるだろうか。妾の全身はポプラの葉のようにふるえた。

「どうにも仕方のない運命だから諦めて、おやすみ、考えたってよい思案の出ることじゃないから、今この場でふっつり諦めて、このろくでなしの、野良犬のような僕を許して下さい！」

妾はもうそれ以上、鋼鉄の機械か何かから出てくるような、無慈悲な言葉をきいていることはできなくなった。両手でハンカチを眼にあてて、妾はだまって下へ降りて行った。

四月十九日

昨夜はむろん妾は一睡もできなかった。涙がとめどなく出てくるかと思うと、急に涙が乾いて、憤怒のために眼がつり上がってくる自分を感じた。妾は気が狂うのではないかと思って、その時はっとしたのをおぼえている。夜半《よなか》頃に急に思い出して妾はしげしげと二人の子供の顔を眺めた。その時も、急に頭の具合がどうかなってしまいはしないかと思った。

妾は夜が明けるのをまって起きぬけに、あの人の室へはいって行った。あの人はまだ、ベッド・サイド・ランプをつけたまま眠っていた。枕元に青い表紙の洋書が開いたままになっていた。背を見ると、金字でThe Recent Development of Physical Sciencesと書いてあった。昨夜あんなことがあったのに、そして妾をこんなに苦しませておいて、平気で、本もあろうに、物理学の本を読んでいるなんて、この人の心臓の血は温かいのだろうかと妾は疑った。そしてぐうぐう鼾《いびき》をかいて眠っている顔が、実に憎々しくなった。

「眠っちゃいないんだよ」その時あの人はぱっちり眼を開いてだしぬけにこう言った。「一秒間も眠れなかった。僕を殺しにきたのかね?」あの人は片っぽの眼を少し細くしてつけ足した。妾は非常な権幕《けんまく》で、二階へ上がってきたのだが、あんまり思いがけない言葉をきいたので拍子抜けがして、予定のプログラムが滅茶《めちゃ》々々になった。唇をわなわなふるわしながら妾は一言も口へ出さなかった。

「そうそう、それだ、僕の待っていたのは!」とあの人はがらりと言葉の調子をかえて言った。「今くらい僕はお前の顔の美しかったのを見たことがない。今くらいお前の心の緊張したのを見たことがない。今くらい、僕に対する愛でお前の心がはちきれそうになっていたのを見たことがない」あの人は落ちつき払って、少し口元に微笑を泛《うか》べながら、飛んでもないことを言いつづけた。「僕らの家庭生活は、近頃無事平穏のために、気のぬけたごむ鞠《まり》のように無感激になっているんだ。お前も近頃実にだらけきっていたし、僕もこの無刺激な生活には堪えられなかった。あの手紙はみんな僕が書いたんだよ。僕たちの生活への一つの刺激剤としてね。筆跡がどうしてもごまかしきれないので、いつか『妾のこの手紙の文字さえ、貴方《あなた》の筆跡にそっくりになってきたでしょう』なんて書いてみたんだ。

お前に看破《みやぶ》られるかと思って、ずいぶん用心したよ。お前が手紙の封をきったことも、鍵穴から覗《のぞ》いていたこともよく知っていたさ。この効果を見るために僕は四十日間狂言をしていたんだ」

妾はその時は、あの人の言葉をうそともほんとうとも判断することができなかった。だが、数分間たつと、すべての事情が朝日にとける霜のように氷解してきた。そして実を言えば、あの人があんなことを言わないでいてくれた方がよかったと思ったくらいだ。安心しきって、心の張りがすっかり弛《ゆる》んでしまったからだ。そして妾の心が弛むことは、あの人の妾に対する興味がさめることなんだから。

四月二十日

ああ妾の生活は、まるで焦熱《しょうねつ》地獄だ。妾はどうしてこんなに苦しまなければならんのだろう。何を信じてよいのか、何を信じていけないのか、妾は全くわからなくなってしまった。また、あのオパール色の手紙が来たのだ。妾はまるで子供の玩具でもさわるように、軽い気持ちで、封を切ってみた。だが二三行読むと妾はもう平気ではいられなくなった。襟首《えりくび》にぞっと悪寒をおぼえたくらいだった。

ずいぶん罪な人ね。でもそのくらいなトリックで安心するなんて、奥さんもずい分あまい方ね。だけど貴方《あなた》のなさったことはほんとうに賢明だったと言っていいわ。無益に人を苦しめるのは罪ですからね。最後のときまで犠牲者を安心させてあげるのは、せめて妾たちの義務だと思うわ。

妾こんなことを空想しているのよ。貴方と妾とがどうせ汽車か何か乗り物にのってどっかへ行くでしょう。もう東京へは二度とかえってこない決心でね。いずれそのことは奥さんにもわかるでしょう、一昼夜のうちには。その時分にはまだ妾たちは汽車に乗っているでしょう。どうせ行くとすれば遠いところでしょうから。その時は夜の十二時頃と仮定しましょう。妾は奥さんのことを思ってきっと泣くにちがいないわ。

そうすると貴方は妾を泣かせまいとして色々慰めて下さるでしょう。そのくせ貴方自身も心の中では妾の百倍も泣いていらっしゃるくせにね。妾たちは泣きながら闇の中を揺られてゆくのです。汽車の中には、どうせ一昼夜も乗れば辺鄙《へんぴ》なところでしょうから、妾たちの外には誰も同乗者はいないでしょう。妾たちはきっと抱擁《ほうよう》するでしょう。そして貴方は妾に奥さんのことを思わせまいとして、妾は妾が奥さんのことを思っていると貴方に思わせまいとして、しかも互いに相手の思っていることをよく知りあいながら汽車に運ばれてゆくのよ。

そのうちに貴方が、妾のために何もかも忘れておしまいになる瞬間が来るでしょう。妾もその時は貴方のために何もかも忘れてしまうわ。二人の心持ちの動きは言いあわせたように一致するでしょうから、妾そんなことばかり今空想してるのよ。それはそれは淋《さび》しいのよ。そして何とも口で言えないほど、筆でかけないほど、幸福だわ。

では左様なら。ここのところへ接吻《せっぷん》しておくわよ。

T　子

N　様

これは昨日さめかかった興奮を新たに燃え上がらせるためのあの人のトリックなのだろうか。それとも昨日の言葉は、妾を一時ごまかすための、口から出まかせの嘘だったのだろうか？　妾は手紙をひろげて、つくづく筆跡を見た。だがいくらしらべてみても、あの人の筆跡のようでもあり、またそうでないようでもあるとより言いようがない。あの人が自分の筆跡をごまかすためにわざと書体をかえて書いたものともとれるし、相手の女の筆跡がほんとうにあの人の筆跡に似てきたものだともとれる。

妾は今となってはあの人にそれを問いただすこともできない。そして、あの人が何と答えようと、それを信ずることもできない。そしてあの恐ろしい手紙に記してある最後の日を待っているより他はないのだ。その日は来るのかも知れないし、また来ないかも知れないのだ。相手の女は、実際すぐそばにいて明日にもあの人とどこかへ行ってしまうのかも知れないし、全くこの世に実在しない、あの人の頭の中でこさえた仮空《かくう》の存在かも知れないのだ。こんな状態に妾はいつまで堪えてゆかねばならんのだろう？

影なら影ではやく姿を消してしまえばいい。実在なら実在で、はっきりとその姿を現してほしい。

妾はあの人の顔を見るのが、あの人と一緒にいるのが恐ろしくなってきた。あの人自身が、正体のつかめない無気味な影のような気がしてならない。

華やかな罪過

一

「貴方《あなた》が人殺しをして、生々しい血糊で汚れた手を妾《わたし》に見せておまけに『俺は盗みもしてきたんだよ、つい一分前まで、仲よく話していた友達を、いきなり絞め殺して、そいつの懐から、ほらこの通り蟇口《がまぐち》をぬきとってきたんだ』なんて言いながら、ほんとうに血だらけな手でその蟇口を自慢そうに妾の眼《め》の前へぶら下げてみせたとしたら、妾は貴方を憎めるでしょうか？　怖気《おじけ》をふるって貴方から逃げられるでしょうか？　いいえ、なおさら妾は貴方が好きでたまらなくなるにきまってるわ。まるで仁丹か何ぞのように、舌の上へのせてのんでしまいたいほど貴方が可愛くてたまらなくなるにきまってるわよ。その時には妾はこう言うにきまってるわ。『ほんとうに貴方は正直な方ね、でもどうしてそんなに、何か一大事でも起こったかのように力んで、おまけに、はずかしそうにおずおずして、下を向いて仰言《おつしや》るの？　もっとしゃんとして真正面を向いて、大威張《いば》りで仰言ったらいいじゃないの』ってね。そうして妾は力一ぱい貴方を抱いて、つづけさまに二十ぺんも接吻《キッス》してあげるわよ、貴方が息ができなくて、苦しくなってくるまで」

妾はあの人にこんなことを言ったのをはっきりおぼえています。するとあの人はまるで田舎の村長さんの息子のように、だまって、無表情な顔をして、なんにも聞いていなかったようにきょとんとしていました。それでも実際はあの人の心の中には歓喜の嵐が吹いていたのです。妾にはよくそのことがわかりました。あの人の顔はいつでも感情が興奮してくればくるほど無表情になるんです。きっと顔の筋肉が痙攣《けいれん》を起こして動かなくなるんでしょう。それで妾は、あの人が、どう返事をしてよいかわからないでまごまごしていればいる程、あの人が可愛くなって、ほんとうに、真っ昼間でしたけれど、あの人の首に抱きついてやりました。ところがあの人はいつまでもそうしていてほしいくせに、唖《おし》ようにだまって、妾の手をふりほどこうとするのです。しかも力一ぱいなんですよ。

実際ちょっと見たところでは、あの人は、まるで神経をどっかへ落としてきた人のようでした。心臓のかわりに真鍮《しんちゅう》の塊でも胸の中へ入れているのじゃないかと思われるような人でした。あの人が、すばらしい経済学者で、あの人の論文を一つとるために、東京じゅうの雑誌記者が、信州の山奥までお百度をふんだなんて聞いても、妾には今だに、どうかすると信じられなくなるんです。妾と会っているときは、ぶきっちょで、かたくなで、まるで七つか八つの田舎《いなか》の子供がデパートへはいった時のように、ちっとも落ちつきがないんですもの。

どうして妾があんな人を愛するようになったのか、妾には今考えてもはっきりわかりません。あの人自身もそれが不思議でたまらなかったと見えて、滅多に妾にものを問うような人じゃないのですけれど、最初妾たちがあった晩にこんなことを言いました。

「どうして貴女は僕のような人間に興味をもつんですか?」愛するという言葉がつかえ

ないもんだから、興味をもつなんて、変てこな言い方をするんです。それがあの人のくせでした。妾《わたし》はこんな出しぬけな質問には面食らって、つい顔を赤くしてしまったくらいです。一体あの人は、滅多に口をきかないくせに口をきくとなると、こちらが面食らって返事のしようのないようなことばかり言うのが常でした。

だけど妾は今でも信じているんです。そして、妾という人間に何か取り柄があったとすればそれだけが取り柄だったと誇っているのです。というのは、あの人の性格に並々ならぬいい所があることを気づいた人は、世界中で妾一人だったということです。もっとも妾はただ運がよかっただけで、そのことに気づいたのも何も妾の眼が人並みすぐれて高かったというのじゃないかも知れませんけれど。

あの人は平素からあまり人に会わなかったし、会っても不愛想でまるで相手をうるさがっているような顔つきをして（実際はそうじゃなかったのですけれど）碌々《ろくろく》口もきかなかったので、尋常一様の手段では、誰だってあの人に近づくわけにはゆかなかったのです。それで、あの人にどんなに美しい性格があったとしても、サハラ砂漠のまん中にダイヤモンドが落ちていると同じで、奇跡的な幸運でそのそばを通りあわせた人にだけしか、それはわかりっこはなかったのです。

その幸運が妾にめぐまれたというだけなんですわね。あとではそれがひどい不幸になったのですけれど。

二

四月のはじめでした。帝国ホテルで菅井博士の帰朝歓迎会があったでしょう。デンマークの農村を研究してきたとかで、あの頃、帰朝土産の談話が方々の新聞に出ていましたわね。

妾は博士の奥さんと少し知り合いだったせいか招待状を頂いたので、その歓迎会へ出席してみたのです。行ってみると女なんか一人も来ていないので、すぐに後悔したんですが、いまさら帰るわけにも行かないので、窮屈な思いをして、やつと食堂へはいると一番はしの卓《テーブル》に腰をかけました。するとその前に座ったのが、あとからわかったのですが、あの人だったのです。

クレオパトラの鼻がもう一分低かったら世界の歴史がかわったろうとパスカルという哲学者が言ったそうですが、あの時妾たちの椅子のどちらかが一つ隣だったら、妾たちの歴史もきっと変わっていたでしょう。妾とあの人とはきっと知らずにすんだでしょうし、国宝的な経済学者を、犬ころか何かのように簡単に殺さずにすんだでしょうし、妾も、あんな有頂天の幸福も経験しなかっただろうかわり、こんな、堪えきれない苦しみを背負わされずにもすんだのでしょう。

食事中いろいろな人がたって、ありとあらゆる言葉で帰朝者に賛辞をあびせていましたが、最後に、型どおり、帰朝者のために乾杯することになりました。妾は弱って、まごついてしまいましたが、それでも立ち上がって、麦酒《ビール》のコップをとって（妾は女のくせに酒をいただくんです）おずおず前へ差し出しました。その時に妾の前で、同じように麦酒のコップをもって立ち上がったのがあの人だったのです。妾はその時はじめてあの人の顔を見たんですが、ちょうど妾の視線があの人の視線とぴたりと合ったのであわてて眼を伏せてしまいました。きっといくらか顔も赤くなったかも知れませんわ。

でもその時はそれっきりだったんです。ところが、運命とでもいうのでしょうね。妾は、食事がすむとちょっと博士に挨拶《あいさつ》して、すぐ帰るつもりで下へ降りて、携帯品預所《あずけじょ》へコートを受けとりに行ったのです。すると、あの人が妾より一歩先へ来てちょうど札を出しているところじゃありませんか。

「もうお帰りですか」

あの人は妾の顔を見るとこう言いました。食堂ですぐ前に顔を向きあわせていたので、何か言わなければいけないと思ったのでしょう。あとでほんとうにそうだと言っていました。

妾も二時間あまり石のようにだまっていたので、何か話したくて話したくてしょうがなかった折柄《おりから》なので、ついあの人を相手にいろいろおしゃべりをしました。がんらい妾はおしゃべりの方で、二時間もだまっていると、憂鬱《ゆううつ》になってくるたちなのです。

外へ出ても妾は話しつづけていました。あの人は妾が話しかけるもんだから、仕方なしに妾についてきました。そのうちにあの人もぼつぼつ話し出しました。

「帰朝歓迎会なんていうものくらい下らんものはありませんね。あの場ではみんなが心にもなくほめちぎっておいて、帰り途《みち》にはみんな悪口を言ってるんですよ。僕はああいう会に出るとすぐ不愉快になって一番先に帰ることにきめているんです」

こんなことをあの人が言ったのを妾はおぼえています。

「でもあのかたはえらい方なんでしょう?」と言いますと、あの人は少し興奮して、

「なあに、つまらん御用学者ですよ、ああいう学者を粘土学者と僕らは言っているんですがね。形のない粘土を用意していて、相手の注文によってどんな形でもつくってみせる術だけ知っているんですからね。あんな学者をデンマークまでやる金で、農林省は小使の給料でもあげてやった方がいいんですよ」

妾たちは桜田本郷町の交叉点へ来ると相談も何もせずに左へ折れました。もともと妾の家は牛込ですからこんな方向へ来るのじゃなかったのです。がつい話しながら逆の方向へ来てしまったのです。でも妾は多分あの人は何か目的があってこちらへ来たのだろうと思っていましたら、あとで聞いてみると、あの人も妾がそちらへ歩くからついてきたのだと言っていました。つまり、どちらが先へ歩き出したともなしに、まるで、どこか目的地でもあるかのように、二人が共通の方向へ歩いていたわけなんです。

「貴女は酒をのみますね」

実に突然にあの人はこう言いました。会の席で妾のコップにシトロンでなくビールがつ

いであったのを思い出したにちがいありません。

「ええ、いくらか」妾《わたし》はつい半年ほど前から酒をのむようになったことを、別に女だからって恥じてはいなかったのですが、あの人に、真面目でそう指摘されたのには困ってしまいましたが、かくすわけにもゆかないので、正直に答えたのです。

「この先にいい酒をのませるバーがあるんですが、ちょっと寄ってごらんになりませんか?」

「そうね、では――」

あの人も非常識なら、私も非常識だったのです。はじめて会った男と女とが、二十分位しかたたないうちにこんな話をし出すなんて。でも、今だから告白しますが、男女というものは長くつきあっているうちに愛しあうようになるなんてことは金輪際ないと妾は思うんです。ちょっと会った瞬間に、もう運命は決定してしまうものなんです。少なくもあの人と私との場合はそうでした。妾は何となく一分間でも長くあの人と一しょにいたいような気がしていましたし、あの人も、あとから聞いたことですが、ただ妾と別れるのをしばらくでものばすために、あんなことを言い出したんだそうです。

あの人は急に足をはやめました。妾もあとについて足をはやめました。

三杯ずつキング・オブ・キングスをのんでバーを出たときは、あの人も妾もだいぶ酔っていました。二人の話には、だんだん敬語がとれ、だんだん大胆に、露骨に、互いの心を発表しあうようになりました。世間的な形式ぬきに、何でも話のできる友だちというものは一生のうちにそんなにできるものじゃありません。ところが、妾たちは、全くの偶然にそういう友だちを見つけあったのです。

「どうして貴女《あなた》は僕のような人間に興味をもつんですか？」

あの人がこんなことを言ったのは、この最初の晩だったんです。妾たちがバーを出てから、銀座へ出て、日比谷へ折れて、公園の中へはいってからでした。暗いところへ来ると妾たちはもう手を握りあっていました。あの人は自分で手を出したくせに、すぐにきまりわるがって、二秒間もたつとすぐ手をふりほどこうとしましたが、妾は一たん握ったら、ぎゅっと強くにぎりしめてはなさないようにしました。

「そうね、どうしてか妾にもわかりませんわ」

こう言ったかと思うと妾は、いきなりあの人の手を口のところまでもってきて接吻《キッス》しました。あの人は無感覚な顔をして、だまって妾のするままにさせていました。まるで、ちゃんとそのことを予期していたという風に、ちっとも吃驚《びっくり》せずにですよ。

この二時間近くの目的なしの散歩の間に妾たちがどんな話をしたかは一々おぼえていますけれど、そんなことを今お話ししていたらきりがありません。とにかく妾たちは、その間にどうしても、これから先別々にはなれて生きてゆくことはできないような気持ちになってしまったことは確かなんです。

あの人はタクシーで妾を送ってくれましたが、車にのっている間、あの人の右の手と妾の左の手とはしっかりとむすびついて、まるで手の先の毛細管で二人の血管がつながって、二人の血がごっちゃになってお互いの身体《からだ》に流れてゆくような気持ちでした。

別れぎわに妾たちははじめて名刺を交換したんです。それまでは二人とも名前も何も知らずに、ただ一人の男と一人の女として、原始人のように愛を語っていたのです。そしてそれでも実際、差支えはなかったのです。妾にとってはあの人は男性そのものだったし、あの人にとっては、妾が女性のただ一人の代表者だったのだから。おまけに結果から考えると名刺の交換などはしない方がよかったのです。そうすれば二人は、広い東京のことですからそれっきり、相手の住み場所も名前も知るよすががなくて、この日のたった二時間の交際が、後にも先にも、最初にして最後のものになっていたでしょうから。

妾はタクシーを降りた瞬間から、すぐにあの人のあとを追いかけてゆきたい欲望をおさえるのに瘠せるような思いをしました。

三

妾はここで少し弁解をしておかねばなりません。それは妾自身のためにも必要ですが、何よりも、もうこの世からいなくなって永久に弁解することのできなくなったあの人のためにも必要なんです。あの人の名誉のために必要なんです。もっともあの人は名誉なんてものはうるさがっていたんですけれど。

というのは、あの人と妾とが、こんな風に唐突《だしぬけ》に知りあうようになって、しかし互いの性質も境遇も知るまもなく、いきなり狂《きちが》いじみた恋人同士になった過程について、世間の人は、この上なく妾たちを軽蔑し、それは、妾たちが、そうした不《ふ》しだらな恋愛の常習者だからだときめてしまうにきまっているると思うからなんです。妾だって、第三者からこういう話をきいたら、そう考えたにちがいありませんからね。

しかし、妾は、妾の心の中に今でも生きているあの人の魂をかけてちかいますが、あの人は決してそういう人でなかったのです。それは、あの人の周囲の人たちがみんな知っていることなんです。あの人は基督《キリスト》のように謹厳《きんげん》な人でした。あとにも先にもあの人が恋愛というような感情に動かされたのは妾の場合だけだったことを妾ははっきり知っているのです。

妾もそれまでに随分ひどい誘惑の中に生きてきたのですが、あの人への場合のように、いきなり魂のどん底から揺すぶられるような強い愛を感じたことはありませんでした。したがって、その時までどんな誘惑にも堪えることができたのです。今では妾は何をいう資格もない、神の名を口にすることすらできない、最下等の女になってしまったのですが、少なくもあの時までは、心の純潔と、意志の強さとではどんな女にも断じてひけをとらない自信をもっていたのです。

ですから妾たちの場合は二人のだらしない男女が、軽薄な恋に陥ったのとはちがって、人力ではいかんともすることのできない不可抗力によって、思案するひまも何もなく合金のようにかたく結合されてしまったわけなんです。これだけのことはどんなに信じにくいことでもぜひ信じていただかぬと、妾はこれから先話をつづけてゆく勇気も張り合いもなくなってしまうのです。これをふしだらな女の身の上話と見られるくらいなら、妾は、いますぐに死んでしまった方がましなのです。

さて、その夜《よ》、妾はあの人のことを考えて考えて、肩から胸へかけて板のようにかたくなって、心臓のへんに時々くずれ落ちるような痛さをおぼえるまで考えたのですが、そのうちに眠ってしまいました。

朝起きると、それでも、わずかな時間の睡眠のために、昨夜の出来事が、まるで一世紀も前の出来事だったような気がして、少しきまりがわるくさえなりました。睡眠ということが人間の精神作用に及ぼす影響は実に奇妙なものだと妾は今でも考えることが時々あります。でも起きて三十分もたたぬうちに、睡眠によって回復された妾の心の平静さはすっかりかき乱されてしまいました。もう一分間もあの人のことを考えずにはいられなくなってしまいました。

妾は昨夜別れぎわに貰った名刺を出して見ました。「竹島千一郎」……左の下には住所もはいっていました

妾はもう矢も楯もたまらないので、机に向かって、レター・ペーパーをひろげました。そしてペンをとりあげました。

——昨夜は失礼いたしました（と妾は書きはじめました）めったにいただいたことのないお酒をいただいたので（ここのところは嘘で、妾はその頃淋しさをまぎらすために毎晩

少しずつではあったけれど酒をのんでいたのです）つい失礼なことをしたり申しあげたりしたかも知れませんがどうぞおゆるし下さいませ。いずれお目にかかる機会でもございましたら、おわび申し上げますが、とりあえず乱筆にておわびいたします。——妾はこれだけ書いて、大急ぎで封をして、胸をどきどきさせながら、近所のポストへ投函《とうかん》しました。

妾は手紙を投函してしまうとすぐに後悔しました。あの人はもう昨夜のことなどは何もかも忘れているかも知れないのに、女の方から、こんなはしたない手紙を出すなんて……妾は自分の心が形のあるものなら、眼の前へ曳《ひ》きずり出して、さんざん打ちのめしてやりたい衝動を感じました。と同時に、どうせ手紙を書くくらいなら、あんな通り一ぺんな手紙ではなくて、妾の心の中に思っている通りを残らず書いてしまえばよかったと思いました。いずれにしても、あの手紙のために、妾は、あの人からこの上なくさげすまれるにきまっているような気がして、いてもたってもいられませんでした。

ところが、その日の午過《ひるす》ぎに速達郵便が着きました。表には差出人の名は書いてありませんでしたが、妾はすぐにあの人からだと直覚しました。まだあの人の筆跡を見たこともなかったのですが、どういうものかそう直覚したのです。封を切ってみると、中には署名はしてないばかりか、それは実に妙な手紙でした。

——私は本日午後一時に銀座のS喫茶店へ行って二時までそこで過ごし、二時三十分に東京駅の二等待合室で三時三十分まで汽車の発車をまち、四時に帝国ホテルのグリルで食事をとることになっています。——

これだけで手紙の文句は唐突として終わっていました。誰だって無名のしかもはじめての差出人からこんな手紙を貰ったら、きっと人ちがいに相違ないと思うでしょう。ただ自分のその日の行動のスケジュールが書いてあるだけなんですから。しかし妾《わたし》は実にはっきりと、それがあの人の手紙だということばかりでなく、その手紙が何を意味しているかもすっかりさとってしまいました。

あの人はきっと妾に会いたくてたまらないのだと妾はすぐに断定したのです。そしてS喫茶店と、東京駅の待合室と、ホテルのグリルとへ行っている時刻を知らして、その時刻に、どの場所かへ妾に来てくれという意志を知らしてきたのにちがいないのです。妾の心は躍りました。急に自身と勇気とが、しおれきった妾の心をしゃんと立ち上がらせました。時計を見るとまだ間にあいますので、妾は最初に指定されているS喫茶店へすぐさま行くことにきめました。

あの人は通りに面した卓《テーブル》によって煙草《たばこ》をふかしていました。のみさしのレモン・スカッシュのコップが麦藁《むぎわら》をさしたまま前においてあります。

「さき程お手紙をいただきまして、急にお目にかかりたくなったものですから」

妾はこう言いながらあの人の前の空いた椅子にかけました。

あの人はだまって妾の顔を見ました。まるで怒っているような、妾をさげすみきっているような顔つきなんです。

「でもお邪魔《じゃま》ですかしら?」

妾もつい躍り上がった心が萎縮《いしゅく》しそうになりました。

「十七分待っていましたよ」とあの人は時計も見ずに言いました。「でも貴女《あなた》はなぜ来たんです？　こんなところへ？」

「妾、お目にかかりたくてしょうがなかったもんですから、昨夜お別れするとすぐその瞬間から」

「何かめし上がりますか？」あの人は大急ぎで話をそらしました。それは一組の中学生が、妾たちの様子に注意しはじめたからじゃなくて、妾の返事があの人の期待をあまり完全に満足させたので、もう言うことがなくなって、ただきまりが悪いだけになったからだと、あとであの人は説明してくれました。

ソーダ水を半分ばかりすすった時、妾は麦藁から口をはなして言いました。

「もう東京駅へいらっしゃる時刻じゃなくって？」

半分は真面目で、半分はからかいの意味がこの言葉には含まれていたんです。

あの人はしばらく不機嫌な顔をしてだまっていましたが、突然、起き上がらんばかりに身体《からだ》を動かして言いました。

「とにかくもう出ましょう、ここは騒々しくて、それに人間が多すぎて落ちつかんですから。馬鹿な人間の中にまじっていると自分まで馬鹿になって、遠慮したり、気取ったり、嘘を言ったりしなきゃなりませんからね。僕はさっきから嘘ばかり言っているんですよ。咽喉《のど》のところまで来るとほんとのことがみんなまがってしまうんです」

あの人はベルを押して勘定をすませました。そして妾たちは、タクシーで両国駅へついて、それから市川で降り、鴻の台まで歩いて行きました。ただ人間をのがれるためです。というのは人間というものは自分の複製を眼の前に見ていると、ついその醜さを最も神聖な相手にも移植してしまいがちです。二人の男女が恋を語るときは、自然の懐から出たばかりの人間同士のように、すべての仲間から隔絶した環境が絶対に必要です。というよりもそういう環境そのものが、二人の心をむすびつけずにはおかないのです。こうした条件を最も簡便に、その代わりごく不完全に備えているのが寝室なんでしょうね。ですから、トーキーのスタジオのように防音設備が施され、必要に応じてはカメラマンの暗室のように光を遮断することができる寝室なら、その点では理想的な寝室といえるでしょう。

その日の鴻の台には、この条件をある程度まで備えている場所が見つかりました。もっとも、その条件がそなわってくるためには夕方まで待たねばなりませんでしたが、真っ昼間の日光はあらゆる神秘の防害者ですからね。そして恋は誰かが言ったように「最も神秘なもの」なんですから。

妾たちの心が、この環境から、どんな影響を受けたかは説明する必要はありません。妾はもう完全にあの人のものとなり、あの人は完全に妾のものとなったと言うだけで十分です。あの人の指の先と、妾の指の先と、わずか一平方センチメートルの百分の一にもたらぬ皮膚の接触によってでも二人は肉体的にも精神的にも完全な一つになるような気持ちがしました。

こうしたランデブーは、その後二十度近くもつづきました。もう一つになってしまったのだからそれ以上近寄ることはできまいと思われた二人の心は、一回々々とその結合の強さを無限に増してゆきました。妾たちは互いに魂をとりかえてしまって、あの人の魂が妾の身体《からだ》の中へうつり、妾の魂はあの人がもって行ってしまったように思われることもありました。しかもこの過程は一本調子に変化なく行われたのではありません。ありとあらゆる変化と陰影と濃淡とをもって、昨日よりは今日、今日よりは明日と、どうにも動きのとれない最後の袋小路《ふくろこうじ》へむけて突進していったのです。

「もう永久に会わないことにしましょうね」妾はいつかあの人にこんなことを言ったことがあります。もちろん、一秒間だってあわずにいるのが苦しいもんだからこそ、そんなことを言ったのです。するとあの人はそれをよく知りぬいていながらも、いくらか不安になってくるので（恋人の神経は写真の乾板よりももっと敏感ですからね）

「僕もそう思っていたんです。貴女《あなた》にあうのは苦痛をますだけだから」

真顔になってこういうのです。すると妾の心へは不安が倍加して伝わってくるので、またいや味な言葉を言いかえす。こんなことを繰り返して、互いの心を傷つけあったあとでは、しかし、きまって、力一ぱい、三分間も、つづけて抱擁《ほうよう》しあうのが常でした。

妾たちは、別に何も約束はしなかったのですけれど、約束したのと同じでした。否それ以上でした。二人が別々に生きてゆけるなんてことは、とても想像することすらできなかったのです。口へ出して「二人は永久に愛しあいましょう、一しょになりましょう」などとわざわざ言うのは、妾《わたし》たちの愛を冒瀆《ぼうとく》するようにさえ感じられたのです。

四

こんな愛にいつか、弛《ゆる》みが生じることがあると想像できるでしょうか？　ところが想像できるできないの問題じゃなくて、実際二人の愛はたちまち暗礁《あんしょう》に乗りあげたのです。

ある日の夕刻、――それが最後のランデブーだったのですが――妾たちは日比谷公園であいました。あの人はひどくふさぎこんでいました。表面から見たくらいでは、他人にはわからなかったかも知れませんが、妾には一眼で、あの人の心に一つの変化が起こっていることがはっきりとわかったのです。

「どうしたんですの」と妾は訊《たず》ねてみました。「今日は貴方《あなた》の顔はまるで墓穴から抜け出してきた人のようにまっさおよ、すっかり錆《さ》びて、つやがなくなってるわ」

あの人はだまっていました。妾は気が気でなくなりました。というのは、その頃は妾たちは昼間でも何でも会うとすぐに手ぐらいは握りあっていたのに、その日は、あの人は棒のように立っていたきりだったからです。

「何か心配があるのね、そして、それは妾に関係のあることなんでしょう、きっと。その外のことでそんなに心配なさるわけはありませんから」

妾はこう言って、あの人の右の指にさわりました。

「忘れていたんですよ、僕は」とあの人は案外何でもないことのように平気で答えました。「僕に妻も子供もあるってことを。もっと詳しく言えば、そのことを忘れていたわけじゃないんですが、そんなことは僕たちの愛の障害になる力はないものだと思っていたんです。僕たちの愛は絶対だから、どんな障害でも征服できると思っていたんです。ところが——」

妾はここまで聞いているうちに眼の眩《くら》むのをおぼえました。よくその場にたおれてしまわなかったか今でも不思議に思うくらいです。

あの人は妾の心が、思いがけない、ひどい衝撃を受けたのを見てとると、あわてて言いたしました。

「もちろん、これは何でもないことなんですよ。僕が貴女《あなた》を愛するということは絶対なんですから。ただそれがほんの少しばかり障害を受けただけなんです。ほんの少しです。だがそれが意外に強かったというだけなんです」あの人の言葉はしどろもどろで辻褄《つじつま》があっていませんでした。あの人がひどく苦しんでいた証拠ですわね。

「それでどうなさるの？」と妾はいっけん冷静な調子できさかえしました。「妾のことなんかちっとも考えて下さらなくてもいいのよ、貴方《あなた》のすきなようになされば、貴方のいいと思うようになされば」もちろん、妾の表面の冷静さは、まぶたにいっぱいたまってくる涙が裏切っていました。

「僕にはどうもできないんです。僕は卑怯者です。貴女が命令して下さい。今すぐに貴女と一しょに逃げろとでも、これっきり貴女を思いきってしまえとでも、私はそのとおりにします」

「ではもう妾たちは別れましょう。これっきり、赤の他人になっちまいましょう。そうするより外に方法はないわ、また貴方は少なくともそうすべきですわ」

こう言いながらも妾の胸は裂けるような苦しみでした。つい三十分前まで、未来永劫にむすばれているとばかり信じきっていた二つの魂の間に、もう一つの魂がはいっていたなんて。妾はどんな苦しみにでも堪えられる強い女だと今の今まで思っていたんですが、このことだけには堪えられなかったのです。どんなに人からうらまれ、憎まれ、世間から、さげすまれ、嘲《あざけ》られようとも、妾はあの人の魂をしっかりとつかんではなしたくないと思ったのです。でも口の先ではやっぱり心の中とは反対のことを言ってしまったのです。するとあの人は突然、妾の首にとびついて、左の耳のあたりに滅茶々々《めちゃめちゃ》に接吻《キッス》したかと思うと、

「そんなことは僕にはできない」

と慄《ふる》え声で言いました。妾はその時、盲目的に、妾の唇をあの人の唇へもって行きました。だがまたすぐにそれをはなして、泣きながら、アーク灯の濡れるような光を浴びて走って逃げ出しました。妾はもう自分が何をしているのかわからなかったのです。あまりに急激な事情の変化が妾の心のはたらきのどこかに狂いを生じさせたのにちがいありません。

それから妾は夢中で××劇場へかけつけました。その日はその翌日から上演されるはず

のカルメンの舞台稽古《けいこ》があったのです。そして妾はカルメンに扮《ふん》することになっていたのです。話が前後になりましたけれど、妾は、その頃きまった劇団には属していなかったのですが、時々頼まれると、前からの関係で色々な劇団に助演に出ることにしていたのです。ちょうどその時は六月の下旬から一週間××劇場で上演するカルメンに出ることになっていたわけなんです。

妾の相手形《やく》のホセに扮する谷村という人は、こうした仲間の中《うち》では謹直な人でしたが、妾たちが稽古をはじめる最初の日から妾に対して心を動かしていることが妾にはわかりました。ある時、谷村はごく婉曲《えんきょく》に妾に言いよったことがありました。それ以後というものは妾はこの稽古に出るのが一つの重荷になってきました。というのは、その頃、あの人と妾とは幸福の絶頂にたっていましたので、他の男などは妾の心の中へはいってくる余地がなかったからです。もっとも一緒に芝居をしている以上、谷村を蠅《はえ》のように追っぱらうわけにはいかなかったのは無論ですが、それでも妾は、あの人と世にも楽しい時間をもったあとで、稽古場で谷村と顔をあわせるのは何とも言えない、嫌悪と侮蔑とのまじった圧迫を感じたものです。谷村が、この劇団の座長格でもあり、演出者でもあり、おまけに妾の相手役ですらなかったら、妾は、露骨に妾の気持ちを相手にしらせる手段をとったにちがいなかったと思います。けれども、芝居というものは、特にカルメンのような二人の主役の呼吸がぴったり合っていなければならぬ芝居では、相手役同士の間に何か心のわだかまりがあると、とても成功するものじゃありません。で妾はじっと我慢していました。それでも妾の気持ちがすなおでなかったせいかどうも稽古がうまくゆきませんでした。稽古中に突然あの人のことを思い出して台辞《せりふ》を忘れたことなどもあったくらいです。

ところで、その晩、つまり、舞台稽古の晩は、実にすばらしい出来栄えでした。カルメンとホセとの呼吸がぴたりとあって、谷村はすっかりホセになりきってしまい、妾はあの蠱惑《こわく》的なボヘミア女になりきってしまったかのようでした。そればかりか、妾は谷村に対して突然、これまで感じたことのない激しい情熱を感じてきたことも告白しなければなりません。

——ね士官さん、妾をどこへつれて行こうっていうの？

——気の毒だが、監獄へさ。

——まあ妾どうしましょう？　妾はどうなるんでしょう？　ねえ士官さま、お若くて、親切な士官さま、妾をかわいそうだと思って頂戴《ちょうだい》な！　妾を逃がして下さらないこと？

ここの場面などは、カルメンがホセにたのむのじゃなくて、妾が谷村にたのんでいる地のままの言葉にしてもちっとも不自然じゃないくらいでした。

稽古がすんでから谷村はこの上ない満足と幸福とにひたりながら、二つの眼をぎらぎら輝かせて妾に言いました。

「柳子さんは（妾は柳子という名前なんです）やっぱりちがいますね。ふだんは不勉強でも舞台稽古となると、すっかり別人のように油がのって、芸に一分のすきもなくなってくるんだから、今夜の出来栄えがそのまま明日の舞台でも再現できたら、すばらしいもんですよ」

妾は相手が何を言っているのかよく耳にもはいらないで、一分間もたってから、やっと耳の中にのこっている相手の言葉を思い出したくらいです。と言って妾はあの人のことを考えていたわけでもありません。なんにも考えないで、放心したようになっていたのです。その夜《よ》おそく帰りがけに、何ということでしょう！　妾は昨日まで、うるさくてたまらなかった人と無我夢中で熱烈な恋を語りあったのです。まるでカルメンそのもののように気まぐれに。

家へ帰ると妾は急いでレター・ペーパーを拡げてペンを走らせました。

——妾は新しい恋を得ました。今妾は非常に幸福です。貴方はやっぱり、貴方が当然帰らねばならぬ人のところへお帰りなさいませ。これっきり妾たちは何事もなかったように忘れましょう。白紙になりましょう。左様なら。

柳　子

千一郎様

妾は読み返しもせずに、ぐずぐずしていると考えが変わったり、決心がにぶったりしてはいけないと思ったものですから、もう十二時過ぎていましたけれど二丁も先にあるポストまでこれをもって行って投函しました。

五

あの人を思ってはならないという理性の命令と、どうしてもあの人を思わないではいられないという情熱の要求とが、どうしても互いに譲らないで、心の中で血みどろの争闘をはじめたとき、妾《わたし》の心はとてもこの重傷にひとりでたえてゆくことはできなかったのです。あまりに突然で、あまりに急激で、どうしてよいか考えるひまも何もなかったのです。ただ行きあたりばったりに、誰の懐へでも抱かれて、魂の傷の痛みをしばらくでも鎮《しず》めるより外はなかったのです。あの時ごろつきが妾に言い寄っても、妾はその人の懐へとびこんだかも知れません。妾の心が谷村に走ったのは、こうした事情のもとにあっては已むを得なかったのです。でも妾は、妾のこの大それた行為を弁解する気は毛頭ないのですが。何と言ってもそれは弁解する余地のないものだということは今では誰よりも妾が一番よく知っているのですから。

さてその翌日はいよいよ初日です。カルメンは二番目の出し物で八時に開幕となっていたのですが、妾は六時半に楽屋へつきました。初日のことですから、もうみんな連中はちゃんとそろっていました

「柳子さんおごらなくちゃいけませんよ」妾の顔を見るといきなり谷村がこう言うのです。今だから正直に言うと、その時あの人の顔には、下品な、皮肉とも厭味《いやみ》ともつかぬ表

情が浮かんでいました。

「どうして?」妾は不熱心に聞き返しました。

「すばらしい人気だからですよ」と谷村はわざとにやにや笑いながら言いました。「立派な花環が来てますよ」

「連中のでしょう、ちっともおごらなくちゃならないことなんかないわ。それよりも入りはどう?」

「まあ八分といった所でしょうね」谷村はまだ薄気味の悪い笑いを浮かべていました。

「ところで、連中ののほかにもう一つ花環が来てたらおごる価値があるでしょう。しかも無名氏って言うんですからね、五時頃花屋から届けてきたんだそうです、名刺も何もつけないでね。今正面に飾ってありますが、すばらしいんですよ。それに無名氏がロマンチックじゃありませんか? 貴女にあんな隠れたパトロンがあるったあ、知りませんでしたよ」

「からかっちゃ駄目よ、ほんとにしますから」妾は冗談に受けながしていました。もちろん、そんなことは信じていなかったのです。

ところが、そのことはほんとうでした。無名氏とだけで寄贈者のわからない大きな、立派な花環なんです。むろん妾の頭に最初うかんだのはあの人でした。あの人がまさかこんな物を贈ろうとは信じられませんでしたが、そうかと言って、まるで見ず知らずの人が、匿名《とくめい》で妾に花環を贈ってくれるはずもなし、外には心当たりは誰もなかったのですから。

そのうちに幕はあきました。妾は短い赤い袴《ヂユポン》の下から白い絹の靴下を見せ赤いモロッコ皮の靴を緋色のリボンで結んで、わざとショールをひろげて肩を出し、アカシアの大きな花束を肌衣の外へはみ出させて、口にもアカシアの花をくわえながら、コケティッシュに腰を振って多勢のスペイン女の中をかきわけて左手から舞台へ出ました。舞台の中央には、派手な伍長の制服をつけた谷村のホセが工場の門の傍の腰掛にかけていました。

そのうちに芝居は進行して、――妾を逃がして下さらないこと？　という台辞《せりふ》のところまできました。

――ここにこうしてるのは冗談をいうためじゃない。さあ牢屋へ行くんだ、これは命令だからね、どうにもならないんだ。

――まあ、なつかしいわ、貴方妾の郷里《くに》の方ね？

それから妾のカルメンはありとあらゆる言葉をもって、ぶきっちょな、正直な谷村のホセを動かしてしまったのです。

妾は妾の短い舞台生活の経験では、この時位あとから考えても満足に妾自身を表現することのできたことはありません。妾の口からなめらかに流れて出る言葉で、武装したホセの心がだんだんほどけてゆくのが妾自身そばにいてわかるくらいでした。妾は芝居をとおして妾の心を誰にともなく投げつけていたのです。誓って言いますが、前の晩とはちがって、その日は、必ずしも、ホセにではなかったのです。誰にともなしにだったのです。

ちょうどその時、妾は観覧席に何か妾の眼を射るようなものがあるのに気がつきました。

まるで大きな磁石がどこかにあって、妾の心が鉄になってそれにひきつけられるような感じがしました。で思わずその方向へ視線を送ると、正面の二階席の一番前列に、あの人が何とも言いようのない顔をして、両眼を釘付《くぎづけ》にされたようにして舞台の妾をにらんでいるのです。あの人のこの時の表情は今でもはっきりと私の頭に残っていますが、実になんとも説明のつかぬ、ありったけの愛児を失った上に自分も死んでゆく人のような深刻な苦痛の表情でした。

妾は気が転倒してしまって、倒れたホセの身体《からだ》を跳びこえようとするとたんに、妾もその上へ重なって倒れてしまったのです。そしてもう起き上がることはできませんでした。芝居はもちろん滅茶々々でした。

だが騒ぎはそれだけではすまなかったのです。それとほとんど前後して、二階の観覧席でも大騒ぎがはじまったのです。正面の一人の客がとつぜん苦悶をはじめて、手当てをする間もなく、三十分足らずで絶命してしまったのです。それが実にあの人の最後であろうとは。妾は翌朝の新聞ではじめてそのことを知ったのでした。

もちろん、妾があの人の死に関係があろうなどとは今でも誰一人知っている者はありません。ただ妾だけが、あの人を殺したのは妾だということをはっきり知っているだけです。

あの記念すべき最後の夜、あの人は妾が何もかも思い切って逃げたと思ったのです。そして翌日妾の手紙を見て、あの人の想像の正しかったことが証明されたと考えたのです。その実妾はちっとも思いきっていたのではなく、あまりの激動に逆上してしまってあんな行為をとったのでしたが。是が非でもあの人と別れねばならんという考えと、どうしても別れることはできないという感情との葛藤《かっとう》が妾に何もかも忘れさせ、判断する力を奪ってしまったのです。このことを考えると今でも煮られるように妾は苦しくなります。

あの人は妾が去ればもう生きてゆく理由がなくなったのです。妾の去ったことによってできた穴は誰によっても埋めることのできないものだったのです。そのことを妾はどうしてあの時もっと深く考えなかったのでしょうか、ただあの人の家庭のことばかり考えて、あの人自身のことを、まるきり忘れてしまっていたのです。

あの人はすっかり決心をして、私に最後の思い出の花環を送っておいてから、妾にあうことができなくなったので、せめてもと、妾の舞台の姿を見ながら息をひきとることにきめたのです。妾が気のついた時のあの人の表情は、妾と妾の新しい、恋人の谷村とを舞台で見たための苦しみと、モルヒネ中毒による苦しみとのためだったのです。谷村と妾との関係はすぐにあの人に直覚されたにちがいありません。

むろん妾はその日限りで舞台に出ることも、谷村にあうこともやめて(谷村に対して妾の心が動いたのはほんの一時の反動だったのですからそれからあわないことはちっとも苦痛じゃありませんでした)、あの人の思い出だけを心に抱きしめて、このことを発表するだけのために今まで生きてきたのです。これからさき生きてゆけるかどうかは神さまだけがご存じでしょう。もし妾が神さまの名を口にしてよいとすれば。

或る探訪記者の話

世の中には色々な職業がある。肉をひさぎ、貞操を売って生活してゆく女があるかと思うとそういう女の上前をはねてくらしてゆく奴もある。泥棒が悪いというなら、泥棒に凶器を売る銃器店や、金物屋もわるいことになる。金貸しが不徳だというなら、金貸しから金を借りる者も共犯者のわけだ。死刑執行人だって、国家の秩序を維持してゆくにはなくてはならぬ職業といえる。悪人のために生活するのが悪いなら、刑事裁判所の役人はみんな道徳上の罪人のわけだし、病人がたくさん出れば家業の繁盛する医者や、死人が多いほど収入のある僧侶などは最も恥ずべき職業だという寸法になる。

だから僕は要するに、どんな職業だってみんな社会に必要だからこそ存在するので、一概に、あれは高利貸だから代議士になる資格がないの、あれは女郎屋の主人だから、市会議員になっちゃいけないのとは言わない。

だが、それ程さとりきっている僕でも、新聞の探訪記者という職業だけは、つくづくいやになっちまうことがある。僕だけは、ほかに取り柄《え》もなし、もう三十六にもなって、いまさら職業がえでもあるまいから、まあ、社で使ってくれている間は観念して、はたらいてゆくことにきめているが、この職業だけは孫子の代までさせたくないと思っている。

といって、探訪記者という職業がしょっちゅう面白くないことばかりあるのかというとそうでもない。ときどき胸のすうっとするような痛快なこともないではない。だが要するに、誰かも言ったように、人生には愉快なことと、不快なこととを差し引きすると、不快なことがずっと多いものだ。ことに探訪記者なんて職業をやっていると、人生の裏面《りめん》ばかりをさがしまわっているせいか、世の中には不幸な人間や、不快な出来事ばかりしかないような気がする。そして、かくれている不幸な人間を明るみへ出し、人の気のつかない不快な出来事を世の中へ公表して、世の中をますます暗黒に、ますます不浄に、ますます堪え難いものにしているのが我々探訪記者だというような気がするのだ。

しかし今も言ったように、僕はこの職業をやめる気は毛頭ない。僕がやめれば他の誰かが後釜《あとがま》にすわって僕のやってきたことをやるだけのことで、僕が辞職するということはただ僕が路頭に迷うようになるという以外に、社会には何の利益にもならぬことを知っているからだ。

こんな用もない前おきでも言っておかないと、気がさして、職業上の経験を口にしたり筆にしたりすることができないほど、僕はお人よしだという所をせめて買って貰いたいものだと思う。といって、これから話そうと思うのは僕らの経験の中《うち》ではごくおとなしい、あたりさわりのない事件の方で、こんな事件は、僕らの手帳にはざらにあるのだ、が。

＊　＊　＊

だいぶ古い話だが××大学の勅任《ちよくにん》教授の遠藤博士が（もちろんこれは仮名だが）「胎教」について新学説を発表して、学界の大問題をおこしたことがある。あの当時新聞の社会面にまででかでかに書きたてられたから、専門家でなくても、まだ記憶している人があるかも知れない。

その学説の趣旨というのはこうだ。婦人が妊娠中に、精神的にある人をひどく崇拝するとか、その人の思想や徳行の感化を受けると、その感化が胎児に影響して、生まれた子供は、その人に似てくる、というのである。しかもただ精神的に似てくるというだけではなくて、容貌《ようぼう》や、肉体上の特質までも似てくるというのだ。

「だから」と遠藤博士は言っていた。「妊婦の教育は非常に大切で、立派な子供を生もうと思えば、妊娠中に、自分の崇拝している人物のことを常に念頭において、その人を亀鑑《きかん》として精神修養を怠ってはならない。従来の遺伝学や、優生学はあまり唯物論的で誤っている。将来の遺伝学や優生学は、この精神的な学説によって改造されなければならない」と、しかも、博士は、典拠こそ示さなかったが、色々西洋の実例をあげて、この説を立証しようとしていたものだ。

無論、少し変わった学説が出ると、理屈に合おうがあうまいが、わかろうがわかるまいが、素人《しろうと》はすぐに感心してしまうものだ。気のはやい連中は、妊娠中の細君に向かって、「お前はおれのようなやくざな人間のことを考えていちゃいけないよ。俺のことなんか考えていると子供も俺のようなろくでなしになる。ナポレオンか、乃木大将のことでも考え

ていると いい」なんて言ったかも知れない。また病身な男は妊娠中の細君に向かって、「お前俺のことなんか考えてると子供が病身になるよ。常陸山やタニーのことを一生懸命に考えていなくちゃいかん」なんて言ったかも知れない。

しかし、素人はだますことができても、専門家はそう易々《やすやす》とはだまされない。じっさい妊婦が頭の中である人のことを考えておれば、胎児の体質や容貌までその人に似てくるなんてことになってくると、これまでの遺伝学の原理はすっかりくつがえされることになる。そんなべら棒な話があってたまるかというので、若手の医学者連中がやっきになって、遠藤博士の説を完膚なきまでにたたきつけたものだ。それだけならいいが、博士が引例している西洋の事実はすべて虚構の事実だ、もし何か典拠があるなら典拠を明らかにしろとまでいきまいたものもあったくらいだ。

そうなっては博士もだまっているわけにはいかないので、心霊学を研究している何とかいうアメリカの神学博士の著書の中《うち》から、すっかり頁《ページ》数まで示して堂々と回答したものである。

この回答は素人を感心させるには十分なもので、そのために、博士の胎教信者が全国にできて盛んに博士に激励の手紙を送ってきた。中には官僚学閥の横暴なんて記事をかかげて博士を擁護する与太新聞も出てくるというしまつだった。

ところが専門家側では博士の駁論《ばくろん》を見て、あっけにとられてしまったものだ。実験を唯一の生命とする医学の領域へ怪しげな心霊学の学説をひっぱり出してきたんだから、あっけにとられるのも無理はない。しかも当事者は最高学府の勅任教授なのだから、実際博士が典拠としてあげた書物は、どこの国にでもある与太学者のいかさま著述で、とうてい医学上の権威にするような価値のないものだったのである。

しかし、群集心理というものは妙なもので一度このことが新聞に発表されると、博士の信者が無数にできてきた。怪しげな宗教がひろまるのはいつもこの手なんだが、群集というものは、信ずるか信じないかのどちらかで、批判するということはないものだ。いわんや、博士は横文字の書物を引証して堂々と反対者に駁論したんだから、多くの読者は一も二もなくまいってしまったものだ。

だが、博士の説はどうしたって正統派の医学者連と折れ合う気づかいはないので、博士はまもなく、「研究の自由を拘束する学閥への別辞」というセンチメンタルな文章を発表し教授の職を辞したのであった。ところが、世の中は妙なもので、その時博士の家《うち》へは激励の投書が降るように来るにひきかえ、××大学へは罵倒《ばとう》、脅迫の投書が続々舞いこんできたそうだ。それをもってても世論の大勢がその当時、どんな風であったかわかるだろう。

＊　＊　＊

ところがこの話は、僕がこれから話そうとする話の単なる前おきに過ぎないのである。我々新聞記者にとってはこんなことはただ一回の報道価値《ニユースヴアリユー》をもっているだけで、もちろん二三日もたつとすっかり忘れてしまう必要があるのだ。新聞記者にとっては古いことをきれいさっぱり忘れてしまうということが、一つの重要な修業なんだから。

さてこの事件があってから二三たったある日のこと、僕は夕刊の締切がすんで、大組《おおぐみ》ができあがってから、社会部長の成田さん（これも仮名）、だかと行きつけの喫茶店へ珈琲《コーヒー》をのみに行った。そして珈琲をのみながら、全く何の気なしに遠藤博士ともあろう学者が、あんな出鱈目《でたらめ》な学説を堂々と発表するのはおかしい、これには何か事情がありそうだと、口を辷《すべ》らしたもんだ。

すると社会部長は急に熱心になって、「そうかも知れんね。ことによると大学部内に何か軋轢《あつれき》があるかも知れんから、君一つしらべて特別記事《とくだね》にしたらどうだ」という話である。特別記事をとると、その内容の価値に応じて、僕の社では五円以上の特別賞与がおりることになっていたので、実をいうと、浅間しい話だがこの五円の賞与に僕は食指を動かしたというわけなのである。

ところが、大学の方へ色々さぐりを入れてみたが、どうもこの方では別段、特別記事《とくだね》になりそうなねたはさぐり出せなかったので、僕は、博士の病院の方へ探訪の触手をのばしたものである。もともと僕の社では、この事件では、博士の肩をもっていたのだから、博士の病院へ出入りするには都合がよかったのだ。

僕はまず看護婦長にとり入った。秘密をかぎだすには女に限ることは、僕たち探訪記者が永い経験によって体得したモットーなのである。

博士があまり品行のかんばしくない人であることはすぐにわかった。その点で、看護婦仲間では博士の評判は甚だしく不良だった。ことに婦長は、博士に対してひどい反感をもっていた。このことは、博士の秘密をさぐる上には非常に好都合であった。で、僕は婦長の口から、驚くべき事実を告白させるのに、あまり大して骨を折らなくてもよかったというわけだ。

「婦人科の医者には、婦人の貞操を破るような不埒《ふらち》な奴があるってことをよくききますが、そんなことができるもんでしょうか?」と僕はある日婦長に話をもちかけた。もちろん、こんな話から何か材料《たね》を探り出そうと思ったわけでなく、ただの世間話として、たずねてみたのである。

「そりゃできますとも」と婦長は意外に乗り気になって話だしたものである。「しかも、患者の方じゃ大抵の場合それをさとらないでしまうんですからね。麻酔剤をつかうんですもの。それに、気がついたところで、こういう事件は大抵は泣き寝入りですわ」

「医者というものには妙な役得があるもんですな、僕も婦人科の医者にでもなればよかったなあ」と僕はまるで冗談のように言った。「でも、うちの病院あたりじゃそんなことはないでしょうけれど」

こう言って僕は相手の顔を挑発するように上眼《うわめ》づかいで見た。

「ないもんですか、先達て大変な騒ぎが起こったのよ」

「へぇ、どんなことが?」僕は職業的興奮をかくして、何でもなさそうにこう聞き返した。

「あんた新聞なんかに書いちゃいやよ、妾のくびにかかわりますから」

「まさか、そんなことを書いたりしやしませんよ。書いてよいことと、書いてはならんこととはちゃんとわきまえていますからね」こう答えながらも僕は心の中ではぞくぞくしていた。

「もう三ヶ月も前のことですけれどね。そのことで、先生がひどく弱っていたのをわたしたち聞いたのよ」と彼女は語り出した。「わたしきいてて歯がゆくて相手の方によっぽど応援してやりたいと思ったわ。あんまり先生が白ばっくれているんですもの。ほんとうにうちの先生くらい、いけ図々しい人ったらありゃしないわよ。病院の中じゃもう皆知ってたことなんですものね、あのことは。つまり、ある身分のある人の夫人に先生が手をつけたのよ」

「まさか、あのおとなしそうな先生がそんなことはないでしょう」

僕は相手をたきつけるために、わざと相手の話を否定した。すると策戦《さくせん》はまんまと図にあたって、彼女はまっ赤になって語りつづけた。

「ところが、あの顔をしていて、先生はまるで色魔なんですよ。診察室の扉をしめきって、一時間もその奥さんと二人っきりでいたことが何度あるか知れやしないわ。診察のときには、いつもついたての外に看護婦をつけておくのがここのきまりなんですけれどね、とにかく、とうとうその夫人が妊娠して、三ヶ月ばかり前に分娩《ぶんべん》したのよ。しかもこの病院で」

「だって人の夫人《おくさん》が妊娠したのなら、先生の子供かどうかわからないでしょう。きっと誰かの中傷ですよ、そんなことを言いふらすのは」

僕は相変わらず、急所々々で相手の話に抗議をさしはさむことを忘れなかった。すると、その度に婦長の話には熱心の度が加わってきたものである。探訪記者というものは皆こういうこつを知っていなくちゃならんのだ。

「だって、そのことについては生きた証人があるのよ。その子供が先生と瓜二つなんですもの。わたしもはじめて見たときにはっとしちゃったわ。おでこの具合から、口のあたりがまるで先生にそっくりなの」

この言葉をきいた時は僕も別の理由で、思わずはっとした。

「夫人が、その赤ちゃんの顔を見たときの表情ったらなかったわ。きっとあの人は、はじめから、そのことを内々心配していたんでしょう。妾《わたし》が赤ちゃんに生湯《うぶゆ》をつかわせて、消毒して病室へつれてゆくと、大急ぎで、貪《むさぼ》るように赤ちゃんの顔を眺めていらしったわ。そして一分間も眺めていらっしゃるうちに、脳貧血をおこしておしまいになったの。妾たちはみんなその理由《わけ》を知っていたので、どうなることかとはらはらしてたのよ、かわいそうでね」

僕は覚えず婦長の話に興奮して、半畳《はんじょう》を入れることも忘れてしまっていた。

「先生が赤ちゃんの顔を見たときの表情も忘られないわ。実に困りきったような、何とも言えない表情でしたわ。でも一番たまらなかったのは、夫人の旦那《だんな》様がじっと夫人のべットと赤ちゃんのベットとの中央《まんなか》に石像か何かのようにつったって、二人の顔を見くらべてらしたときの顔ですわ。先生も、夫人も旦那様も、三人とも、事の真相をはっきりと即座に知ってしまったのです。あれじゃ知らないでいるわけにはゆきませんものね。それでいて三人とも、もちろん一言もそのことについては言わないのです。男の方はどちらも身分のある方でしょう。うっかりしたことを口外したら取り返しのつかないことになりますからね」

婦長はちょっと言葉をきってから、またつづけた。

「そのうちに産後の経過もよくて、退院の日になって、先方の旦那様が奥様をひきとりにいらっしゃいました。その方はその日は何となく、気むずかしそうな顔をしていらっしゃいましたが、とうとう、診察室で先生と二人きりの時、その話をきり出されたんです。――あの子供と家内とは貴方《あなた》にひきとって頂こうかと思うんですが、ご承知下さるでしょうな――あの方はのっけからこう切り出されたもんです。わたしは扉の外で息をころして聞いていたのです。この西洋剃刀《かみそり》のような鋭い言葉をきいたときは、無関係なわたしでさえひやりとしました。ところが、どうでしょう。先生はちっとも騒がないで、まるで相手の言葉の意味がわからないようなふりをしているじゃありませんか。わたしもうじれったくて、腹がたって、いきなり扉《ドア》をあけて中へはいって先生の面皮《めんぴ》をはがしてやろうかと思いましたわ。先方の旦那様はかわいそうに言葉をふるわして、――あの子供はあなたの子供だから引きとって貰いたいのだ。いまさら過ぎたことはとがめんから、貴方の行為に対して責任をとってもらいたいのだ――とこう仰言《おつしや》るのです。わたし立派な態度だと思いましたわ。すると先生は突然、大きな声で笑い出されるんです。図々しいとも鉄面皮とも、わたしはもうあきれてしまいましたわ。そしてこう言うんです。――父親のあなたまでが、あのお子さんが僕に似ていることを認められるんですな。素敵、素敵、僕の新学説は、すっかり実験的に証明されたわけです、……僕はね、実はこういう研究をしているんですよ――こう言いながらあの人は書棚から原稿のとじこみをとりだして、それを相手に渡しながらつづけました。――『妊婦の精神状態が胎児に及ぼす影響』っていうのですがね。つまりいわゆる胎教ですね。たとえば妊婦がある人のことをしじゅう考えているとそれが精神的に胎児に影響して、生まれた子供がその人に似てくるんです。気質も体質も容貌《ようぼう》もその他の精神的肉体的の特質がすべて似てくるんです。これは従来の唯物的遺伝学説を転覆する学説なんです。私は、それをこん度奥さんについて実験してみたんです。奥さんをできるだけ親切にみてあげて、私に対する感謝の気持ちを奥さんの頭に強く印象さして、その効果を見ようと思ったんです。奥さんがもともと感受力の強い方だったものですから、実験の結果は正の符号となって現れて、お父様のあなたまでが吃驚《びつくり》なさるようなことになったわけです。喜んで下さい、赤ちゃんが少しでも私に似ているとすれば私の実験が成功したことになるんですから。私は近々にこの学説を学界で発表しようと思って、この通り原稿もでき上がっているんです――わたしはもう先生の空とぼけた態度と、悪事にかけての用意周到さとにあいた口がふさがらないくらいでした。自分の不品行の体裁をつくるために、もっともらしい学説をこしらえあげて学界に発表しようというんですからね。そして、それをこないだほんとうに発表してあんな問題をおこしたんです。内輪のことを知っているわたしにしてみりゃ、あんな説をまじめになって議論している人たちがおかしくなってきますわ」

僕はここまで聞くと、もう心の中《うち》の職業的興奮をかくすわけにはいかなかった。

「それで子供はどうなったんです?」と膝をのり出してききかえした。

「結局うまく言いまるめられたのか、それとも、何とか折り合いがついたのか、先方で引きとって行ったのよ。全くかわいそうですわ、……でもこんなこと冗談にも人に言ったり、新聞に書いたりしちゃいけなくってよ」

善良ではあるが、おしゃべりな婦長はしゃべってしまったあとで僕に向かって念を押した。僕は「もちろん誰にも話しゃしませんよ」と口では答えたが、心の中は、すばらしい特別記事《とくだね》の材料が手にはいったことの喜びで一ぱいだった。そもそも探訪記者に向かって、一たん口外した話を、新聞に出してくれるななんて頼むのは、飢えた狼に向かって命乞いをするよりももっと無駄なことなのだが、素人《しろうと》には悲しいかな、そんなことはわからないのだ。

＊　＊　＊

とは言え、これだけではまだすぐに新聞記事にはならない。新聞記事にするためには、生きた証人が必要である。問題の赤ん坊の写真と、犠牲者の告白と、これだけそろえば、二十円の特別賞与は請けあいだと僕は考えていろいろ計画をめぐらしたものである。

婦長の口から、遠藤博士の犠牲になった夫人の住所姓名をきき出すことには大して骨は折れなかった。困難なのは、その夫人にあって、直接その口から「涙ながらの告白」という奴をさせる点だ。

僕は、ひそかに一計を案じて、翌日社の写真班の記者を一人つれて、夫人の玄関の呼鈴《よびりん》をおした。

名刺を通ずると、あんがい婦人はすぐに面会するということであった。不思議に思う人があるだろうが、そこがこちらのねらいどころなのだ。心に暗い秘密をもっている人は新聞記者にあうのを恐れる、だが恐れながらも自分の秘密がどれほど保たれているかをたしかめて安心したいという気持ちがある。俗にいう恐いもの見たさという奴だ。こちらはその心理をうまく利用したわけである。

僕は姑息《こそく》な策を用いないで、正面から堂々と訪問の用向きを話した。というのはこういう階級の女は、いったん話がこじれだすと、てこでも動かぬようになることをよく知っていたからだ。むろん用向きといっても、ほんとうの用向きではなくて、前もってたくらんだ真っ赤な嘘だったのだが、それを、堂々と相手に話したというまでだ。

遠藤博士の胎教に関する新学説が夫人の愛児について実験されて成功したという話を博士の口から今きいてきたので、早速、その赤ちゃんの写真をとらせていただきにきたのであると僕はもっともらしくきり出したのだった。

夫人はちょっと躊躇していたが、すぐに僕の頼みをきいて、赤ちゃんを抱いたまま自分もカメラの前に座ってくれた。社の写真技師はすぐにそれをカメラにおさめた。

それがすむと僕は少しいずまいをなおして、夫人に向かった。

「ところで」と僕は口ごもりながら言った。「赤ちゃんについてはもう一つの説をきき込んでいるんですが……」

これだけ言うと夫人は菜っ葉のように青くなった。

「つまり赤ちゃんは、博士の子供で、それをうまくいいつくろうために、博士は、例の新学説をあとからつくりあげたんだという説なんです。この説も一つのうわさとして新聞に出したいのですがご承知くださるでしょうな?」

夫人は僕の態度のあまりの急変にひどく興奮して、しばらくは口もきけなかった。

「それだけは勘弁《かんべん》して下さい」と彼女はややあって細い声で言った。

「そりゃ困りますね、新聞種としては、かえってその方が読者に受けるんですから、それに、このうわさは博士が人に言いふらしていたということですから、風説の出どこもまるで荒唐無稽《こうとうむけい》ではないんです」

「先生が……では先生がそんなことを……」彼女の表情にはまぎれもない憤怒《ふんぬ》の色が漲《みなぎ》った。僕はここぞとたきつけることを忘れなかった。

「そうだということです、そして失礼ですが博士は、奥様のことを、浮気な女だとか、博士に首ったけ惚れてうるさくてしょうがなかったとか、悪しざまに言いふらして、まるで奥さま一人の責任のように言っていたそうです」

僕は白状するが、こんな嘘っぱちを言って、この女を苦しめねばならぬ自分の職業を恥じた。しかし、職業に忠実であるためにはそうするより外はなかったのである。そして、僕の話の効果はすばらしいものだった。

「みんなわたしのあやまちでした」と、とうとう彼女は僕が待ちもうけていた告白をはじめた。

「でも博士は悪《にく》んでも悪んでも悪み足りない人です。わたし、すっかり申し上げますから、どうぞ新聞に書くことだけは許して下さい。夫はすっかり妾を信じているんですから、もし新聞などに出されちゃ、わたし生きておれなくなるんです。

わたしはすっかり博士にだまされたのです。麻酔剤をかがされて、わたしの知らないまに博士に……。それからというもの、博士はわたしの咽喉首《のど》へ爪をたてて、わたしを脅迫しどおしでした。わたしはどんなことがあっても、これを夫に知らせたくなかったものですから、博士から要求をきかねば公表するとおどされて、つい、その後も何回か博士の餌《え》食《じき》になっていたのでございました。わたし今でも、わたし一人ならどんな罰でもうける覚悟ですけれど、ただ夫の名誉と自尊心とを傷つけたくないばかりに、この生きながらの地獄のような屈辱をしのんで参りましたのです。そのうちに、わたしは恐ろしいことに妊娠したのでした。それからというもの、お腹の中の子供がもしや博士の罪の子ではないかと、そればかりを思いわずろうて、一日だって心の安らかな日はありませんでした。しかしいよいよ分娩《ぶんべん》してみると、子供の顔が博士の顔にそっくりなのです。わたしは産褥《さんじょく》であの子の顔を見たときはっと思った瞬間に気を失ったのでした。あとで考えると、いっそ、あのまま消え入ってしまえばよかったと思います。とにかくもうこうなった以上は夫に秘密にしておくわけにはゆかないものですから、その翌日わたしは博士にお願いして子供だけひきとっていただいて、わたしはわたし自身で自決しようと覚悟をきめて、博士にそのことを打ちあけたのでございます。すると、博士がどう言ったとお思いですか？——俺はそんな子供には覚えはない——とこうなんです。さんざんわたしをなぶり物にしておいて、用がなくなると、今度は何もかも否定してしまって自分の責任をのがれようとするのです。

わたしはこの言葉をきいて、もう二の句がつげませんでした。そうなるとわたしの方が強くなります。このことをすっかり、夫に告白して夫のさばきを待つより外はないとわたしは、涙も流さずに、きっぱり博士に告げたのです。すると、博士は急に周章《あわ》てて、そんな短気なことをしたって君の夫君の名誉は救われるわけではない。自分がうまくそこのところは説明するから、自分にまかしておいてくれと言うのです。わたしは、この卑怯な博士の言葉に怒りがこみあげてきて、唾をはきかけてやりたいくらいでしたが、そこが女の弱さです。子供がかわいいのです。罪の子であればあるほどなおさらかわいいのです。それに今となっても夫の名誉を傷つけない方法があれば、わたし自身はどんな苦痛でもしのばなければならないと決心したのです。それから博士はどう言いまるめたのか、あの胎教の新学説ですっかり夫を納得さしたらしいのです。夫は熱心なクリスチャンで新約の奇跡をそのまま信じている程の精神主義者なんですから、きっとあのもっともらしい精神遺伝説を信じたのでしょう。それとも、何もかも知っていながら、知らないふりをしているのかも知れませんけれど。そういうわけでわたしは子供の愛と夫の名誉とのために用もない命を今までながらえているんです。生きていることだけでじゅうぶん罪のむくいは受けているんですから、どうぞ、このことは新聞にだけは出さないで下さい。このことを出したからって、あなたの社の新聞が売れるようになるわけではありません。わたしはすぐに死なねばなりませんし、折角ここまでしのんでかくしおおせてきた秘密があばかれては、夫の名誉も滅茶々々《めちゃ》になってしまうのですから、お話はそれっきりです。妾は何もかもすっかり申し上げました。貴方《あなた》も人間ですから、これだけの事情をお話しすれば、面白半分に人間の運命を弄《もてあそ》ぶようなことはなさるまいと信じて申し上げたのです。どうぞ新聞にだけは出さないで下さい」

僕は実を言うと、この話を聞いているうちに、気がかわってしまった。なる程、きいてみれば気の毒な身の上だ。新聞などに出されたら困るだろうと心から同情して、涙さえ浮かべたのだった。

「ご安心なさい、実は奥さんのお話を聞いて新聞だねにするつもりだったのですが、そんな残酷なことはできないことがよくわかりましたから、決して新聞には出しません」

僕は衷心から気の毒になってこう約束して夫人とわかれたのである。

社へかえって僕は社会部長に向かってすっかりこのことを話して、自分が記者としての責任をはたしたことと、人間として一人のかわいそうな女をこの上残酷に苦しめることはできないから新聞には出さぬ約束をしてきたということとを付け足した。

部長はもちろん、非常に満足して大声で笑いながら言ったものである。「探訪記者には君、同情という言葉は禁物なんだよ。いや有り難う。明日の夕刊は一万増刷しても大丈夫だ」

無論この記事は翌日の新聞に出たのである。

この事件で一番皮肉なのは、僕がその翌日二十円の特別賞与を、恭々《うやうや》しく社長から編集局長の手を通して渡されたことである。無論その時は、僕は、もう良心の呵責《かしやく》も何も感じはしなかった。繰り返していうが、新聞記者にとっては物を忘れるということが重要なメリットなんだから、次々に起こる事件を次々に忘れてゆくことによって神経を鍛えてゆかなくちゃ、ああいう仕事はできないからね。

だがそれだけでおわったのならこの事件も、ただの喜劇としてすんだのだが、まだ、この事件の最も悲劇的な部分があとにのこっていたのだ。それは、僕にこの話をしてくれた二人の女のうちで、一人はその新聞記事の出た翌日、とつぜん病院を解雇されたことだ。むろん、僕に色々なことをしゃべったのが原因である。それからいま一人は――ああさすがにこれを筆にするのは、今でも手がふるえる――僕の書いた記事がもとで、その翌日の夕刊に「××夫人の自殺」というもう一つのすばらしい新聞種《ニユースだね》を、都下の新聞に提供したことだ。

解題

横井司

日本の近代探偵小説史において、いわゆる一般文壇の作家たちが多かれ少なかれ関与し、ジャンルの隆盛に与ったことは、しばしば指摘されるとおりである。大正文壇では谷崎潤一郎、佐藤春夫などが、江戸川乱歩登場以前に探偵小説類縁の作品を書き、乱歩や横溝正史などに多大な影響を与えたことで、探偵小説中興の祖と目されているが、昭和戦前期の文壇で大きな役割を果たしたのは誰かと考えたときに、まず指が屈せられるのは平林初之輔であろう。

平林初之輔は、一八九二年一一月八日、京都府に生まれた。一九一〇年、京都師範学校に入学するが、一三年に退学し、早稲田大学英文科に入学。後にはアテネ・フランセでフランス語も修得した。早大卒業後に、やまと新聞に入社。翌年退社して国際通信社に入り、青野季吉らと知り合い、マルクス主義の研究に熱中する。一九二一年ころから『新潮』『読売新聞』などに文芸評論を寄稿。「民衆芸術の理論と実践」「唯物史観と文学」などを発表。翌年には、種蒔く人同人に参加し、第一次日本共産党に入党している。一九二三年、『新潮』や『解放』、『種蒔く人』などに発表した論文などをまとめた第一評論集『無産階級の文化』を上梓。プロレタリア文学の理論的指導家としての地位を確立した。二四年には『文芸戦線』の同人に参加するが、次第に革命運動に対して懐疑的となる。一九二三年に党首脳部が検挙され解散した共産党は、二六年に再建されるが、平林は入党せず、その年の暮れに博文館に入社し、雑誌『太陽』の編集主幹となる。一九二七年には日本プロレタリア芸術連盟が日本プロレタリア文芸連盟と労農芸術家連盟に分裂、それをきっかけに両派から関係を絶った。二八年に『太陽』が廃刊してから博文館を退社。『新潮』や『朝日新聞』に文芸評論や文芸時評などを執筆。その内、二九年に発表した「政治的価値と芸術的価値」は、マルクス主義文学理論が政治的価値を上位において芸術的価値を一顧だにしないような硬直性を示していることを批判し、文壇に波紋を投げかけた論文として名高い。この論文をはじめとする後期の代表的な仕事は、『文学理論の諸問題』（一九二九）としてまとめられている。一九三一年二月、日本文芸家協会代表としてパリの国際文芸家協会大会に出席するため、早大留学生として渡仏したが、同年六月一五日、出血性膵臓炎のためパリで客死。死後、友人らの手で『平林初之輔遺稿集』（一九三二）がまとめられた。

江戸川乱歩はデビュー当時から、探偵小説の地位ということにこだわりがあり、「二銭銅貨」と同時に掲載されたエッセイ「探偵小説に就て（探偵小説偶感）」（『新青年』一九二三年三月号）の中でも、一般文壇（「専門の文学者達」）や知識人（「学問的な頭を持つた人々」）に探偵小説の愛読者が多いことについて語っている。そのような意識を持つ乱歩のデビューとともに、創作探偵小説という新興ジャンルの機運を高めようとしてであろう、翌年から『新青年』は、いわゆる一般文壇作家の寄稿を慫慂するようになった。その皮切りが一九二四年八月増刊号で、そこに、乱歩に感銘を与えた佐藤春夫の「探偵小説小論」とともに掲載されていたのが、平林初之輔の「もっとも早い探偵小説関係のエッセイ」（中島河太郎『日本推理小説史』第二巻、東京創元社、一九九四）とされる「私の要求する探偵小説」であった。

「私の要求する探偵小説」の冒頭で平林は、「私も以前には大分探偵小説を耽読したことがあつた」と述べ、洋書をあさったことや、黒岩涙香を読破したこと、「『新青年』や博文館や金剛社あたりで出してゐるシリイズは大抵よんでゐる」こと、小酒井不木の作品を愛読していることなどが書かれている。涙香に関しては、「黒岩涙香のこと」（『探偵趣味』一九二六年一一月号）において、「今から十年程前」に「『有罪無罪』をきつかけに、一二ケ月の間に、手に入る限りの彼の作品は全部読んだ」と述べられているし、「文壇の一年間」（『解放』一九二三年一二月）という時評的エッセイにおいては、白水社の〈アルス・ポピュラア・ライブラリ〉や博文館の〈世界探偵叢書〉について言及されている。プロレタリア文学運動に従事しながら、早くから探偵小説を愛読していたことがうかがえよう。

「私が要求する探偵小説」を発表した翌年には、『新青年』に四本のエッセイを寄せた他、関西で結成された探偵趣味の会の同人となってもいる。そして一九二六年になって、創作探偵小説「予審調書」を発表。以降、パリで客死する一九三一年までに、長短あわせて二〇数編に及ぶ探偵小説を発表した。そのうちの七編は、『日本探偵小説全集』（改造社、一九二九）の一冊としてまとめられている（橋本五郎との合集）。創作と平行して、翻訳にも手を染め、日本におけるS・S・ヴァン・ダインの翻訳紹介者としても知られている。これらの仕事と平行して、本業ともいうべきプロレタリア文学者としての執筆もこなしていたのだから、そのエネルギーと情熱には脱帽させられる。

平林の探偵小説にかかわる仕事は、平林の死後に書かれた青野季吉の「平林初之輔論」（『新潮』一九三一年八月号）で「旺盛な知識的興味の一つの『遊戯的な』副産物」と見られて以降、長い間、余技として捉えられてきた。そのため、近代文学研究の分野において、平林の探偵小説にかかわる仕事に積極的な意味を見出そうとする論文が登場するのは、ここ数年のことである。

まず、池田浩士「転向と探偵小説——平林初之輔没後五十年によせて」（『思想』一九八一年一一月号）が書かれ、これに反論する形で渡辺和靖「平林初之輔と『転向』——池田浩士氏の所論にふれて」（『哲学と教育』第三〇号、一九八二年三月）が書かれた。池田は、平林が探偵小説における科学性に注目したこと、愛読者による批評がジャンルの新たなる形式を開く可能性を持っていると考えたことをふまえて、平林の芸術形式主義論争や芸術的価値論争との連関を見出している。池田は『大衆小説の世界と反世界』（現代書館、一九八三）でも、平林の探偵小説についてページを割き、読者が参加するという探偵小説独特の需要のありようについて論じた。渡辺は、平林の大衆文学論との関連で、都市小説としての探偵小説という考え方を、平林の探偵小説観に見出している。ちなみに渡辺は、平林について論じた長文の章を含む『自立と共同』（ぺりかん社、一九八七）において、平林の大衆文学観と萩原朔太郎の探偵小説観とを関連づけてもいる。

これらの論を踏まえて、浜田雄介「平林初之輔試論――『大衆性』を軸に」（『国語と国文学』一九九一年二月号）が書かれた。平林の大衆文学論と探偵小説論を丁寧に検証しながら、政治的価値と芸術的価値のほかに商業的価値という枠組みを導入して、政治的価値にも商業的価値にもとらわれない芸術的価値の希求（の結果としてのテクスト）という高邁な理想を見出している。

さらに近年になって、具体的な創作テクストにまで言及した菅本康之「探偵小説、群衆、マルクス主義――平林初之輔の探偵小説論」（『日本近代文学』第五九号、一九九八年一〇月）が出た。ここでは平林の探偵小説論と実作との乖離とが検証され、平林は、「閉域のない科学を志向するがゆえに」、「閉じた解釈的パラダイムの探偵小説にあきたのである」と指摘する。これまでの論が、平林のプロレタリア文学者としての活動や、実作とは切り離して評論活動を見ていたのに対して、探偵小説というジャンルの特性（限界）そのものに言及しながら、簡単にとはいえ、作品系譜にそれなりの位置づけを行なっている点が注目される。

平林の探偵小説にかかわる活動を「『遊戯的な』副産物」と見なしたのは、文学者や文学研究者だけに限るわけではなく、探偵小説文壇側でも、そもそも江戸川乱歩からして「余技」（「探偵小説十五年」『江戸川乱歩選集』第一巻、新潮社、一九三八）だと見なしていた。戦後になって各種アンソロジーに「予審調書」が採られるというようなことがあるくらいで、その探偵小説がまともに論じられるということはなかった。わずかに中島河太郎が『日本推理小説史』第二巻（前出）の第一三章において、創作のうち十二編を評しているくらいである。日本探偵小説史においては、創作家としてよりも評論家としての仕事が評価されており、いわゆる一般文壇からの外在評論家として江戸川乱歩に注目したことや、「探偵小説壇の諸傾向」（『新青年』一九二六年二月増刊号）において当時の作品傾向を分類して〈健全派／不健全派〉と名づけたことが、後の〈本格／変格〉という二項対立を用意したことなどが、しばしば言及される程度だ。近年では、鮎川哲也の連載エッセイ「新・幻の探偵作家を求めて」の第八回で平林を取り上げたことが目に付くくらいである（「駆け抜けた天才論客・平林初之輔」『EQ』第九三号、一九九三年五月）。

平林の創作が余技だと見られる状況を許しているのは、端的にいって、平林の創作探偵小説が容易に手に取れないことであるために他ならない。また当時の作品傾向を分類して〈健全派／不健全派〉という分類が〈本格／変格〉という視点を用意したことは重要だが、単にそのような視点を用意したという事実が確認されているだけで、平林の探偵小説観が日本探偵小説史においてどのような位置づけがなされるべきかという点が、充分に検討されていないように思う。

平林の文学を検討するためのテクストとして、評論に関しては『平林初之輔文芸評論全集』全三巻（文泉堂、一九七五）がまとめられているが、小説に関しては、探偵小説のアンソロジーで散発的に採られるのみという状況が続いていた。それもそのほとんどが「予審調書」に集中しているため、全貌を把握することが極めて困難だった。その意味で、没後七十年以上を経て、その短編探偵小説のすべてと、探偵小説関連のエッセイがまとめられ、簡単に鳥瞰できるようになることには大きな意義があるといえるだろう。

本書『平林初之輔探偵小説選Ⅰ』には、探偵小説の第一作「予審調書」から、唯一の作品集である『日本探偵小説全集』第一四篇（改造社）が刊行された一九二九年までに発表された、連作「五階の窓（2）」（『新青年』一九二六年六月）および長編「悪魔の戯れ」（『文芸倶楽部』一九二九年一～一二月）を除くすべての作品を、発表順に収めている。一九三〇年以降の創作、および探偵小説関連の評論エッセイに関しては、『平林初之輔探偵小説選Ⅱ』としてまとめられる予定なので、ご期待いただきたい。

以下、収録作品について、簡単に解題していくことにする。なお、一部の作品については、内容の細部にふれているので、未読の方はご注意されたい。

「予審調書」は『新青年』一九二六年一月号（七巻一号）に発表され、『日本探偵小説全集・第一四篇／平林初之輔・橋本五郎集』に収められた。改造社版では「予審調査」と改題されている。平林初之輔が書いた創作探偵小説の第一作であり、『創作探偵小説選集』第一輯（春陽堂、一九二六）に採られた他、戦後になって『日本推理小説大系』第六巻（東都書房、一九六一）、『新青年傑作選』第一巻（立風書房、一九七〇）、『大衆文学大系』第三〇巻（講談社、一九七三）、『日本ミステリーの一世紀』上巻（廣済堂出版、一九九五）など、多くのアンソロジーに収められている。平林の代表作として、もっとも知名度の高い作品といえよう。

殺人罪で逮捕された息子を心配する老教授と予審判事との対話だけで展開される。父子の情愛を描くだけでなく、探偵小説的な仕掛けにも気を配り、最後にどんでん返しが示されて間然とするところがない。当時『新青年』の編集長だった森下雨村の慫慂で書かれたものだろうが、これが最初の創作とは思えぬほど形式が整っているのはさすがである。事件自体は解決しているのに、事実関係に曖昧なところがあり、調書が仕上がらないから、予審判事が罠を仕掛けて真相を突き止めるという設定は、「日本の近代的探偵小説」（『新青年』一九二五年四月号）において平林が、「探偵小説が発達するため」に必要な「一定の社会的条件」として、「検挙及び裁判が確実な物的証拠を基礎として行はれ、完成された成文の法律が国家の秩序を維持してゐること」をあげたことと対応しているといえよう。

なお、予審というのは、フランスの司法制度を基にして一八八〇（明治一三）年に制定された治罪法で採用された制度である。公判に付すべき充分な証拠や嫌疑があるかどうかを調べる公判前の手続きで、非公開で行われた。その審理を行う者が予審判事であり、警察の捜査員とは別に、独自の証拠収集権を持っていた。日本国憲法施行とともに一九四七年に廃止された。

「頭と足」は『探偵趣味』一九二六年二月号（二巻二号）に発表された。『幻の探偵雑誌2／「探偵趣味」傑作選』（光文社文庫、二〇〇〇）に採録されている。知恵の勝利を描いた、コントとでもいうべき掌編。

なお『探偵趣味』は、大阪毎日新聞社内の探偵小説愛好家（作家も含む）グループが中心となって結成された「探偵趣味の会」が発行する機関誌である。のちに春陽堂が発行を引き受けることとなり、その縁で同会の編纂になる年鑑アンソロジー『創作探偵小説選集』が刊行された。

「犠牲者」は『新青年』一九二六年五月号（七巻六号）に掲載され、『日本探偵小説全集・第一四篇／平林初之輔・橋本五郎集』に収められた。『幻の探偵雑誌10／「新青年」傑作選』（光文社文庫、二〇〇二）に採録されている。

会社事務員が冤罪で逮捕され、それまでに築き上げてきたささやかな幸福が破壊されるという物語を、彼の弁護士が筆にしたという体裁の作品である。小市民の悲哀がよく描かれているが、「全世界の裁判制度なるものが、形式万能主義で」あるため、「世にも珍らしい被告の心理に彩られた複雑な事件をさばくようにはできていない」こと、また、「犯罪があって犯人がないというようなことは警察として忍びがたい」上に、「世間が、新聞が承知しない」ことから、冤罪が成立するのであり、仮に法律上無罪になったとしても社会的には受け入れられない、というような社会派的なテーマが印象的だ。

本編は右のような社会批判だけにとどまらず、最後の一章で探偵小説に仕立て上げられているのが面白い。地方の病院の開業医・瀬川秀太郎という男が唐突に登場し、語り手の弁護士に向かって謎ときを展開するのだが、その際に瀬川の言う台詞がふるっている。

君のやうな法律家には、人間界に起る凡ての現象が法律の範疇の中で動いてゐるやうに見えるかも知れない。凡ての出来事が関連し、関連した出来事はすべて人間の意志に操られて計画的に進行してゐるやうに見えるかも知れない。けれども、僕に言はせると、あの事件は、何もかもが無関係で偶然だよ。それを勝手に人間が結びつけて、犯人のないところに犯人を製造してゐるのだ。君たちは、人間が少しかはった死にかたをすれば、必らず殺した人間がなければならぬと考へる。死人のそばにあるものは、紙屑一つでも、その犯罪に関係のある証拠品のやうに考へる。犯罪と同時刻に起つた出来事は、何でも、その犯罪と因果関係をもつてゐるやうに思ひ込む。

このような瀬川の発言は、いわゆる本格探偵小説というジャンルの形式的特徴を相対化するものである。D・A・ミラー『小説と警察』（一九八八九。村山敏勝訳、国文社、一九九六）で、網の目のように張られた権力システムの象徴として、伏線の文学である本格探偵小説の権力性が剔抉されていたことも思い出されるが、平林にそうした権力批判の視点があったとは思われない。探偵小説は形式的にしっかりしているだけに、どんでん返しを狙おう、読者の意表を突こうとすれば、結果的に形式そのものを相対化せざるを得ないものなのだ。したがってジャンルを相対化するようなアンチ・ミステリ的な装いは偶然であろう。創作の第三作目にしてアンチ・ミステリを書き上げてしまったところに、黎明期ならではのスリリングな状況がうかがえる。

なお、最後に語り手の弁護士が「正直に告白するが、私には今だにこの事件の真相はわからない」という決定不可能性を露呈しているくだりも、アンチ・ミステリ的だが、おそらくは、やはり真相が決定不可能なまま終わる江戸川乱歩の「一枚の切符」（『新青年』一九二三年七月号）が念頭にあったのではないだろうか。

「秘密」は『新青年』一九二六年一〇月号（七巻一二号）に掲載され、『日本探偵小説全集・第一四篇／平林初之輔・橋本五郎集』に収められた。『創作探偵小説選集』第二輯（春陽堂、一九二七）、『新青年傑作選集2／モダン殺人倶楽部』（角川文庫、一九七七）、同書の改版である『君らの狂気で死を孕ませよ』（二〇〇〇）に採録されている。

かつての恋人と再会することがきっかけとなって、現在の妻との関係が破綻する顚末を描いた作品。背景として関東大震災が重要な役割を果たしている。戸籍を詐称するというテーマは、後に「私はかうして死んだ！」でも扱われることになる。

「山吹町の殺人」は『新青年』一九二七年一月号（八巻一号）に掲載され、『日本探偵小説全集・第一四篇／平林初之輔・橋本五郎集』に収められた。鉄道ミステリのアンソロジー『殺意を呼ぶ列車』（光文社文庫、一九九四）に採録されている。

倒叙ものかと思わせて、互いに相手が犯人ではないかという疑心にとらわれる夫婦の心理を描き、一転して私立探偵によるアリバイ崩しの本格ものになる構成があざやかである。また、実際の時刻表こそ掲げられてはいないものの、当時としては珍しい鉄道ダイヤを利用したトリックをテーマとしている点が注目される。平林の作品の中では「アパートの殺人」（『新青年』一九三〇年七月号）と並んで、もっともオーソドックスな形式の本格探偵小説だが、翌々月の「マイクロフォン」（『新青年』の読者欄）で国枝史郎が「同氏従来のどの作品よりも手際よくまとまつては居りますが、しかし平林初之輔程の人を、わずらはす可き作品とは思はれません」と、いささか手厳しい感想を寄せている。

「祭の夜」は『サンデー毎日』一九二七年二月二〇日号（六巻九号）に掲載された。これまでアンソロジーなどに採録されたことはなく、今回が単行本初収録である。

アルセーヌ・ルパンを思わせる「覆面の男」なる怪盗が登場する。因業な金貸しの財産を奪い、「いずれ公共事業のため適当に処置仕るべく、勝手ながら処分かたご一任下されたく候」という手紙を警察に送るなど、鼠小僧式の粉飾が加えられている点が、平林らしいといえなくもない。

「誰が何故《なにゆえ》彼を殺したか」は『新青年』一九二七年四月号（八巻五号）に掲載され、『日本探偵小説全集・第一四篇／平林初之輔・橋本五郎集』に収められた。『創作探偵小説選集』第三輯（春陽堂、一九二八）に採録されている。

結婚詐欺師であるうえに妻を虐待していた男が殺される。妻が夫の「年齢も、原籍も、職業すらも答えることができなかった」という設定は、「秘密」や「私はかうして死んだ！」に通ずるものがある。「法律を以て罰することのできないような罪人」は制裁を加えてもいいのではないか、というモチーフは「祭の夜」とも通底するものである。また、迷宮入りになった事件に対して語り手が自らの推理を述べるという構成や、その推理が蓋然性が高いというレベルにとどまり、真相は結局のところはっきりしないという展開は、「犠牲者」と同じ趣向だといえる。論理的な説得力は「犠牲者」に一歩譲るが、ある事件が迷宮入りになる理由を論理的に述べる部分は、皮肉ともつかない論理のおかしみがあって、本編ならではの面白さともなっている。

「人造人間」は『新青年』一九二八年四月号（九巻五号）に掲載された。『世界SF全集』第三四巻（早川書房、一九七一）に採録されている。

人工生殖という、現在の人工授精を思わせるようなSF的アイデアが盛り込まれている点が目を引く。大和田茂「平林初之輔の本質」（『磁界』第三号、一九九三年三月）によれば、「『高速度時代』という文章では、体外受精、試験官ベービーが五〇年後に実現するようなことを言って」いるそうだが、本編はその発想がベースとなった作品。「五〇年後に実現」といっているように、本編では最後に、SFから一転して探偵小説的なオチがついている。ジャーナリズムを利用して科学上の発見だと偽って自らの悪行を隠蔽しようとするというモチーフは、「或る探訪記者の話」にも通ずるものである。

「動物園の一夜」は『新青年』一九二八年一〇月号（九巻一二号）に掲載され、『日本探偵小説全集・第一四篇／平林初之輔・橋本五郎集』に収められた。『創作探偵小説選集』第四輯（春陽堂、一九二九）にも採録。

家賃を払えぬ失業者が、帰るに帰れないために動物園で夜を過ごそうとした際に巻き込まれた事件の顚末で、失意のどん底に落ちた生活無能者の内面が活き活きと描かれている。社会秩序を揺るがす秘密結社の登場は、のちに書かれた「鉄の規律」（『新青年』一九三一年八月号）にも通ずるものがある。

平野謙は「ある個人的回想――文学作品に反映したスパイ・リンチ事件」（『文学界』一九七六年四、六月号）において、一九三四年に発覚した共産党リンチ事件以前にスパイ問題を題材とした作品として、本作品にも言及している。中島河太郎は「思想結社の同志名簿を裏切り者が奪って、当局へ通報しようとするなどは、当時の事実にヒントを得たものかもしれない」（前出『日本推理小説史』第二巻）と述べているが、具体的にどういう事件があったのかは詳らかではない。

「仮面の男」は『新青年』一九二九年三月号（一〇巻四号）に掲載された。これまでアンソロジーなどに採録されたことはなく、今回が単行本初収録である。

初出誌には「探偵戯曲」の角書が冠せられており、編集後記には「既に某座から上演申込のあつたものであるが、平林氏は人も知る文壇随一の探偵小説通。その氏が探偵趣味界に先鞭をつけるべく物された苦心の作である。これが東都で上演さるる日は、必ず観衆をあつといはさないではおかないであらう」と書かれていた。実際に上演されたかどうかは詳らかではない。

アルセーヌ・ルパン風の義賊は「祭の夜」にも登場していたが、別人だろう。宝石の隠し場所トリックや、仮面を付けて反社会的な行動をとることへの逡巡が描かれている点が、単なる紙芝居式に陥ることからかろうじて脱しているというべきか。

「私はかうして死んだ!」は『新青年』一九二九年六月号(一〇巻七号)に掲載された。本編もこれまでアンソロジーなどに採録されたことはなく、今回が単行本初収録である。

選挙に打って出ようとした男が、自分の戸籍を取り寄せてみると、自分は既に死んだことになっているという出だしが秀逸である。そこで自らのアイデンティティを回復させようとするのではなく、「偶然にもこんな奇妙な位置においてくれたことを感謝し」、自分を「殺した」人間に真相を自白させないために、犯人を探すという動機がふるっている。

「華やかな罪過」は『朝日』一九二九年九月号(一巻九号)に掲載された。これまでアンソロジーなどに採録されたことはなく、今回が単行本初収録である。

本編は「問題小説」と銘打たれ、ヒロインの行動の是非と、自分ならどうするかという二点について、読者の意見を求めるという懸賞がかけられた。編集を担当していた森下雨村が、新雑誌の目玉とするべく立てた企画であろう。一一月号にその結果が発表されており、送られてきた回答の総数が一八二三四通。内訳は、ヒロインの行動を是とするものが九一九八通、非とするものが九〇二六通で、僅差であることには、ちょっと驚かされる。平林自身の意見も掲げられているので、以下に再録しておく。

作者として　平林初之輔

短い作品で一つの問題を提出するといふやうなことは難しいことだ。況んや僕のやうな素人には小説のこつがわからないから、事件や主人公の性格やを一つの問題に向つてピントを合はせることができない、だからあの小説の場合では、普通の道徳からいへば、あゝいふ事情にある男がそもく最初女に恋をしたのが正しくないだらうし、殊にあれくらゐのことで死んでしまつたりするのは猶更らよくないだらう。女の方は僕としてはあゝするより外はなかつたと思ふ。そして、あゝしたのは間違つてゐたとは思はぬ。結果が悪かつたからといつて、それが彼女の責任だとはいへない。それに僕は人間の行為を絶対的に善いとか悪いとか、正しかつたとか、間違つてゐたとか簡単にきめてしまふ輿論といふのを常に軽蔑する。人間といふものは大抵の場合、自己に対しては最良の批判者たり得る。かりにあの小説の主人公のやうな男女が実在してゐたとしたら、あゝした経路をとるのはいくら不自然なやうに見えても、矢張り自然で、どちらも、彼等自身としてはさうするより外に道はなかつたらうと作者として思ふ。でなければ作者はあゝは書かなかつただらう。作者としての回答は作品そのものに見出されるので、それ以外に附言する必要はない位である。従つて僕が柳子だつたら矢張りあのとほりにして、あの通りにあとで飛んでもないことをしたと後悔するであらう、だがそれで正しいのだ。人間の行為といふものは汽車のやうにきまつた善悪のレールの上ばかり走れるものでない。

作品を一読すれば判る通り、ヒロインの行動の是非を問うても答が出ないことは明らかであり、「問題小説」として懸賞募集の対象となるような出来のものとはいえない。従って、最初から

「問題小説」して依頼されたものではないのではないかという疑問もわく。普通小説に近い内容だが、読者参加という探偵小説特有のジャンル的性質から派生した試みであると判断して、〈探偵小説選〉と銘打つ本書にあえて収録した次第。

ちなみに、「問題小説」の第二弾は、諸家に混ざって「華やかな罪過」にコメントを寄せている浜尾四郎の「富士妙子の死」で、「誌上陪審」と銘打たれ、『朝日』一九二九年一〇月号に掲載された。『朝日』における「問題小説」という試みは以上の二編で終っている。

「オパール色の手紙」は『文学時代』一九二九年九月号（一巻五号）に掲載され、『日本探偵小説全集・第一四篇／平林初之輔・橋本五郎集』に収められた。

夫の不倫に気づいた妻の焦燥を描いている。いったんは誤解であることが判明するが、最後にふたたび疑心が生じたというところで終っている。決定不能のまま宙吊りにされることで、サスペンスを醸成することに成功している。妻の日記形式で書かれているというスタイルも効果的。

「或る探訪記者の話」は『新青年』一九二九年一二月号（一〇巻一四号）に掲載された。これまでアンソロジーなどに再録されたことはなく、今回が単行本初収録である。

妊娠中に、妊婦がある男性を精神的に崇拝したり感化を受けたりすると、胎児が当の男性に似てくるという学説誕生の裏面を新聞記者が暴く話で、「人造人間」と同じモチーフである。真実を暴くことで悲劇的な結末を招来するメディアの功罪をテーマとしており、のちに「ヂャーナリズムと文学」（内外社『総合ヂャーナリズム講座Ⅲ』一九三〇年一二月）、「ジヤーナリズムの勝利」（『新潮』一九三二年一月号）などでメディアに対する懐疑と批判を展開する萌芽を感じさせる。

[解題] **横井 司**（よこい つかさ）
1962年、石川県金沢市に生まれる。専修大学大学院文学研究科博士後期課程修了。94年、戦前の探偵小説に関する論考で、博士（文学）学位取得。『小説宝石』、『週刊アスキー』等で書評を担当。共著に『本格ミステリ・ベスト100』（東京創元社、1997年）、『日本ミステリー事典』（新潮社、2000年）など。現在、専修大学人文科学研究所特別研究員。日本推理作家協会・日本近代文学会会員。

平林初之輔探偵小説選 I 〔論創ミステリ叢書1〕

2003年 9月30日　初版第1刷印刷
2003年 10月10日　初版第1刷発行

著　者　平林初之輔
装　訂　栗原裕孝
発行人　森下紀夫
発行所　論 創 社
〒101-0051 東京都千代田区神田神保町2-23 北井ビル
電話 03-3264-5254　振替口座 00160-1-155266

印刷・製本　中央精版印刷

ISBN4-8460-0404-X

論創ミステリ叢書

刊行予定

★平林初之輔 Ⅰ
平林初之輔 Ⅱ
甲賀三郎
徳冨蘆花
松本泰
川上眉山
黒岩涙香
橋本五郎
押川春浪
山本禾太郎
小酒井不木
牧逸馬
山下利三郎
川田功
久山秀子
浜尾四郎
渡辺温 他

★印は既刊

論 創 社